Olaf Thumann

Die Saga der vergessenen Stadt

Teil – 3
GÖTTIN

Verlag: BoD · Books on Demand GmbH, Überseering 33,
22297 Hamburg, bod@bod.de
Druck: Libri Plureos GmbH, Friedensallee 273,
22763 Hamburg
ISBN: 978-3-8192-2689-2

Gewidmet all jenen Menschen, die bereit sind neue Wege zu gehen, neue Dinge zu erleben und ihren eigenen Horizont zu erweitern. Auch wenn dies bedeuten kann, dass diese Menschen bisweilen Opfer dafür bringen müssen, wenn sie ihre Ziele erreichen wollen. Es liegt an jedem selbst dann abzuwägen, ob es sich lohnt, sich auf neue Dinge und Umstände einzulassen...
Erfolg, Erfüllung oder aber bittere Erkenntnis liegen manchmal sehr eng beisammen.

Jeder Mensch möge selbst urteilen, was er oder sie, als erstrebenswert ansehen mag.

Die Zeiten und Umstände haben sich oft geändert. Unverändert geblieben ist jedoch das Verlangen, nach Liebe, Lust und Leidenschaft.
Die Dinge, die schon immer unser aller Leben beeinflussen und lenken.

Covergestaltung, Karten und Illustrationen: Olaf Thumann

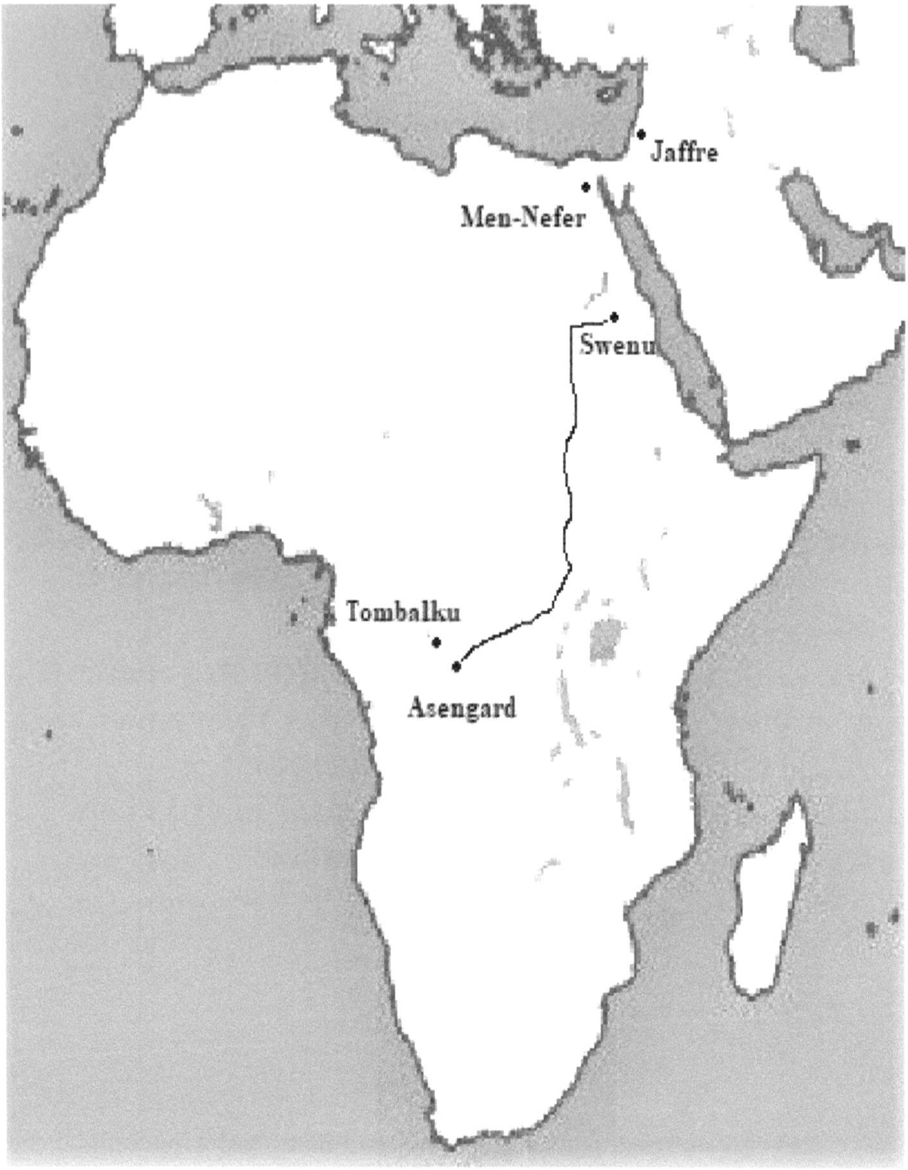

Die Handelsroute, von Asengard nach Swenu

Vorwort

Im eisigen Norden, wo die Winter lang und die Sommer kurz waren, lebten einst die frühen skandinavischen Clans in einer rauen, von den Naturgewalten beherrschten Welt. Diese Clans formten eine enge, von alten Traditionen geprägte Gemeinschaft, die einem unverrückbaren sozialen Gefüge folgte. Um das Jahr 500 v. Chr. (etwa in der Zeit, in der dieser Roman handelt) bestand die Gesellschaft im hohen Norden aus einer Vielzahl kleiner Sippen und Clans, die verstreut in den Tälern des Festlandes und entlang der Küsten lebten. Weit entfernt und zumeist auch abgeschieden von der Umwelt und von den Einflüssen der südlicheren, sesshaften Hochkulturen. Diese Menschen lebten von Jagd, Fischfang und dem begrenzten Ackerbau, den das kalte, unbarmherzige Klima zuließ. Die wenigen fruchtbaren Landstriche waren heilig und wurden wie ein Schatz gehütet, während das Land ringsherum aus Fels und Eis bestand. Eine für uns heutzutage unwirtliche Wildnis, die zwangsläufig die Stärke und Entschlossenheit ihrer Bewohner formte und forderte.

Das Leben in einem Clan bedeutete Sicherheit und Zugehörigkeit in einer Welt, die sowohl stark durch äußere Bedrohungen als auch durch innere Konflikte und Auseinandersetzungen geprägt war. Die Clans bestanden überwiegend aus engen Verwandtschaftsgruppen, die sich um einen Häuptling sammelten, der aufgrund seines Alters, seiner Stärke oder seiner Weisheit über die Gruppe herrschte. Dies war keine bloße Vererbung, sondern eine Rolle, die durch Mut und Geschick verdient werden musste. Der Häuptling, auch *Gode* genannt, war nicht nur ein Krieger und Führer, sondern oft auch ein Vermittler mit den Göttern und Geistern der Natur. Die Religion der Clans war tief in den uralten Mythen verwurzelt. Teils blutige Rituale und Opfergaben waren Bestandteil ihres täglichen Lebens. Man sollte nicht vergessen, dass die damals dort ansässigen Clans eine Gemeinschaft waren, die zu einem großen Teil einer Kriegerkultur huldigten und diese auch konsequent umsetzten.

Der persönliche Mut eines einzelnen Mannes oder einer einzelnen Frau wurde von ihnen deutlich mehr geehrt und anerkannt, als dies heutzutage der Fall ist. Prinzipiell wurde die Tugenden von Opferbereitschaft und Mut dabei grundsätzlich erwartet und auch vorausgesetzt.

Diese archaische Gesellschaft war jedoch nicht statisch. Der Mut und die Entschlossenheit eines Einzelnen konnten ihn zu einem Helden machen, der Ansehen und Macht errang. Die Clans führten regelmäßig Raubzüge gegen benachbarte Stämme und Clans, um den Wohlstand zu sichern und ihre Stärke zu demonstrieren. Ständige kleinere Kriege und Scharmützel waren völlig üblich. Das Leben und der Reichtum waren flüchtig, und die knappen Ressourcen machten Überfälle zur Normalität und puren Notwendigkeit. Dabei stand der Gedanke der Ehre im Mittelpunkt. Wer durch Mut und List Ruhm errang, der gewann den Respekt seiner Gemeinschaft und galt als Vorbild für die Nachkommenschaft. Zudem galten derartig herausragende Menschen als von den Göttern berührt und in deren Gunst stehend. Im Mittelpunkt dieser archaischen Gesellschaft standen die Götter, denen tiefe Verehrung entgegengebracht wurde. In dieser rauen und teils sogar brutalen Kriegergesellschaft waren Begriffe wie Zusammenhalt, Mut, Ehre, Treue und Loyalität die Grundpfeiler, auf denen ihre Gesellschaft basierte.

Die frühen Nordmänner hatten nur sehr vage Vorstellungen bis gar keine Kenntnis, von den sagenhaften Reichen und Städten, die weiter im Süden existierten. Zumeist wurden derartige Geschichten als Aufschneiderei betrachtet und belächelt. Doch wie in den rauen Tälern und Siedlungen Skandinaviens so erzählte man sich auch in anderen Teilen der Welt von sagenhaften Städten und großen Reichen, die irgendwo in der weiten Ferne existierten. Afrika, der mystische Kontinent im Süden, beherbergte seine eigenen Geheimnisse und Zivilisationen, die Wissenschaftlern bis heute noch Rätsel aufgeben. Unter den Geschichten über die sagenhaften Reichtümer und untergegangenen Städte sind jene über das Reich von Ophir und die Minen von König Salomon wohl die bekanntesten.

In den Schriften, Überlieferungen und Erzählungen ist Ophir ein Land, das von unermesslichem Reichtum gesegnet war. Ein Ort, der Gold im Überfluss hatte und exotische Schätze beherbergte, die bis ins Heilige Land und zu König Salomon gebracht wurden. König Salomon, der weise Herrscher des biblischen Israels, soll Gold und edle Hölzer aus Ophir bezogen haben, und es wurde sogar gesagt, dass sein Tempel mit diesem kostbaren Material errichtet wurde. Diese Minen, ein Quell von Mythen und Spekulationen, liegen angeblich irgendwo in finstersten Teil von Afrika. Manche Historiker und Abenteurer vermuten, dass sie irgendwo im südöstlichen Teil Afrikas existierten. In Regionen, die heute in Zimbabwe liegen könnten, in der Nähe der großen Steinstrukturen von Groß-Simbabwe.

Doch das Reich von Ophir ist nur eines von vielen Mysterien. Manche Theorien deuten auf die Möglichkeit einer bisher unentdeckten Stadt tief im Dschungel des heutigen Kongo hin. Diese unzugängliche Region, geprägt von undurchdringlichem Wald, von gewaltigen Flüssen und dichten Baumriesen, könnte dereinst möglicherweise die Heimat einer verlorenen Zivilisation gewesen sein, deren Hinterlassenschaften einfach von heutigen Forschern und Wissenschaftlern noch nicht entdeckt wurden.

Der Kongo, ein Gebiet von unbeschreiblicher Wildheit und Isolation, hat bis heute seine Geheimnisse vor der Welt bewahrt. Seine dichten Urwälder, die kaum vom Menschen erschlossen sind, bergen die Erinnerung an uralte Stämme und vergessene Reiche. Vielleicht, so wird spekuliert, könnten hier in den Tiefen des Waldes Ruinen verborgen liegen. Überreste eines Reiches, das einst Handel trieb, Kriege führte und sich selbst als Mittelpunkt der Welt ansah … Oder aber von den umgebenden Stämmen und Völkern als solcher angesehen wurde.

Die Vorstellung einer vergessenen Stadt inmitten des Kongo-Dschungels, die jetzt schon seit Jahrtausenden unter den dichten Baumwipfeln verborgen liegt, ist faszinierend. Solch ein Ort wäre unter anderem auch ein Zentrum des Handels gewesen, in dem Gold, Elfenbein und exotische Schätze ausgetauscht wurden. Vielleicht gab es prächtige Tempel und Paläste, die vielleicht mit den bunten Federn seltener Vögel, Gold und glänzenden Edelsteinen geschmückt waren, während ihre Bewohner von den Ressourcen des Urwalds lebten und eine Kultur schufen, die so komplex und kunstvoll war, dass sie die Geschichtsbücher hätte füllen können.

Vielleicht waren diese Menschen aber auch Händler oder Krieger … Wir können es nur vermuten und unsere eigene Fantasie spielen lassen.

Die meisten dieser Theorien sind natürlich reine Spekulation, doch es ist nicht auszuschließen, dass der dichte Wald des Kongos Spuren einer Zivilisation birgt, die einst blühte und später unterging, verschlungen von der unerbittlichen Natur oder zerstört durch Kriege mit den benachbarten Stämmen und Völkern. So wie es einst der lange vergessenen Stadt Angkor Wat erging, die erst vor relativ kurzer Zeit wieder entdeckt wurde und uns heute vor Rätsel stellt.

Ähnlich ist es im tiefen Herzen von Afrika, der Wiege der Menschheit. Es gibt viele Berichte und Legenden über Händler und Entdecker, die Hinweise auf eine lange verlorene und vergessene Stadt gesehen haben wollen, von Eingeborenen geführt, die das Geheimnis ihrer Vorfahren hüteten. In diesen Geschichten erzählen die Alten stets von einem Ort, wo einst ein mächtiges Reich existierte, dessen Bewohner anders waren als die umgebenden Völker und sich zum Herrscher über Mensch und Natur aufgeschwungen hatten. Menschen, die über geheimes Wissen verfügt haben sollen und nicht aus Afrika stammten sondern aus weiter Ferne.

Selbst der Kongo-Fluss, der wie eine lebensspendende Schlange durch das Herz Afrikas fließt, könnte in dieser Erzählung eine Rolle spielen. Inmitten des dichten Waldes, wo die Flüsse stets als Lebensadern dienen, könnten Städte entstanden sein, deren Bewohner die Kraft der Ströme zu nutzen wussten und in friedlicher Koexistenz mit dem üppigen Grün lebten.

Doch wie bei vielen untergegangenen Zivilisationen stellt sich auch hier die Frage: Warum sind diese Städte irgendwann untergegangen und was hat sie letztlich in die totale Vergessenheit gerissen? War es der Einfluss äußerer Eroberer, waren es Naturkatastrophen, oder lag der Untergang in der Kultur selbst? Vielleicht lieferte sich die Stadt einen Kampf mit der unerbittlichen Natur und verlor diesen dann irgendwann gegen den unaufhaltsamen Vormarsch des Dschungels. Der Regen, der über die Jahrtausende hinweg das Land überschwemmte und fruchtbar machte, könnte zugleich die Mauern der Stadt geschliffen und die Zeichen der Zivilisation verwischt haben, bis nichts mehr als die Wurzeln und Stämme der Bäume übrig blieben, unter denen heute die uralten Ruinen verborgen sind.

Die Frage, ob diese Zivilisation jemals gefunden wird, bleibt eines der großen Geheimnisse der Geschichte. Doch solange die Dschungel des Kongos noch weitestgehend unberührt und unerkundet bleiben, besteht auch die Hoffnung, dass eines Tages die Ruinen einer vergessenen Stadt ans Licht kommen. Eine Stadt, die vielleicht auch über Jahrhunderte hinweg Handel mit dem sagenhaften Ophir trieb, die an die Minen von König Salomon reichte und die den goldenen Glanz Afrikas weit in die Welt hinaus trug.

In den Jahren zwischen 1000 v. Chr. und 500 n. Chr. entstand in Afrika eine Vielzahl hochentwickelter Kulturen und Städte, die heute oft nur als Ruinen oder durch historische Berichte existieren. Diese Zivilisationen prägten teils entscheidend die Geschichte Afrikas und entwickelten florierende Handelsnetze, beeindruckende Architektur und tiefgründige kulturelle Errungenschaften.

In Nubien beispielsweise, südlich von Ägypten, blühte das Königreich von Kusch, dessen Einfluss vom 10. Jahrhundert v. Chr. bis ins 4. Jahrhundert n. Chr. reichte. Die Hauptstadt Meroë, bekannt für ihre Pyramiden und Tempel, wurde damals ein bedeutendes Handelszentrum und erlebte eine eigene kulturelle Entwicklung, die sich von Ägypten unterschied. Die Kuschiten verehrten den Gott Amun und pflegten eine verblüffende Schriftkultur, die auch noch heute in Form von Inschriften überliefert ist. Sie kontrollierten den Handel entlang des Nils und verarbeiteten Eisen, was sie technologisch auf eine Stufe mit anderen Hochkulturen der damaligen Zeit stellte.

Karthago, an der Küste des heutigen Tunesiens gelegen, wurde um das 9. Jahrhundert v. Chr. von phönizischen Siedlern gegründet und entwickelte sich zu einer der mächtigsten Städte des Mittelmeerraums. Zwischen dem 6. und 3. Jahrhundert v. Chr. wurde Karthago zu einer Handelsmacht und rivalisierte schließlich erbittert mit Rom. Die Karthager kontrollierten Handelsrouten, die sich über das Mittelmeer bis an die Westküste Afrikas erstreckten und betrieben Handel mit Gold, Silber, Zinn und anderen wertvollen Ressourcen. Nach den Punischen Kriegen wurde Karthago 146 v. Chr. von den Römern völlig zerstört. Doch die Legende und der Einfluss der Stadt leben weiter. Die Ruinen von Karthago sind heute eine touristische Attraktion, die jedes Jahr von zehntausenden Menschen besucht werden

Im Herzen der Sahara, in der Region des heutigen Libyen, lebten die Garamanten, ein Volk, das etwa im 5. Jahrhundert v. Chr. bis zum 5.

Jahrhundert n. Chr. bekannt war und ihre Region dominierte. Sie entwickelten ein komplexes Bewässerungssystem, das ihnen ermöglichte, in der Wüste Landwirtschaft zu betreiben und Städte wie Garama zu errichten. Die Garamanten handelten umfangreich mit dem relativ nahen Mittelmeerraum und trieben Karawanenhandel durch die Sahara, was sie zu einer einflussreichen Kultur in dieser Region machte.

Diese Zivilisationen und Städte waren und sind Zeugnisse von Afrikas Reichtum und Vielfalt und belegen den Einfluss, den der Kontinent über Handelsrouten und kulturellen Austausch hinaus auf die Weltgeschichte hatte. Jede dieser Städte und Kulturen erzählt von einem besonderen Umgang mit den natürlichen Herausforderungen und den Ressourcen, die in einer Zeit der Blüte führten und danach in die Vergessenheit gerieten.

Unsere Geschichte basiert auf der Spekulation, ein Volk aus einer fernen Region sei in das finstere Herz von Afrika eingewandert und habe sich dort eine neue Heimat erschaffen. Dies wird sicherlich nicht immer nur friedlich geschehen sein. Die Kernelemente der Menschheit selbst jedoch sind seit Urzeiten vorhanden und wir finden sie auch heute.

Liebe, Lust und Leidenschaft !

Man sollte beim lesen dieses Romans jedoch nicht außer Acht lassen, dass zu den damaligen Zeiten völlig andere Vorstellungen von Moral existierten, als dies heute für uns geläufig ist. Ein Menschenleben war damals deutlich weniger Wert, in den Augen vieler Menschen.

Für diejenigen, die sich für diese geschichtliche Zeitepoche interessieren sei gesagt, wir bewegen uns in diesem Roman kurz vor der Zeit, als Alexander der Große gegen das Weltreich der Perser marschierte und es letztlich eroberte. Die Folgen dessen waren auch im Land der Pharaonen spürbar, welches damals unter der Herrschaft der Perser stand.

1.

In Asengard

Die Morgensonne ließ die Mauern und Häuser von Asengard in goldenem Licht erstrahlen, als sich die Ratsversammlung in der großen Halle der Festung einfand. Noch lag der Nebel schwer über den Feldern und Wiesen und auch der nahe Urwald war teils in Nebel gehüllt. Doch in der Stadt selbst war bereits geschäftiges Treiben zu hören. Händler riefen ihre Waren aus, Verhandelten mit Kaufinteressenten. Kinder liefen lachend durch die Straßen und spielten. Handwerker bearbeiteten Metall und Holz, formten Töpferwaren und aus den Schmelzöfen stiegen dunkle Rauchfahnen in den Himmel. Ihr Rauch vermengte sich mit den vielen Herdfeuern der Stadt … Eine trügerische Ruhe des Friedens.

In der Mitte der Halle, an einem schweren Tisch aus dunklem Holz, hatten sich die wichtigsten Köpfe der Asen versammelt. König Baldur saß an der Stirnseite, sein markantes Gesicht von tiefer Nachdenklichkeit gezeichnet. Zu seiner Rechten lehnte sich Ephimos, der griechische Berater der Asen, leicht vor, seine klugen Augen voller Interesse. Neben ihm saß Olov, jung, aber scharf beobachtend, sein Blick zwischen den Anwesenden hin und her wandernd. Skald, Olovs jüngerer Bruder, hatte einen Platz neben Fürstin Omoru eingenommen, die mit ruhiger Erhabenheit auf ihrem Stuhl saß. Hela, eine der wenigen Frauen am Tisch, stand leicht nach vorne gebeugt und führte das Wort.

“Die Reise nach Swenu war ein Erfolg,“ begann sie mit klarer Stimme. “Die Waren, die wir mitgebracht haben, wurden in der Stadt mit großer Neugier empfangen. Der Handel in Swenu selbst ist lebendig, und die dortigen Kaufleute haben uns gut behandelt. Wir konnten wertvolle Erfahrungen sammeln, was die Qualität und Preise der dortigen Güter betrifft … Doch von besonderem Interesse für Ephimos dürfte das hier sein.“

Mit einer leichten Geste wies Hela auf einen der Bediensteten, der in den Hintergrund getreten war. Sofort traten zwei Männer mit einem der hölzernen Wagen, die von der Reisegruppe mitgebracht worden waren, nach vorne. Der leichte Wagen war nach dem Vorbild der ägyptischen Streitwagen konstruiert worden und war sichtbar leicht gebaut. Mit leichten, aber stabilen Speichenrädern, einer federnden Achse und einer geschwungenen Form, die ihm sowohl Stabilität als auch Wendigkeit verlieh.

Ephimos' Augen weiteten sich, als er den Wagen betrachtete. Er trat näher heran, ließ die Finger über das fein bearbeitete Holz und Korbgeflecht gleiten und testete vorsichtig die Federung der Achse.

"Das ist außergewöhnlich," murmelte er. "Diese Bauweise … sie ist leicht, aber stark. Diese Wagen könnten große Lasten transportieren, ohne schwerfällig zu werden. Sie sind dem, was ich aus meiner Heimat kenne, überlegen. Ich habe von diesen Streitwagen der alten Pharaonen gehört aber vorher nie zuvor einen selbst gesehen."

Baldur beobachtete ihn aufmerksam. "Glaubst du denn, dass wir sie selbst nachbauen können? Das diese Wagen uns nützlich sein werden?"

Ephimos nickte jetzt langsam, sein nachdenklicher Blick war voller Berechnung und Überlegung. "Ja ... Wir haben die Handwerker und die Materialien dafür. Und wenn wir sie in größerer Zahl fertigen, könnten wir unsere Handelsreisen weitaus effizienter gestalten als bisher. Wir könnten mit diesen Wagen sehr viel mehr Waren transportieren, als wenn wir die Pferde nur mit Lasten beladen. Auch für den Warentransport innerhalb von Asengard würden sie einen enormen Vorteil schaffen. Wir müssten lediglich einige kleinere Änderungen vornehmen, die mir aber schon deutlich sind … Beispielsweise auf das fordere Flechtwerk verzichten, dass dieser Streitwagen jetzt besitzt und anstatt dessen ein niedriges Geländer an den Seiten befestigen. Das sollte leicht sein und wir können somit die darauf liegenden Dinge befestigen, wenn wir das wollen. Wir wollen keinen Streitwagen erbauen sonder Wagen zum Transport von waren."

Olov, der bisher still zugehört hatte, beugte sich nach vorne. "Wie viele könnten wir in einer angemessenen Zeit herstellen?"

"Etwa ein Dutzend in weniger als einem Mond," antwortete Ephimos nach kurzem Überlegen. "Wir müssen unsere besten Handwerker mit der Aufgabe betrauen, aber ich bin zuversichtlich, dass wir bald eine ganze

Karawane von diesen Wagen ausstatten können. Das Prinzip ist einfach und schnell herzustellen. Ich sehe da keine wirklichen Probleme.“

Baldur lehnte sich in seinem Stuhl zurück und grübelte, sein Blick war sehr nachdenklich. “Ein Dutzend dieser Wagen würde natürlich unsere Handelsmöglichkeiten enorm erweitern. Wir könnten mehr Waren auf einer einzigen Reise transportieren. Der Umfang der Warenmenge, die wir kaufen können, hat sich damit deutlich vergrößert. Dank der Schätze, die Omoru und das überlebende Volk der Gomuna hierher brachten sollte es uns möglich sein sehr viel mehr zu erwerben, als wir in zwei oder drei Reisen hierher transportieren können … Wie wir unseren Handel in der Zukunft bezahlen können, bleibt noch abzuwarten. Das ist ein Problem, welches wir irgendwann später lösen müssen.“

Ein leises Raunen der Zustimmung ging durch die Versammlung. Die Aussicht, mit wenigen Reisen noch viel mehr Rohmaterial, Luxus und Reichtum nach Asengard zu bringen, war verlockend.

Doch Hela hatte noch eine weitere Information zu teilen. Sie blickte zu Ephimos, der noch immer den Wagen mit sichtlicher Faszination betrachtete.

“In Swenu haben wir auch etwas anderes gesehen,“ begann sie, wobei sie nur schwer ein Grinsen unterdrückte. “Etwas, das dich … und auch viele andere ... besonders interessieren dürfte.“

Ephimos richtete sich auf und musterte sie neugierig. “Was denn?“

“Rebstöcke.“ Hela sah ihn lächelnd an.

Für einen Moment war es still in der Halle. Ephimos blinzelte, als hätte er sich verhört, dann verzog sich sein Mund zu einem ungläubigen Lächeln. “Rebstöcke…?“

“Ja,“ bestätigte Hela. “Sie wurden auf den Märkten von Swenu verkauft. Gepflegte, gesunde Pflanzen. Anscheinend wachsen sie gut im warmen Klima des Südens.“

Ephimos' Lächeln wurde breiter, und sein Blick leuchtete auf eine Weise, wie man es selten bei ihm sah. “Weinreben …“ Er schüttelte leicht den Kopf und lachte leise. “Das ist unglaublich.“

Skald, der bisher eher zurückhaltend zugehört hatte, runzelte die Stirn. "Was genau bedeutet das?"

Ephimos wandte sich an ihn. "Es bedeutet, dass wir hier in Asengard möglicherweise eigenen Wein anbauen könnten. Wir haben fruchtbares Land, und wenn die Reben sich anpassen, könnten wir in einigen Jahren selbst Wein keltern ... Die Berghänge, seitlich der Stadt, bieten sich geradezu an, um dort Weinreben zu pflanzen."

Baldur legte die Hände auf den Tisch. "Ist das wirklich realistisch? Kann so etwas bei uns gedeihen?"

Ephimos nickte nachdrücklich. "Ja, ich denke schon. Das Klima hier ist zwar nicht ganz so heiß wie in Men-Nefer oder Swenu, aber wir haben genug Sonnenlicht und wenn wir die Reben richtig anpflanzen, könnten sie gedeihen. Wir müssten sie zunächst in geschützten Lagen pflanzen, aber mit der richtigen Pflege könnte Asengard in einigen Jahren seinen eigenen Wein haben."

Fürstin Omoru, die bis dahin eher still gewesen war, lächelte leicht. "Ich weiß, dass viele Asen Wein lieben. Ich habe oft gehört, wie sie davon geschwärmt haben und wie sehr sie dieses Getränk vermissen. Das könnte ein bedeutender Schritt sein."

"Dann sollten wir beim nächsten Handel auch eine gewisse Menge an Rebstöcken erwerben," entschied Baldur. "Ephimos, wie viele wären nötig, um einen ersten Versuch zu wagen? ... Oder um dieses Vorhaben erfolgreich werden zu lassen?"

"Mindestens zweihundert bis dreihundert Pflanzen," überlegte Ephimos. "Vielleicht mehr, wenn wir langfristig denken. Und wir brauchen geschulte Leute, die wissen, wie man sie pflegt. Ich wüsste momentan nur einen oder vielleicht zwei, die dazu in der Lage wären ... Zudem werden die Händler in Swenu auch einen gewissen Preis verlangen, der von uns nicht zu knapp kalkuliert werden sollte."

"Das Geld sollte kein Problem sein," sagte Fürstin Omoru gelassen. "Mein Volk hat seinen Staatsschatz mit nach Asengard gebracht. Für die Edelsteine und das Gold können wir so viele Waren erwerben, wie unsere Wagen tragen können. Vor allem diese Edelsteine sollten es uns leicht ermöglichen, dort alles zu kaufen, was wir für die ersten Pflanzungen benötigen … Zusätzlich zu all dem, was wir sonst noch kaufen wollen."

Ein leises aber auch zufriedenes Murmeln breitete sich aus. Viele der Anwesenden dachten schon daran, wie es sein mochte, das erste mal seit langem wieder Wein zu trinken. Die Zukunft schien vielversprechend.

Baldur schlug mit der Faust auf den Tisch und grinste. "Dann ist es also beschlossen. Wir bereiten eine weitere Handelsreise nach Swenu vor. Wir werden die Wagenproduktion vorantreiben und sobald wir bereit sind, kehren wir dorthin zurück ... Diesmal mit einer noch größeren Gruppe, damit wir unsere Handelsgruppe sichern, mehr Tiere erwerben und dann hierher treiben können. Ephimos, ich möchte, dass du die Organisation der Handelsgruppe übernimmst. Hela kennt den Weg und wird dich bei der Planung unterstützen. Olov wird alles besorgen, was wir benötigen. Skald wird dich beim Bau der Wagen unterstützen und die Handwerker beaufsichtigen … Machen wir uns an die Vorbereitungen. Wir wollen keine Zeit verschenken."

Die Entscheidung, erneut nach Swenu zu reisen, hatte in Asengard eine Welle geschäftiger Betriebsamkeit ausgelöst. In den Werkstätten der Stadt hallten Hammerschläge wider, Holzspäne wirbelten durch die Luft, und der Geruch von frisch gegerbtem Leder mischte sich mit dem Duft glühenden Harzes.

Ephimos hatte sich voll und ganz der Fertigung der neuen Wagen gewidmet. Zusammen mit Skald und den besten Handwerkern Asengards leitete er die Arbeiten an, erklärte ihnen die Feinheiten der ägyptischen Bauweise und achtete darauf, dass jedes Detail genauestens nachgeahmt wurde. Die Räder mussten leicht, aber robust sein, aus geschichtetem Holz gefertigt und mit Eisenreifen verstärkt. Die Achsen, ursprünglich aus Holz gefertigt sollten, nun aus Metall entstehen. Ephimos versprach sich davon eine deutlich bessere Haltbarkeit. Die Deichseln wurden so umkonstruiert, dass sie sich leichter an verschiedene Zugtiere anpassen ließen. Zusätzlich wollte Ephimos, auf einem der Wagen einige Ersatzachsen und Ersatzräder mitnehmen, um schadhafte Wagen auf der Reise reparieren zu können. Skald war von dieser schlichten aber sinnvollen Idee schlichtweg begeistert. Ihm selbst wäre ein derartiger Gedanke nicht gekommen.

“Diese Wagen werden uns nicht nur als Transportmittel dienen,“ erklärte Ephimos Baldur eines Abends, als sie gemeinsam durch die Werkstätten schritten. “Sie könnten auch im Krieg von Nutzen sein.“

Baldur zog eine Augenbraue hoch. “Du denkst an Streitwagen?“

Ephimos nickte. “Warum nicht? Die Ägypter nutzen sie seit bereits seit vielen Jahrhunderten mit großem Erfolg. In der richtigen Formation könnten unsere Krieger mit diesen Wagen eine gefährliche Streitmacht bilden.“

Der König schwieg einen Moment, betrachtete die Wagen im Halbdunkel der Werkstatt und nickte schließlich. “Das ist ein Gedanke, den wir weiterverfolgen sollten. Aber vorerst konzentrieren wir uns auf die Handelsreise … Zudem solltest du nicht vergessen, das die alten Pharaonen in Wüstengelände kämpften. Wir jedoch haben hier dichten Urwald um uns herum. Der Wert solcher Wagen wäre hier also mehr als zweifelhaft, denke ich.“

Während in den Werkstätten die Wagen entstanden, wurde in den Lagerhäusern der Stadt der Proviant für die Karawane vorbereitet. Getrocknetes Fleisch, geröstetes Getreide, Hartkäse und Honig wurden in große Tongefäße gefüllt, während Wasserschläuche aus Krokodilleder sorgfältig versiegelt wurden. Die Asen hatten aus ihrer ersten Reise nach Swenu gelernt. Der Weg war lang und auch sehr fordernd, für Mensch und Tier. Es durfte an nichts fehlen.

Fürstin Omoru übernahm es, die kostbare Edelsteine aus dem ehemaligen Staatsschatz ihres Volkes in Lederbeutel zu packen und mit Wachs zu versiegeln. Auch einige Beutel mit Gold und Silber wurden bereitgelegt.

“Wir haben genug Reichtum, um viele Waren zu erwerben,“ sagte sie zu Hela, die ihr bei den Vorbereitungen half. “Aber wir sollten darauf achten, dass wir nicht zu verschwenderisch erscheinen. Händler verlangen mehr, wenn sie glauben, dass ihr Kunde im Überfluss schwimmt.“

Hela nickte anerkennend. Omoru besaß einen scharfen Verstand und verstand es, strategisch zu denken. Hela kam ein Gedanke, den sie noch mit Ephimos besprechen wollte. Es wäre doch möglich, den Leuten in

Swenu vorzugaukeln, man würde jemand ganz anderes sein … Jemand, der im Auftrag des Großkönigs reiste und unter dessen Schutz stand. Noch am selben Abend suchte sie Ephimos auf und erzählte ihm von ihrer Idee. Ephimos nickte, nachdem er eine Weile überlegt hatte. “Wir werden dafür aber gewisse Dokumente benötigen, Hela.“

Ephimos grinste. “Ich werde nachher mit Dareios sprechen. Er hat uns seinerzeit in Men-Nefer auch gefälschte Dokumente angefertigt, wie du dich vielleicht erinnerst. Was einmal gut ging könnte in diesem ganz besonderen Fall ebenfalls funktionieren … Zumal Swenu weit außerhalb des direkten Einflusses von Men-Nefer liegt. Ich kann mir gut vorstellen, dass ein wohlwollendes Wort, des Stadthalters von Swenu, uns dann sehr behilflich werden kann, wenn wir die von uns benötigten Waren kaufen. Zumindest sollten wir dabei um Wucherpreise herum kommen, da keiner gerne den Groll des Großkönigs auf sich zieht.“

Hela kicherte leise, als sie sich an die Vorkommnisse erinnerte, die sich damals in Men-Nefer zugetragen hatten.

Ephimos starrte eine Weile grübelnd vor sich hin. Dann jedoch nickte er gedankenvoll. “Wir werden in Swenu als eine Gruppe auftreten, die vom Großkönig einen geheimen Auftrag hat. Dazu werden wir auch Jasamin benötigen, da ihr das Umfeld des Großkönigs, mit den dortigen Gepflogenheiten bekannt ist. Ich werde ebenfalls dabei sein. Weiterhin auch eine Anzahl von Frauen der Gomuna, die mit Omoru gekommen sind. Dareios sollte uns auch begleiten … Wir werden eine große Gruppe werden und es sollte nicht verwunderlich sein, wenn eine derartige Gruppe, die zudem im Auftrag des Großkönigs unterwegs ist, auch von einer beträchtlichen Anzahl kampfgewohnter, starker Krieger begleitet und bewacht wird. Somit können wir dann auch die Gegenwart unserer Asenkrieger glaubhaft erklären.“

Die vielen notwendigen Vorbereitungen für ihre Reise liefen ohne Unterlass und zeigten schnell Fortschritte. Schon bald würde man aufbrechen können. Baldur, der sich jeden Tag über den Stand der Vorbereitungen informierte war zufrieden.

Eines Abends sprach Baldur mit Omoru über seine Bedenken, was die Bezahlung der vielen Waren betraf, die sie erwerben wollten. Omoru lachte nur leise. Dann griff sie nach einem kleinen Lederbeutel, öffnete ihn und ließ dessen Inhalt auf eine Tischplatte rollen. Sie zeigte wortlos auf die Edelsteine, die im Kerzenlicht schimmerten und funkelten.

Die Edelsteine von Omoru

Omoru schmunzelte wissend. "Glaube mir, Baldur ... ich habe in der Vergangenheit oft mit fremden Händlern aus der Ferne zu tun gehabt. Diese Edelsteine sind weit wertvoller, als du es dir vorstellen kannst. Die Händler waren bereit uns für jeden dieser Steine einen hohen Preis zu zahlen. Wir sollten also keine Probleme bekommen, wenn es um die Bezahlung der Waren geht, die wir bekommen wollen. Einen Teil der Edelsteine wird unsere Handelsgruppe mitnehmen. Den weitaus größeren Teil jedoch behalten wir hier und sind so in der Lage auch in der Zukunft noch viele Waren zu erwerben."

2.

Liv

Die Nacht über Asengard war klar und mild und der Wind trug den Duft von Feuer und Erde durch die engen Gassen. Im schwachen Schein von Mond und Sternen bewegte sich eine schlanke Gestalt fast lautlos durch die Schatten. Liv.

Sie war nicht auf dem Weg nach Hause ... nicht wirklich. Ihr Haus, das in den letzten Monaten zu einem der ansehnlichsten in der Siedlung geworden war, war längst fertig. Breite Holzbalken stützten ein Dach aus sorgfältig geschichteten Dachziegeln, die Wände waren stabil und ebenmäßig und die Tür war mit kunstvollen Schnitzereien verziert, die einer Kriegerin würdig waren. Sie hatte dieses Heim nicht allein errichtet. Nein, es waren andere Menschen gewesen, die es für sie gebaut hatten ... Männer, die dachten, dass sie sie liebte, dass sie ihre Aufmerksamkeit mit harter Arbeit und Hingabe erkaufen konnten oder die sich so einfach nur Gefälligkeiten erkaufen wollten. Sie waren allesamt nur Narren, in den Augen von Liv.

Liv ließ sich nicht binden. Nicht von einem Mann oder einer Frau, nicht von einer Pflicht, nicht von einer Aufgabe, die sie bis an ihr Lebensende fesseln würde. Sie war klüger und vor allem auch skrupelloser, als die anderen Frauen in Asengard. Sie verstand das Spiel der Macht und wusste, dass die Welt nicht denen gehörte, die blind folgten, sondern jenen, die zu lenken wussten.

Sie hatte es bei Skald versucht.

Ein guter Mann. Gut zumindest für Frauen, die solche Männer suchten, die einen eigenen Willen besaßen. Stark, oftmals schweigsam, mit einem Verstand, der weit schärfer war als der der meisten anderen Krieger. Doch er hatte sich nicht formen und lenken lassen. Er war ein Fels, der nicht zu Sand zermahlen werden konnte. Sie hatte es nicht geschafft, ihn nach ihrem Willen zu lenken, also hatte sie ihn aufgegeben ... ohne Zögern, ohne Bedauern.

Ein anderer war an seine Stelle getreten. Einer der Jäger, dessen Name ihr kaum noch wichtig war. Er hatte sich von ihr betören lassen, hatte ihre Wünsche erfüllt, hatte sich mit drei anderen Männern daran gemacht, ihr Heim nach ihren Vorstellungen zu errichten. Er hatte für sie gearbeitet, geschuftet, geschwitzt und als er glaubte, ihr Herz gewonnen zu haben, hatte sie sich bereits gelangweilt. Er war nur ein Werkzeug gewesen. Ein Mittel zum Zweck, so wie auch viele andere Männer … und auch einige Frauen.

Doch ein Haus allein machte sie noch nicht zu dem, was sie sein wollte. Sie wollte mehr. Sie wollte eine Zukunft, in der sie nicht mehr arbeiten musste, in der sie nicht mehr mit Schweiß und Blut für ihre Stellung kämpfen musste.

Und so hatte sie es weitergesponnen, ihr Netz aus Verführungen und geschickten Worten. Die Schmiede von Asengard waren ihre nächste Beute gewesen. Sie hatte bemerkt, dass die Männer, die das glühende Metall formten, empfänglich für Schmeichelei waren ... für ein Lächeln, einen Blick, ein leises Wort, das in ihrem Ohr nachhallte, lange nachdem sie fortgegangen war. Sie hatten ihr gefallen wollen, ihr gefallen müssen. Und so hatten sie für sie gearbeitet. Einige hatten mehr verlangt, als nur freundliche Worte. Das war für Liv jedoch kein Problem. Sie war nur zu gerne bereit, ihren Körper einzusetzen, um an ihr Ziel zu gelangen. Es war nur wichtig, dass diese Männer, mit denen sie Intimitäten austauschte darüber schwiegen … Da jedoch nahezu alle von ihnen eine Gefährtin hatten, war dieses Problem das weitaus einfachste. Die Männer würden schweigen.

Während die anderen Krieger sich mit den schweren Schuppenrüstungen begnügten, hatte sie sich eine Rüstung entwerfen und fertigen lassen, die nur für sie gemacht war. Schmaler geschnitten, beweglicher, angepasst an ihren Körper, der sich mit den Monaten der harten Arbeit verändert hatte. Sie war nicht mehr das Mädchen von einst. Ihr Körper war hart, durchtrainiert, geformt von der Anstrengung, aber zugleich weiblicher als je zuvor.

Vor wenigen Monden noch war Liv eine junge Frau gewesen, die den Speck einer heran wachsenden besaß. Das hatte sich geändert. Nicht nur das nahezu Tägliche Waffentraining hatte seinen Teil dazu beigetragen, sondern auch die schwere Arbeit an den Baustellen. Liv hatte diese Arbeit zutiefst gehasst, sah sie jedoch als ein notwendiges Übel an, um ihren Körper zu stärken und ihre Muskulatur zu formen. In ihren eigenen Augen, die durchaus kritisch waren, hatte sie Erfolg gehabt. Sie besaß nun einen Körper, um den sie viele Frauen in Asengard offen beneideten. Geschmeidig, mit blitzschnellen Reflexen und zugleich mit der Anmut einer Raubkatze. Sie hatte von Natur aus einen mehr als üppigen Busen besessen. Jetzt war dieser fester als vorher und sogar ein klein wenig größer, was von der darunterliegenden Muskulatur kam. Sie war stolz auf ihre Brüste, die sie gerne so zeigte, dass die Fantasie der Männer durch den Anblick angeheizt wurde. Noch verhüllt aber so, dass man dennoch viel davon sah.

Sie wusste, dass die Männer sie ansahen. Sie bemerkte die Blicke, wenn sie durch die Stadt ging. Sie spürte auch das Verlangen, das sie in ihnen weckte und sie wusste, wie sie es zu ihrem Vorteil nutzen konnte. Das hatte sie besonders beim Waffentraining ausgenutzt. Anfänglich war sie noch etwas ungeschickt. Es fehlte ihr an Routine bei der Handhabung von Schwert, Axt und Speer. Sie hatte jedoch verbissen an ihren Fähigkeiten gearbeitet und schon bald war sie eine ernstzunehmende Gegnerin für die Krieger geworden, von denen die allermeisten sie um fast eine Handbreit überragten. Liv hatte sich an vielen langen Stunden, in der Abenddämmerung, unterrichten lassen. Vorzugsweise im Innenhof ihres Hauses, wo man ungestört war. Der Lohn für die Krieger von denen sie das Waffenhandwerk in Perfektion erlernt hatte war relativ einfach von ihr zu bezahlen … Sie wählte sich die jeweiligen Krieger mit Bewusst aus und bezahlte sie dann, nach dem Training auf die Art, wie eine Frau eine Schuld abträgt, wenn sie kein Gold oder Silber zahlen will. Sie hatte es zutiefst genossen. Viele Abende hallten Lustgeräusche aus ihrem etwas abseits gelegenen Haus, welches von einer kleinen Mauer und einem baumbewachsenen Garten umgeben war. Ohne das Elixier von Jasamin, welches die Schwangerschaft verhinderte, wäre sie wohl drei dutzendmal Schwanger geworden. Es war eine Zeit gewesen, in der Liv sich jeden Abend aussuchen konnte, von welchem Mann sie sich befriedigen lassen wollte … und sie hatte dies vollkommen ausgenutzt. Noch heute traf sie sich gelegentlich mit dem einen oder anderen dieser Krieger und ließ sich von ihnen besteigen.

Nicht nur ihr Körper war auffällig sondern ganz besonders ihr Gesicht. Ein Gesicht, welches vor allem den sehr jungen Männern oft in deren Wachträumen zulächelte. Doch ihre Wirkung betraf auch die älteren Männer … und einige Frauen. Volle Lippen, hinter denen ebenmäßige, strahlend weiße Zähne zu erkennen waren, eine gerade Nase, hohe Wangenknochen und ein Kinn, welches Stärke vermittelte. Dazu noch strahlende, blaue Augen, mit langen Wimpern … Ein Gesicht, das von einer dichten Mähne, langer hellblonder Haare umrahmt wurde.

Im allgemeinen wurde sie von den meisten Bewohnern Asengards als die wohl mit Abstand schönste Frau angesehen, die in Asengard lebte. Der Charakter von Liv war jedoch alles andere als schön oder begehrenswert. Für Liv zählte nur Liv und sonst niemand.

Sie war sehr zufrieden mit sich und dem äußeren Eindruck, den sie vermittelte. Doch dann hatte sie Matumba und Skald gesehen. Gesehen, wie die beiden miteinander umgingen und die Schwingungen zwischen ihnen fast körperlich gespürt. Zum ersten Mal seit langer Zeit hatte sie etwas gespürt, das sie fast vergessen hatte ... Neid.

Matumba, die Tochter der Fürstin Omoru. Sie hatte die Stellung, nach der Liv sich sehnte. Und jetzt hatte sie auch noch Skald ... den Mann, den Liv einst für sich gewollt hatte, bevor sie ihn als nutzlos verworfen hatte, da er sich nicht lenken ließ.

Es war nicht der Mann, den sie vermisste. Nein, es war die Möglichkeit, die er darstellte. Skald war nicht nur ein Krieger, er war ein Prinz der Stadt. Er war klug, loyal, entschlossen und sehr beliebt. Mit Matumba an seiner Seite würde er eines Tages Einfluss haben, vielleicht sogar über Asengard mitentscheiden.

Und sie, Liv? Sie sah zu, wie ihr alles entglitt. Ein Umstand, der sie vor Wut und Hilflosigkeit manchmal fast rasend machte. Sie hatte überlegt, ob es erfolgversprechend sein würde, Olov zu umgarnen. Dieser besaß jedoch einen noch sehr viel stärker ausgeprägten eigenen willen als Skald und kam somit nicht in Frage. Olov würde sich niemals von ihr lenken lassen. Deshalb verwarf sie diese Möglichkeit sehr schnell wieder.

Liv ließ sich auf einem der niedrigen Holzbalken nieder, die noch immer rund um die nun fertigen Baustellen verstreut lagen. Sie stützte die Arme auf ihre Knie und starrte in die Dunkelheit, während die Geräusche der Siedlung langsam verhallten. Die schweren Schritte der Männer, das Klirren von Werkzeug, das gelegentliche Lachen oder Rufen ... all das wurde mit der hereinbrechenden Nacht leiser.

Doch in ihr tobte ein Sturm. Die Vorstellung, dass Matumba und Skald gemeinsam am Feuer saßen, vielleicht in seinem Haus, vielleicht sogar nun gerade miteinander im Bett lagen und es miteinander trieben… nein. Sie knirschte mit den Zähnen. Matumba hatte Skald genommen, weil sie es konnte. Weil sie die Tochter der Fürstin war. Weil ihr das Leben alles gab, was sie brauchte, ohne dass sie darum kämpfen musste.

Liv hasste Frauen wie sie. Sie hatte Matumba beobachtet. Ihre Art, sich zu bewegen ... mit einer Selbstverständlichkeit, als gehöre ihr dieser Ort. Die Art, wie sie sprach, wie sie von anderen angesehen wurde. Sie war eine Frau, die nicht kämpfen musste, um ihren Platz in der Welt zu behaupten.

Aber sie selbst, Liv? Liv hatte sich alles genommen, was sie besaß. Und sie würde sich noch mehr nehmen. Vor allem jedoch dürstete es sie nach uneingeschränkter Macht.

Ihr Blick glitt über die Baustelle und die umliegenden Häuser der Stadt. Sie hatte die letzten Monate hart gearbeitet, ihr Körper war jetzt der einer Kriegerin. Einer, dem niemand widerstehen konnte. Sie hatte sich ihre Rüstung angefertigen lassen, die nicht nur funktional war, sondern auch schön ... ein Symbol ihrer Überlegenheit über die anderen Frauen.

Und doch … Es reichte nicht. Nicht, solange Matumba an Skalds Seite stand. Nicht, solange Liv nur eine weitere Frau in Asengard war. Eine Frau, die über keine echte Macht verfügte … Denn Liv wusste, dass die jetzige Schönheit irgendwann einmal verblassen würde. Sie brauchte eine Lösung für dieses Problem.

Langsam stand sie auf. Sie spürte das Ziehen in ihren Muskeln, die Kraft, die sie durch die Arbeit gewonnen hatte. Aber Kraft allein würde ihr nicht helfen. Sie musste viel schlauer und vorausplanender sein als alle anderen … und vor allem weitaus skrupelloser, wenn sie ihr Fernziel irgendwie erreichen wollte. Es gab immer einen Weg. Sie musste diesen Weg nur erkennen. Dann würde sie ihn einschlagen.

Und wenn es bedeutete, eine Schlange zu sein, die sich ins Nest des Adlers schlängelte, dann würde sie genau das tun. Denn sie hatte nicht vor, ein Leben lang zu schuften. Sie hatte nicht vor, sich mit dem zufrieden zu geben, was andere ihr zugestanden. Nein.

Liv würde Asengard eines Tages regieren. Und Matumba und Skald? Sie würden nicht einmal bemerken, was mit ihnen geschah ... nicht, bis es zu spät war. Aber wie sollte sich dies bewerkstelligen lassen?

Liv seufzte. Ihr Drang nach Macht und Einfluss wurde von Mond zu Mond stärker und war kaum noch zu zügeln. Auch wenn sie mit Männern oder anderen Frauen zusammen war, sich der Leidenschaft hingab, war dieser Drang noch immer in ihren Gedanken. Fast wie ein Fieber, welches sie langsam aufzehrte.

Stundenlang hatte sie nachgedacht. Immer wieder hatte sie sich ausgemalt, wie es wäre, Königin zu sein. Die mächtigste Frau von Asengard, eine Herrscherin, vor der alle knieten. Doch der Traum hatte sich aufgelöst, als sie erkannte, dass er nicht realisierbar war.

Nicht hier. Nicht in Asengard … zumindest nicht jetzt.

Sie war nicht dumm. Sie wusste, dass sie nicht einfach kommen und die Macht an sich reißen konnte. König Baldur war zu stark, zu angesehen, zu unantastbar. Sein Sohn Olov war jung, aber das Volk liebte ihn. Skald, ihr einstiger Geliebter, hatte sich in den letzten Monaten bewiesen, war in den Augen vieler schon jetzt ein Anführer. Und Matumba? Matumba war eine Fremde, eine Tochter eines fremden Stammes, eine, die von vielen noch immer argwöhnisch betrachtet wurde. Aber durch Skald war sie nun geschützt … wurde zudem ständig beliebter bei den Menschen der Stadt. Von Omoru brauchte sie gar nicht denken, dass diese Frau sich beeinflussen lassen würde. Die wirklich schöne und zudem noch sehr intelligente Fürstin war jetzt die Gefährtin von Baldur. Omoru war beliebt und wurde vor allem von den Überlebenden ihres alten Volkes geradezu vergöttert. Zu allem Unglück war sie die Mutter von Matumba, was diese noch unangreifbarer machte.

Liv hingegen hatte keine Verbündeten. Zumindest keine, die ihr wirklich treu und langfristig ergeben waren. Wenn sie es wagte, sich offen gegen Baldur und dessen Macht zu stellen, würde sie verlieren. Vielleicht nicht sofort, vielleicht würde sie einen kurzen Moment des Triumphs erleben doch dann würde sie fallen. Und Asengard war nicht gnädig zu jenen, die versagten.

Ein bitteres Lächeln zuckte um ihre Lippen. Nein. Sie hatte zu lange überlebt, zu lange gekämpft, um eine Dummheit zu begehen, die sie das Leben oder ihre Zukunft kosten konnte.

Doch wenn sie hier, in Asengard, keine Macht finden konnte, dann musste sie diese woanders suchen. Ihr Blick wanderte zu der Stadtmauer. Dahinter lag die Dunkelheit des Tals. Dort draußen war eine Welt, die von anderen Gesetzen regiert wurde. Den Gesetzen der Stärke. Eine Welt, in der Liv keine Außenseiterin, keine namenlose Frau unter Männern, keine Arbeiterin unter Kriegern wäre.

Dort gab es Menschen, die sich nach Führung sehnten. Es gab Feinde, die nach Rache dürsteten. Ein Gedanke zuckte ihr durch den Kopf. Rache? das war vielleicht der Schlüssel. Langsam, sehr langsam breitete sich ein neuer Gedanke in ihr aus.

Matumbas Volk hatte Feinde. Liv erinnerte sich an die Gespräche, die sie mitgehört hatte. Sie dachte an die Gespräche, die sie mit einigen Frauen geführt hatte die zum Volk von Omoru gehörten. Die Geschichten, die über die Stämme jenseits des Talkessels erzählt wurden. Wilde, brutale Menschen, die Omorus Volk bekämpft und nahezu ausgerottet hatten. Sie hatten Kriege geführt, sie hatten Siedlungen niedergebrannt, sie hatten Frauen und Kinder getötet.

Und doch … Was, wenn sie nur deshalb so wild gewesen waren, weil sie keinen echten Führer gehabt hatten? Was, wenn sie auf jemanden trafen, der klüger war als sie? Jemanden, der ihnen zeigte, wie sie ihre Feinde bezwingen konnten? Jemanden wie Liv?

Langsam schloss sie die Augen und ließ das Bild vor sich entstehen.

Eine noch unbekannte Stadt, tief im Dschungel. Wilde Krieger, aber nicht ziellos, nicht unorganisiert ... sondern geführt von ihr. Sie, die Frau, die stärker war als ihre Gegner. Die klüger und gewissenloser war als Hela, Omoru, Matumba, oder Jasamin. Die geschickter war als die Männer von Asengard … Ja! Das war die Lösung.

Wenn sie es richtig anstellte, konnte sie dort die Position erreichen, nach der es sie verlangte. Da war Liv sich sicher … Zumindest nach dem, was sie bislang in Erfahrung gebracht hatte.

Ein neuer Stamm, eine neue Ordnung ... mit ihr an der Spitze. Es würde nicht leicht sein. Sie musste sich ihren Platz erkämpfen, sie musste sich beweisen, und sie durfte niemandem vertrauen. Aber das tat sie ohnehin nicht. Liv war eine Schlange unter Wölfen gewesen. Nun würde sie sich in eine Löwin verwandeln.

Langsam öffnete sie die Augen. Das Licht des Mondes spiegelten sich in ihrem Blick, als hätte sich in diesem Moment ihr Schicksal entschieden.

Ja, Asengard war zu klein für sie. Aber die Welt da draußen? Die gehörte ihr und sie würde sich nehmen, was sie haben wollte. Dazu bedurfte es jedoch einiger Vorbereitungen. Vorbereitungen, die teils bereits von ihr in Angriff genommen worden waren und notwendig waren, sollte sie Asengard den Rücken kehren. Liv lächelte. Es war ein boshaftes Lächeln. Das wichtigste war es, die Rezeptur für die Arznei zu bekommen, die von Jasamin hergestellt wurde und die ungewollte Schwangerschaft verhinderte. Dies war der Punkt, der für Liv am wichtigsten war.

Liv hatte bereits einige Erkundigungen über Anschi eingeholt. Sehr vorsichtig und unverfänglich hatte sie sich bei den Frauen der Gomuna erkundigt … und einen Ansatz gefunden, um sich das Vertrauen von Anschi zu erschleichen, wenn dies nötig sein sollte. Anschi wurde nun plötzlich zu einer wichtigen Spielfigur, auch wenn Anschi sich dessen nicht bewusst war und wohl kaum ahnte, was auf sie zukommen würde.

Liv wusste bereits, dass Jasamin ihr die Rezeptur niemals freiwillig überlassen würde. Zu stolz. Zu misstrauisch. Und Jasamin durchschaute sie ... im Gegensatz zu Anschi. Die junge Heilerin war naiv, leicht zu beeinflussen. Es würde keine direkte Lüge brauchen, kein erzwungenes Wort. Nur die richtigen Berührungen, die richtigen Gesten, das süße Gift ihrer Stimme. Liv hatte erfahren, dass Anschi in ihrer alten Heimat wohl die eine oder andere unangenehme Erfahrung mit Männern gemacht hatte. Die Frauen der Gomuna hatten kichernd erwähnt, es gebe das Gerücht, Anschi hätte sich danach den Frauen zugewendet, sei aber noch sehr unerfahren und eigentlich viel zu schüchtern, um selbst auf die jagd nach einer willigen Partnerin zu gehen. Das wollte Liv nun austesten und bei positiver Resonanz all ihre körperlichen Vorzüge ins Spiel werfen. Sollte sich dieses Gerücht bewahrheiten, dann würde Liv alles daran setzen, Anschi gefügig zu machen. Sie musste jedoch sehr vorsichtig vorgehen, da Anschi die ältere Tochter von Omoru war … und Liv wollte keineswegs die Aufmerksamkeit oder sogar den Groll von Omoru auf sich ziehen, was gleichbedeutend wäre, mit der Aufmerksamkeit von Baldur, Matumba, Skald und Olov.

Laut der Informationen, die Liv bisher besaß, war Anschi durchaus intelligent und gebildet, war jedoch bezüglich anderer Menschen geradezu erschreckend naiv und sehr schüchtern. Liv hatte beschlossen dies auszunutzen. Einen anderen Menschen zu verführen war für Liv fast so etwas, wie ein Spiel. Ein Spiel, welches sie gut beherrschte und dem sie sich mit Genuss hingab. Es war Liv völlg egal, ob es sich dabei um einen Mann oder eine Frau drehte. Sie mochte beides.

Die Dämmerung legte sich sanft über Asengard, als Liv im neu erbauten Krankenhaus von Asengard eintraf. Sie hatte den Zeitpunkt sorgsam gewählt. Jasamin war für gewöhnlich um diese Zeit längst gegangen und nur eine einzelne, ältere Heilerin versorgte diejenigen, die als Patient hier waren. In diesem Fall also Orm und eine Frau, die in den kommenden Tagen ihren Geburtstermin hatte. Anschi, die oft über Nacht hier arbeitete sollte an diesem Abend ebenfalls anwesend sein. Es würde sich zeigen und wenn Anschi nicht da wäre, dann würde Liv am nächsten Abend erneut kommen.

Anschi saß an einem Tisch, im hinteren Winkel des großen Raumes im unteren Stockwerk. Hinter ihr waren mehrere Regale aufgestellt, auf denen Kräuter, Tinkturen und Verbände lagen. Ihre schmalen Hände sortierten Blätter, prüften die Qualität der Wurzeln, während ihr dunkles Haar in losen Strähnen über ihre Schultern fiel. Sie wirkte unberührt von den Blicken anderer ... zu schüchtern, zu unsicher, um zu bemerken, dass jemand sie gerade jetzt beobachtete. Liv trat leise näher, schlich fast.

“Es ist erstaunlich, wie du arbeitest“, sagte Liv dann sanft und leise, mit einem Unterton von Bewunderung. “So sorgsam und so konzentriert. Du bist ein Segen für alle in Asengard.“

Anschi, ahnungslos und einsam

Anschi hob überrascht den Blick. Sie wirkte fast ertappt, als hätte sie nicht erwartet, dass jemand überhaupt Notiz von ihr nahm.

Anschi errötete, schamhaft. “Danke, Liv“, murmelte sie und strich sich verlegen eine widerspenstige Strähne hinters Ohr. Liv lachte innerlich. Also wusste die meist sehr zurückgezogen lebende Anschi, wer Liv war. Bis zur Fertigstellung des Krankenhauses hatte Liv die junge Frau noch niemals außerhalb der Festung gesehen. Seitdem war ihr Anschi erst zweimal flüchtig begegnet … nur um vorbeigehen, auf dem kleinen Markt. Trotzdem wusste Anschi, wer sie war. Das war schon einmal ein Anfang.

Liv setzte sich neben sie, lehnte sich leicht vor. "Ich sehe, wie geschickt du mit den Kräutern umgehst. Es ist eine Gabe, weißt du?"

Anschi lachte leise und schlug ihre Augen nieder. "Ich… ich weiß nicht. Jasamin ist viel besser als ich."

"Jasamin", wiederholte Liv mit einem nachdenklichen Lächeln und zuckte dann mit ihren Achseln, wobei ihre Brüste unter der engen, kurzen Tunika in Bewegung gerieten. "Vielleicht. Aber sie hat nicht deine ruhige Geduld. Deine Hände sind sanft, so wie dein Herz … das sieht man sofort, Anschi."

Anschis Augen verharrten einen Moment auf den Brüsten von Liv, bevor sie ihren Blick hastig abwendete. Sie errötete. Liv konnte sehen, wie ihre Worte jetzt wirkten. Anschi war nicht daran gewöhnt, im Mittelpunkt der Aufmerksamkeit zu stehen. Auch die Anwesenheit und Nähe von Liv schienen Anschi zu verwirren.

Liv neigte sich näher, als wollte sie ein Geheimnis anvertrauen. "Weißt du, manchmal frage ich mich, ob du überhaupt weißt, wie wertvoll du bist. Ich habe schon oft darüber nachgedacht … Schon seit ich dich das erste mal auf dem Markt gesehen habe."

Anschis Lippen öffneten sich leicht, als wolle sie etwas erwidern, aber kein Wort kam über sie. Ihre Augen huschten über das Gesicht von Liv. Sie traute sich aber nicht, diese fest anzusehen, sondern senkte erneut den Blick, errötete dabei erneut. Perfekt.

Liv ließ ihr einen Moment der Unsicherheit, bevor sie sich zurücklehnte, als wäre nichts gewesen, dabei ihre Brust heraus streckte und leise seufzte. "Ich wollte eigentlich nur etwas, um meine müden Schultern einzureiben. Die sind so furchtbar verspannt, von der Arbeit, wenn ich am Abend alleine und einsam in meinem Bett liege und versuche Schlaf zu finden … Ich wollte dich nicht von deiner Arbeit abhalten“, sagte sie mit einem kleinen Lächeln. Anschi nickte hastig. “Ja. Natürlich.“ Sie griff auf das Regal hinter ihr und holte von dort einen kleinen runden Tonbehälter mit Salbe, den sie Liv nun hastig reichte. Liv nahm den kleinen Behälter, mit einem dankbaren Lächeln entgegen und achtete darauf, dass sich ihre dabei Hände deutlich länger berührten, als dies notwendig war.

Während ihre Hände sich noch immer berührten schlug Liv ihre Augen fast schamhaft nieder und machte jetzt einen schüchternen Eindruck. “Ich hoffe, du erlaubst mir, dich bald wieder zu besuchen, Anschi. Ich habe sonst niemanden zum reden und ich glaube, dir könnte ich gut zuhören und mich auch mit dir unterhalten … wenn du magst.“

Anschi nickte hastig. “Ja. Natürlich. Jederzeit. Ich freue mich, wenn ich dich sehe. Ich bin jeden Abend hier … Ich würde gerne mit dir reden.“

Liv stand auf und ließ die junge Heilerin zurück ... mit einem Herzen, das schneller schlug als noch vor wenigen Minuten.

An der Tür angekommen schien Liv zu zögern und wandte sich noch einmal um. Anschi sah ihr noch immer wie gebannt hinterher. Liv lächelte ihr nun ihr freundlichstes Lächeln zu. Winkte dann zaghaft und verließ das Krankenhaus.

Auf dem Weg zu ihrem Haus viel es Liv schwer, nicht zu lachen. Anschi schien von Liv angetan zu sein. Die Reaktionen, die Liv bei Anschi bemerkt hatte, waren für sie wie in Stein gemeißelte Symbole, die sie einfach lesen konnte.

Liv hatte derartiges schon in der Vergangenheit erlebt. Derart deutlich wie bei Anschi hatte sie jedoch zuvor noch nie eine Reaktion erlebt. Die junge Frau schien ohne weiteres in den Bann zu ziehen sein. Liv freute sich bereits, nun bald Anschi zu verführen, um ihre Ziele zu erreichen. Sie leckte sich erwartungsvoll ihre Lippen. Es gelüstete sie nach Anschi und deren Körper.

3.

Liv und Anschi … Im Netz der Spinne

Die Nacht legte sich wieder einmal langsam über Asengard und die Flammen der Kerzen warfen flackernde Schatten an die Wände des Zimmers im Krankenhaus, wo Anschi für gewöhnlich arbeitete. Der Duft von getrocknetem Lavendel und bitterer Rinde lag in der Luft, vermischt mit der feinen, würzigen Note von Salbei. Inmitten all dessen saß Anschi, vertieft in ihre Arbeit. Ihre schmalen Finger fuhren vorsichtig über Blätter und Wurzeln, prüften aufmerksam ihre Frische, sortierten mit einer Ernsthaftigkeit, die von tiefer Hingabe zeugte … so wie sonst auch jeden Abend.

Liv lehnte im Türrahmen, ihre Silhouette von der warmen Beleuchtung umspielt. Sie war atemberaubend, eine Erscheinung von makelloser Schönheit ... hochgewachsen, mit üppigem Busen und geschmeidigen Bewegungen, die an eine Raubkatze erinnerten. Ihr blondes Haar fiel ihr in weichen Wellen über die Schultern und ihre Lippen, von einem Hauch Feuchtigkeit benetzt, verzogen sich zu einem wissenden Lächeln.

Anschi bemerkte sie nicht sofort. Perfekt. So wollte Liv es. Sie genoss es, ihren Auftritt zu haben und Anschi unvermittelt anzusprechen.

Liv ließ sich Zeit, betrachtete die junge Heilerin mit nachdenklichem Blick. Anschis Haut war zart und rein. Tiefdunkel, fast schwarz und fast zerbrechlich im schwach flackernden Licht. Ihr dunkles Haar fiel ihr ins Gesicht. Sie schien in ihrer eigenen Welt versunken, völlig unbewusst über ihre eigenen stillen Schönheit, die in Liv wilde Gefühle der Lust entfachten. Es wäre ein Leichtes, sie jetzt einfach zu Küssen … aber das wäre verfrüht.

Langsam trat Liv in den Raum, jeder Schritt bedacht, jeder Augenblick von einem Hauch spielerischer Eleganz durchzogen. Ihr Duft ... eine Mischung aus Moschus, Honig und etwas Unbestimmtem, das an wilde Rosen erinnerte ... breitete sich im Raum aus. Anschi hob den Kopf.

Ihre Blicke trafen sich. Anschis Lippen öffneten sich leicht, als wäre sie überrascht, Liv hier zu sehen. Zugleich huschte aber auch ein Lächeln über die Züge von Anschi, das weitaus mehr ausstrahlte als nur normale Freundlichkeit, die man jemand anderem entgegenbrachte den man unvermittelt irgendwo traf. Ein Hauch von Sehnsucht lag in dem Blick, den Anschi ihr zuwarf, als Liv nähertrat.

“Es ist faszinierend, dir zuzusehen“, sagte Liv mit sanfter Stimme, in der eine seidige Wärme mitschwang. Sie ließ ihren Blick bewusst langsam und verlangend über Anschis Gesicht gleiten, verweilte an ihren Wangen, ihren Augen und ihren Lippen ... lange genug, dass es ein Prickeln hinterlassen musste.

Anschi errötete augenblicklich, fast unmerklich. “Oh… ich… es ist nur die Arbeit.“

Liv ließ ein leises, melodisches Lachen erklingen. “Und doch machst du es schöner als jeder andere.“

Sie trat näher, beugte sich leicht vor, sodass ihr Haar fast Anschis Wange streifte. “Weißt du, du hast etwas an dir… etwas Sanftes. Zerbrechlich, aber doch voller Stärke. Das gefällt mir … DU gefällst mir und ich schäme mich fast es dir zu sagen.“

Anschis Finger zitterten leicht, als sie versuchte, ihre Arbeit fortzusetzen. Aber Liv sah, dass sie längst nicht mehr bei den Kräutern war. Ihre ganze Aufmerksamkeit lag auf ihr.

Langsam hob Liv die Hand und ließ ihre Fingerspitzen ganz leicht über eine getrocknete Lavendelblüte auf dem Tisch streichen. “Lavendel“, murmelte sie nachdenklich. “Beruhigt den Geist. Macht ihn empfänglich für Träume.“ Sie sah Anschi wieder an. “Träumst du oft, Anschi?“

Anschi schluckte. “Ich… manchmal.“

“Ich auch“, sagte Liv sehr sanft und leise. “Aber meine Träume sind oft bittersüß. Manchmal wache ich auf und sehne mich nach etwas, das ich nicht greifen kann … und manchmal träume ich sogar am hellen Tag von Dingen, die ich mich nicht traue auszusprechen oder zu tun.“ Sie seufzte und ihre Brüste bewegten sich dabei deutlich unter ihrer Tunika, die heute einen tiefen Ausschnitt hatte. “Vor allem, wenn ich am Abend alleine und einsam in meinem Bett liege.“

Sie ließ eine kurze Pause entstehen, lang genug, um Anschi in diesen Moment hineinzuziehen und die Worte wirken zu lassen. Dann richtete sie sich langsam auf, ließ ihre Fingerspitzen spielerisch über den Tisch gleiten. Ihr Gesicht vermittelte den Eindruck, als wenn ihr das soeben gesagte peinlich wäre. “Ich hoffe, du erlaubst mir, dich bald wieder zu besuchen“, sagte sie schließlich und schenkte Anschi ein Lächeln, das mehr versprach, als Worte es je könnten. Liv senkte ihren Blick. “Ich sollte besser wieder gehen … Ich bin wirklich gerne in deiner Nähe, Anschi … aber … aber … Es ist besser ich gehe jetzt.“

Sie schaute Anschi an, legte nun Unsicherheit und tiefe Sehnsucht in ihren Blick. “Je länger ich bleibe, desto schwerer fällt es mir, wieder zu gehen … und ich will dich doch nicht von deiner wichtigen Arbeit abhalten. Es wäre für mich unverzeihlich wenn ich dich störe … also gehe ich nach hause … zurück in mein einsames Bett.“ Liv seufzte leise und eine einzelne Träne kullerte aus ihrem Augenwinkel.

Anschi nickte hastig. “Ja… natürlich. Was immer du sagst oder willst, Liv … Wenn du reden möchtest, dann bin ich jederzeit für dich da. Du störst mich niemals. Vielmehr ist es so, dass ich jeden Abend diesen Moment herbeisehne, wenn du kommst und mich besuchst.“

Liv hielt ihren Blick noch einen Herzschlag lang fest, schluchzte leise. Dann drehte sie sich um und verließ das Krankenhaus fast eilig. Wissend, dass Anschi sie in dieser Nacht nicht so leicht vergessen würde.

Die Tage vergingen, doch Anschi konnte Liv nicht aus ihren Gedanken verbannen. Ihr Duft, ihr Lächeln, diese Art, wie sie sie angesehen hatte. Sie, Anschi, die sich schon lange nichts mehr aus Männern machte ... all das brannte sich in ihren Geist. Sie hatte niemals geglaubt, dass jemand wie Liv sich für sie interessieren könnte. Liv war anders. Strahlend. Erfahren. Ihre bloße Anwesenheit ließ Anschi erröten und sie sehnte sich danach, sie wiederzusehen. Es kostete Anschi geradezu körperliche Anstrengung, es zu vermeiden Liv zu berühren. Wie gerne würde sie die Haut von Liv streicheln. Der Gedanke an die Lippen von Liv ließ sie unruhig werden und sie mochte kaum daran denken, wie es sich anfühlen musste die Brüste von Liv zu berühren. Wenn die Gedanken von Anschi an diesem Punkt angelangt waren, dann spürte sie wie warme Wellen der Kust von ihrem Schoß aus durch ihren Körper flossen.

Und Liv wusste das. Kannte diese Anzeichen und schürte sie sorgsam und mit Bedacht. Sie ließ sich Zeit, erschien nicht am folgenden Abend wieder im Krankenhaus. Stattdessen begegnete sie Anschi auf scheinbar zufällige Weise ... auf dem Markt, in den Gassen von Asengard, immer genau dann, wenn Anschi es am wenigsten erwartete. Ein Blick, ein flüchtiges Lächeln, ein sanftes Berühren ihres Handgelenks beim Vorbeigehen ... Kleinigkeiten, die ihre Wirkung nicht verfehlten.

Bis zu dem Abend, an dem Liv alles auf die nächste Stufe hob, weil sie der meinung war, es würde nun an der zeit sein. Die Reisegruppe hatte Asengard vor zwei Tagen verlassen und sich auf den weg nach Swenu gemacht. Damit waren einige Leute aus dem Wege, die für die Pläne von Liv ein Hindernis werden könnten. Nun kam die Zeit, dass Liv handeln wollte. Wenn sich alles so entwickelte, wie sie es plante, dann würde sie ihr Ziel bei Anschi schon bald erreicht haben … und danach ihren nächsten Zug machen.

Es war spät, als Anschi im Krankenhaus, an ihrem angestammten Platz am Tisch saß und die Kerze auf ihrem Tisch immer kleiner wurde. Sie hatte versucht, sich auf ihre Arbeit zu konzentrieren, doch ihre Gedanken waren woanders. Schon seit einigen Tagen. Seit dem Abend, als Liv das Krankenhaus so hastig verlassen hatte.

Dann öffnete sich die Tür. Liv trat ein, lautlos wie ein Schatten, ihr Haar leicht vom Wind zerzaust. Sie war in dunklen Stoff gehüllt, der sich eng um ihre geschmeidige Gestalt legte. Ihre Augen schimmerten im Licht der Flamme und auf ihren Lippen lag dieses halb belustigte, halb herausfordernde Lächeln, das in diesem Moment jedoch zugleich auch Zuneigung versprach. "Du arbeitest zu viel", sagte sie und ließ die Tür hinter sich zufallen.

Anschi blinzelte. "Ich… ich hatte noch zu tun." Die Augen von Anschi leuchteten regelrecht, vor Freude, als sie Liv sah … endlich wieder sah.

Liv trat näher, ließ ihre Finger spielerisch über die Kante des Tisches gleiten. "Immer nur Arbeit. Sag mir, Anschi … wann gönnst du dir selbst einmal etwas?"

Anschi wusste nicht, was sie darauf antworten sollte. Liv war ihr zu nah, ihr Duft legte sich wie ein Schleier über sie. "Ich… ich weiß nicht…"

Liv kam noch näher, stand nun direkt neben Anschi, die unsicher aber auch erwartungsvoll aufgestanden war. Die seidige Stimme von Liv war wie das Flüstern des Nachtwindes. “Dann ist es Zeit, dass du es lernst.“

Liv beugte sich leicht vor, ihre Stimme war ein leises, seidiges Flüstern, welches wohlige Schauer über die Haut von Anschi laufen ließ. “Ich habe nachgedacht, Anschi. Ich weis nicht, ob ich mich dir anvertrauen soll, was du von mir denkst, wenn ich dir sage, was ich in deiner Nähe fühle und empfinde … Würdest du mich verachten, wenn ich dir sage, dass ich mich nach dir sehne? Dich berühren möchte und deine Berührungen auf meiner Haut spüren möchte? Das ich an meinen einsamen Abenden fast immerzu an dich denken muss?“ Liv senkte ihren Kopf und schluchzte. “Nun ist es gesagt … ich konnte nicht mehr leben, ohne dir das zu sagen. Ich weis, dass ich dich damit nun wohl verloren habe aber ich konnte nicht anders, als dir die Wahrheit zu gestehen.“

Anschi spürte, wie ihr Herz schneller schlug. Ein Teil von ihr wollte Liv nun am liebsten fest an sich ziehen, doch ihre Arme und Beine bewegten sich nicht. Sie war gefangen zwischen Verwirrung und einer süßen, berauschenden Wärme, die sie vorher nicht gekannt hatte. Anschi atmete tief und hörbar ein und aus. Blickte sie an, wie auch ein verdurstender das Wasser ansieht.

Liv hob ihren Kopf, wischte sich stumm eine einzelne Träne aus dem Augenwinkel, während eine andere ihre Wange hinab perlte. Sie hob langsam die Hand, strich mit einer Fingerspitze über Anschis Wange, ließ diese Berührung kaum spürbar über ihre Haut gleiten. “So schüchtern“, murmelte sie. “So wunderschön und begehrenswert … so unerreichbar für mich.“

Anschis Atem stockte. Sie wusste nicht, was mit ihr geschah. Warum ihre Haut bei jeder Berührung Livs zu brennen schien. Warum ihre Gedanken nicht mehr klar waren. “Ich … ich verstehe das nicht …“ flüsterte sie. “Wie kommst du auf den Gedanken, ich würde dich verachten, Liv? Ich sehne mich danach, dich zu sehen, mit dir zu sprechen … dieser Moment eben, als du kurz meine Wange berührt hast, ist für mich die Belohnung meines Wartens auf dich … und ich würde tagelang auf dich warten, nur um deine Hand noch einmal auf meinem Gesicht zu verspüren. Ich würde alles dafür tun, nur um noch einmal deine Berührung zu spüren. Ich verstehe es nicht aber es ist so … und ich sehne mich nach dir. Du machst mich ganz wirr im Kopf. In deiner Nähe kann ich keinen klaren Gedanken fassen … will es auch gar nicht.“

Livs Lächeln vertiefte sich. Sie hatte sie genau da, wo sie Anschi haben wollte. “Dann höre auf, es zu verstehen“, hauchte sie zärtlich. “Und fühl es einfach.“

Anschi schloss unwillkürlich die Augen, spürte Livs Nähe, ihre Wärme. Dann spürte sie die Hand von Liv, die erneut sanft über ihre Wange strich. Es war, als wäre sie in einen Strudel gezogen worden, aus dem es kein Entkommen gab. Und sie wollte nicht entkommen.

Wie aus weiter Ferne kam nun die leise Stimme von Liv. “Lass mich dir zeigen, wie es sich anfühlt, im Mittelpunkt zu stehen. So wie du es verdienst.“ Dabei strichen die Fingerspitze von Liv sanft über die Lippen von Anschi … und dann … Ein Moment des Glücks zuckte durch den Körper von Anschi, als Liv ihr sanft einen Kuss auf die Lippen hauchte. Ein leises, lusterfülltes Stöhnen entkam den Lippen von Anschi, deren Beine nun zitterten. Anschi öffnete ihre Augen und sah Liv verlangend an, streckte die Hände nach ihr aus.

Liv machte einen kleinen Schritt zurück, sie atmete hastig. “Bitte verzeih mir, Anschi. Ich konnte nicht anders … Aber dies ist nicht der Ort, wo ich so etwas tun darf. Wenn irgendwer das sehen würde … Ich könnte mir das nie verzeihen ... ich wollte dich nicht in eine unangenehme Situation bringen und verspreche, dich nicht wieder zu berühren.“ Erneut kullerten Tränen über die Wangen von Liv, die einen verzweifelten Eindruck auf Anschi machte.

Liv machte einen Schritt zurück und ließ ihren Kopf hängen. “Ich gehe besser wieder … Ich wollte ohnehin noch in das Badehaus, um mich dort zu entspannen. Um diese Tageszeit ist dort schon lange niemand mehr und das Wasser in dem beheizten Becken ist dann immer noch angenehm warm.“

Anschi starrte Liv verblüfft an. Ihre Gedanken rasten. Sie wollte nicht, dass Liv jetzt ging. Alle ihre heimlichen Träume waren soeben wahr geworden, als Liv ihr diesen winzigen Kuss gegeben hatte. “Warte, Liv. Ich gehe schnell in das obere Geschoss und sage dort der anderen

Heilerin Bescheid, dass ich jetzt gehe. Ich bin ohnehin schon sehr lange hier … und dann … dann würde ich gerne mit dir zusammen in das Badehaus gehen.“ Anschi lächelte bittend und wurde schamrot, als sie nun den fragenden Blick von Liv auf sich fühlte. Hastig sprach sie weiter. “Ich denke, ein kurzes Bad würde mir nach diesem langen Tag auch gut tun. Ich bin noch nie zuvor in dem Badehaus gewesen. Ich habe aber gehört, es soll dort sehr angenehm sein. Wenn es dir nichts ausmacht, dann würde ich gerne mitkommen … Bitte, Liv.“

Liv schien zu zögern und mit sich zu ringen. Dann sah sie Anschi an und ein schüchternes Lächeln glitt über ihr Gesicht. “Ja … Es würde mir ganz bestimmt nichts ausmachen, mit dir dorthin zu gehen. Ich habe vorhin ganz kurz dort hinein geschaut und niemanden gesehen, was auch nicht verwunderlich ist, da die meisten Leute schon schlafen. Ich habe schon meine beiden Handtücher dort hingelegt und geprüft, ob das Wasser noch warm ist.“ Sie schien erneut zu zögern. “Macht es dir wirklich nichts aus, mit mir dort hinzugehen? Um diese Zeit kommt niemand mehr in das Badehaus. Du wärest mit mir dort völlig alleine, Anschi.“

Die Augen von Anschi strahlten. Sie wandte sich bereits um und ging zur Treppe, die in das Obergeschoss führte. Hastig wandte sie ihren Kopf zu Liv. “Ich sage nur schnell Bescheid. Dann komme ich zurück. Bitte warte auf mich, Liv.“ Sie huschte die Treppe mit eiligen Schritten empor.

Liv grinste. Sie sah sich ihrem Ziel zum Greifen nahe. Voller Vorfreude leckte sie sich über ihre Lippen. Heute Abend würde sie es genießen, Anschi zu verführen. Viel würde es dazu nicht brauchen, so wie die junge Frau reagierte. Liv unterdrückte ein leises Kichern. Es verlangte sie nach dem Körper von Anschi … und heute würde sie ihn bekommen und mit ihr zusammen die Lust teilen. Liv schmunzelte und fragte sich, wie weit Anschi von sich aus gehen würde. Es würde sich schon sehr bald zeigen, dachte sie, voller Vorfreude.

Anschi kam bereits wenige Momente später wieder die Treppe herab. Sie hatte es eilig und nahm die letzten drei Stufen mit einem Sprung. Ihre Augen irrten umher. Dann sah sie Liv, die seitlich der Treppe stand. Ein Seufzer der Erleichterung war zu hören. Anschi eilte geradezu auf Liv zu. Sie schien völlig aufgewühlt und die Vorfreude war in ihrem Gesicht mehr als deutlich zu erkennen.

Seite an Seite verließen sie das Krankenhaus und legten den kurzen Weg zum Badehaus zurück. Stille lag über der dunklen Stadt. Nur vereinzelt und sehr leise war der Ruf eines fernen Nachtvogels zu vernehmen, der irgendwo im Urwald zuhause war.

Als sie das Badehaus erreichten und durch die Tür eintraten, die sie sogleich wieder schlossen vergewisserte sich Liv schnell, dass sie völlig ungestört waren. Unbemerkt von Anschi, die sich interessiert umsah, legte sie den Holzriegel vor und verhinderte somit, dass irgendwer jetzt eintreten konnte. Dann entzündete sie an einem glühenden Kohlenbecken eine einzelne Kerze und schritt zu dem abgetrennten Raum, der das Becken mit dem beheizten Wasser beherbergte. Anschi folgte ihr rasch und schweigend.

Liv stellte die Kerze auf eine runde Steinplatte neben dem Wasserbecken und wandte sich dann Anschi zu. Diese lächelte schüchtern. Liv streifte ihre Sandalen und ihre Kleidung ab. Dann trat sie in das Becken, welches durch vier flachen Stufen einfach zu erreichen war. Sie wandte ihren Kopf über die Schulter und sah Anschi auffordernd an. "Das Wasser ist geradezu göttlich. Etwas wärmer als der Körper … eine Wohltat." Sie lächelte schüchtern, als sie weitersprach. "Magst du auch kommen oder willst du lieber wieder gehen, Anschi?"

Anschi war wie gebannt, als sie den nackten Körper von Liv sah. Sie schüttelte entschlossen ihren Kopf, band sich ihre Haare eilig zusammen, sodass sie einen Dutt auf ihrem Hinterkopf bildeten und legte dann ihre Sandalen und Kleidung ab. Dann trat sie langsam an den Beckenrand. Fast schien es, als würde sie jetzt ihr Mut verlassen. Liv ergriff die Initiative. Anschi durfte ihr auf keinen Fall jetzt aus den Fingern entgleiten. Eine solche Gelegenheit würde möglicherweise so schnell nicht wiederkommen und sie hatte schon zu lange auf diesen Moment hingearbeitet.

Sie wandte sich Anschi zu und streckte ihr die Hand entgegen. "Komm zu mir, Anschi … Ich halte dich fest, damit du nicht fällst." Vorsichtig stieg Anschi die Stufen herab. Dadurch, dass Liv sie auf der letzten Stufe etwas zu sich heran zog strauchelte sie. Atemlos keuchte sie und versuchte, nicht das Gleichgewicht zu verlieren. Liv fing sie auf, drückte sie an sich und hielt sie fest.

Anschi, im Netz von Liv

Einen winzigen Moment lang war Anschi erschrocken. Dann jedoch drückte sie ihren Körper an den von Liv, hielt sich an deren Schultern fest und sah zu ihr auf. Die Stimme von Anschi war nur ein leises und fast raues Flüstern. "Du bist sehr schön, Liv … Dein Körper ist der einer

Göttin. Niemals zuvor habe ich bei einer Frau einen derartigen Körper gesehen. Ich komme mir so unscheinbar und wertlos neben dir vor.“

Liv lachte fast lautlos und voller Zärtlichkeit. “Du bist auch sehr schön, Anschi … schön und so unglaublich begehrenswert. Ich habe Probleme damit, dich nur zu halten und nichts zu tun, was mir deinen Groll einbringen würde.“ Dabei strich eine Hand von Liv langsam und sanft über den Rücken von Anschi, berührte kurz ihren Hintern und glitt dann wieder nach oben.

Anschi keuchte leise auf, drängte sich ein Stück näher an Liv und sah diese verlangend an. Liv senkte ihren Kopf und hauchte Anschi einen sanften Kuss auf die Lippen. Sie war erstaunt, als Anschi sich ihr entgegen drängte, ihre Lippen öffnete und mit ihrer Zunge sacht über die Lippen von Liv fuhr. Liv triumphierte innerlich. Sie öffnete ihre Lippen und küsste Anschi erneut. Ihre Zungen berührten sich. Dann wurde der Kuss fordernder und wilder In Anschi schienen alle Grenzen zu fallen. Sie legte ihre Hände an die Hüften von Liv, streichelte sie sanft und strich dann höher. Langsam wich Liv bis zum Beckenrand zurück, lehnte sich dagegen und zog Anschi auf dem Wege mit sich.

Die Hände von Anschi streiften die Seiten der großen Brüste von Liv, glitten wieder zurück. Liv löste sich aus dem Kuss und blickte an sich herab, ihre Brustwarzen war erhärtet und aufgerichtet. Ihr Blick zeigte ihr, dass es bei Anschi ebenfalls der Fall war. Sie lächelte Anschi an. “Das ist wunderschön. Ich könnte dich die ganze Nacht küssen, Anschi. Ich habe mich so lange danach gesehnt … habe mich aber nicht getraut dir das zu sagen, was ich für dich empfinde.“

Sie blickte erneut an sich herab und kicherte leise. “Meine Nippel sind ganz hart … genau wie deine, so wie es aussieht.“ Anschi starrte jetzt voll Verlangen auf die Brüste von Liv. Sie schien mit sich zu ringen. Ihre Stimme war schüchtern und nicht mehr als ein Flüstern. “Darf ich deine Brüste berühren, Liv?“

Liv schob ihren Kopf vor und flüsterte in ihr Ohr. “Du darfst alles, was du willst, Anschi … Es würde mir sehr gefallen, wenn du meine Brüste und meine Zitzen berührst.“

Fast zögerlich hob Anschi eine Hand und legte sie unter die linke Brust.

Die großen Brüste von Liv hatten sie schon immer fasziniert. Nun sah sie diese nicht nur, sondern konnte sie sogar berühren. Für Anschi ging ein Traum in Erfüllung, den sie an vielen Abenden genossen hatte, wenn sie in ihrem Bett lag und es sich selbst gemacht hatte. Sie atmete noch einmal tief durch. Dann hob sie auch ihre andere Hand und umfasste die rechte Brust. Ihre Hände waren nicht groß genug, um die Brüste von Liv vollständig um umfassen. Sie hielt die beiden Brüste für einen Moment und streichelte sie mit kleinen Kreisbewegungen. Nun wanderten die Finger von Anschi zu den Brustwarzen und umkreisten diese erst, strichen dann sanft über sie. Liv hatte ihre Augen geschlossen, gab sich dem Moment hin und lies ein leises Stöhnen der Lust hören.

Anschi hob ihren Kopf und sah Liv verunsichert an. "Soll ich aufhören? Ist dir das unangenehm oder mache ich etwas falsch?"

Liv hatte ihre Augen noch immer genießerisch geschlossen, als sie flüsternd antwortete. "Nein … Das ist schön. Ich mag es sehr gerne, wenn du mich berührst …" Sie öffnete ihre Augen und sah Anschi an. Küsste diese auf die Stirn und fragte dann, "Es fühlt sich so schön an. Darf ich deine Brüste auch berühren, Anschi?"

Anschi nickte hastig, war zuerst nicht dazu in der Lage etwas zu sagen, da ihr die Stimme versagte. Sie schluckte und antwortete dann mit zitternder Stimme. "Ja … Bitte, ja."

Liv begann mit ihren Fingern die Hüften von Anschi zu streicheln, ließ ihre Hände dann höher gleiten und gelangte schließlich an die Brüste von Anschi. Diese bekam eine Gänsehaut und wand sich schon fast unter den tastenden Händen von Liv. Anschi stöhnte leise und drängte sich schon fast den Händen entgegen, die sie jetzt liebkosten. Liv genoss es die Brüste von Anschi zu berühren, zu streichen und zu liebkosen. Die Brüste von Anschi waren weich und warm. Nur die dunklen Brustwarzen waren fest, nahezu schon hart. Sie strich langsam mit ihren Fingern um sie herum und dann darüber, zwirbelte die Brustwarzen sehr sanft und wurde von einem lustvollen Stöhnen belohnt. Liv lächelte, zwirbelte die harten Brustwarzen noch etwas mehr. Anschi stöhnte laut und ungehemmt auf, warf ihren Kopf zurück, schnappte krampfhaft nach Luft. Dann sah sie Liv an und ein verlangendes Glitzern trat in die Augen von Anschi, als sie ihren Blick auf die Brüste von Liv richtete.

Fast ruckartig beugte sich Anschi vor, umfasste fest die Brüste von Liv, senkte ihren Kopf und küsste deren Brustwarzen. Für einen Moment ließ sie Lippen und Zunge über die Brustwarzen gleiten. Dann begann sie zart daran zu saugen, wechselte dabei immer wieder von der Rechten zur Linken Brustwarze.

Liv drückte den Kopf von Anschi an ihre Brüste und stöhnte ungehemmt. “Du bist so zärtlich, Anschi. Ganz anders als ein Mann … Ich möchte mich, immer und immer wieder, von dir liebkosen lassen.“

Für einen Moment ließ Anschi von den Brüsten ab und hob ihren Blick. “Deine Brüste sind unglaublich. Du kannst nicht wissen, wie lange ich davon geträumt habe sie zu berühren … und jetzt … jetzt lecke ich sogar daran. Das ist wie in meinen wildesten Fantasien.“ Sie senkte erneut ihren Kopf und begann an Livs Brüsten zu saugen, wie ein kleines Kind.

Liv lächelte. Sie drückte mit einer Hand sanft den Kopf von Anschi an ihre Brust und ließ ihre andere Hand zum Hintern von Anschi wandern, den sie nun sanft streichelte und knetete. Dann schob sie ihren einen Oberschenkel zwischen die Beine von Anschi und zog diese noch näher an sich heran. Nur Momente später begann Anschi ihre Scham an dem Oberschenkel von Liv zu reiben. Erst nur zögerlich, dann jedoch fester und bestimmter. Anschi keuchte leise, entließ die Brustwarze, an der sie eben noch gesaugt hatte aus ihrem Mund und legte ihre Stirn gegen die Schulter von Liv. Dabei rieb sie sich weiterhin an deren Oberschenkel.

Die beiden Frauen standen bis knapp oberhalb ihrer Knie im Wasser. Die Feuchtigkeit, die Liv nun an ihrem Oberschenkel spürte, war also aller Wahrscheinlichkeit nach kein Wasser. Anschi war mehr als nur etwas erregt, sie lief förmlich aus.

Liv nahm ihre Hand von Anschis Kopf, legte ihre Finger unter ihr Kinn und hob ihren Kopf an. Dann küsste sie Anschi verlangend. Ihre Zungen tanzten einen wilden Tanz und Liv ließ ihre Hand nun sinken, schob sie zwischen ihren Oberschenkel und Anschi. Fast augenblicklich ertastete sie die Schamlippen und die erstaunlich große Lustperle von Anschi. Sie begann sanft über die Lustperle zu streichen. Anschi stöhnte ihre Lust in den offenen Mund von Liv, Sie klammerte sich an deren Schultern und machte stoßende Bewegungen, mit ihrem Unterleib.

In Liv wallte das Verlangen empor, jetzt auch selbst ihre Lust ungezügelt auszuleben. Sie unterdrückte es jedoch, wenn auch mit einiger Mühe. Es war nicht der richtige Zeitpunkt dafür. Heute sollte Anschi ihre Lust erfahren und ausleben, somit vollends in den Bann von Liv gezogen werden. Liv selbst würde zu einem späteren Zeitpunkt noch genügend Möglichkeiten erhalten, sich der Lust hinzugeben.

Sie zog ihre Hand zwischen den Beinen von Anschi hervor, fasste die junge Frau an deren Hüften und hob sie auf den Rand des Beckens. Sie zog die überraschte Anschi ein kleines Stückchen zu sich und stellte sich dann zwischen deren Beine.

Sie senkte ihren Kopf und begann die Brüste von Anschi zu küssen, dann deren aufgerichtete Brustwarzen zu lecken, daran sanft zu saugen und zu knabbern. Anschi hatte ihren Kopf etwas gesenkt und betrachtete Liv mit einer Mischung von lustvoller Faszination und Wohlgefallen. Liv entließ die Brustwarze, an der sie soeben noch gesaugt hatte, mit einem leise schmatzenden Geräusch und ihren Lippen. Nun kniete sie sich in das flache Wasser des Beckens, zog Anschi noch näher zu sich hin und ließ ihre Lippen und Zunge langsam an deren Körper herab wandern. Sie ließ sich Zeit dabei, verharrte an deren Bauchnabel, umkreiste diesen zuerst mit ihrer Zunge, bevor sie diese dort hineinbohrte. Anschi atmete tief aber unregelmäßig. Liv arbeitete sich nun mit ihrer Zunge tiefer.

Kurz verharrte Liv, drückte dann die Beine von Anschi sanft noch weiter auseinander und leckte danach sanft über die Schamlippen von Anschi. Diese keuchte kurz und riss ihre Augen auf, als nun intensive Wellen von Lustgefühlen durch ihren Körper zuckten. Liv spreizte die Schamlippen von Anschi, mit ihren Fingern und tauchte mit ihrer Zunge tief in den samtigen Bereich ein. Leise schmatzende und schlürfende Geräusche erklangen, wurden jedoch vom unartikulierten Stöhnen übertönt, welches Anschi nun ausstieß. Derartige Gefühle hatte sie nie zuvor erfahren. Ihr Körper zitterte unkontrolliert. Die heftigen Wellen der Lust, die ihrem Schoß entsprangen, wogten durch ihren Körper. Liv wandte sich nur der Lustperle von Anschi zu leckte erst drüber und fing dann an, sanft daran zu saugen, während sie einen Finger in den Lustkanal von Anschi schob und diesen sanft stoßend bewegte. Dies alles war zu viel für Anschi, die jetzt, mit einem erstickten Schrei einen Orgasmus von ungeahnter Stärke bekam. Sie öffnete ihre Lippen und riss ihre Augen weit auf. “Liv! LIV! Ich komme … JAAAAA!“ Ihr Körper zuckte unkontrolliert. Sie presste den Kopf von Liv gegen ihren Schoß, schnappe nochmals nach Luft und stieß dann einen weiteren Schrei der ungezügelten Lust aus, als noch weitere Wellen des Orgasmus sie durchströmten. Sie ließ sich hintenüber sinken, lag auf dem breiten Beckenrand und zitterte am ganzen Körper.

Liv betrachtete sie schweigend und lächelte. Sie war erfahren genug, um zu wissen, dass die unerfahrene Anschi dieses Erlebnis niemandem erzählen würde und es in der Zukunft wiederholen wollte, wenn immer sich die Möglichkeit dazu ergab. Genauso hatte Liv es geplant.

Die Zeit schien für Anschi an Bedeutung zu verlieren. Seit jener Nacht, als sie und Liv das Badehaus besucht hatten, war nichts mehr, wie es zuvor gewesen war. Ihre Gedanken gehörten nicht mehr ihrer Arbeit, nicht mehr Jasamin, ihrer Mutter, ihrer Schwester oder den Patienten, sondern kreisten nur noch um Liv. Um ihre Stimme, ihr Lächeln, ihre Berührungen, die wie zarte Spinnweben auf ihrer Haut verweilten … Liv, die ihr so unsagbare Gefühle der ungezügelten, puren Lust gab.

Liv suchte sie immer häufiger auf. Mal war es eine scheinbar zufällige Begegnung auf dem Markt, mal ein kurzes, intensives Gespräch im Schatten der Bäume, und manchmal ... wenn die Nacht still über Asengard lag, stand sie plötzlich im Krankenhaus, ohne Ankündigung, ohne Erklärung. Oft gingen die beiden dann in das Badehaus, wo sie ungestört waren, gaben sich dort der Lust hin. Dabei war es stets Liv gewesen, die ihr weit mehr gegeben hatte, als sie selbst erhielt. Das änderte sich erst, als Liv sie eines Abends einlud, sie doch beizeiten zu besuchen. Eine Einladung, die nebenläufig und fast schüchtern ausgesprochen wurde. Am folgenden Abend suchte Anschi das Haus von Liv auf. An diesem Abend war sie es, die Liv befriedigte. Für Anschi ein bis dahin ungeahntes Gefühl des Stolzes und der Zufriedenheit, als Liv sich unter ihr wand und ihre Lust laut heraus schrie.

Von diesem tag an besuchte Anschi jeden Abend das haus von Liv … und jedes Mal, wenn sie kam, fühlte sich Anschi, als würde sie ein Stück tiefer in einen Strudel gezogen. Ein Strudel aus Gefühlen von Liebe, Zuneigung und unendlichem Vertrauen, gepaart mit unsagbarer Lust und dem steten Verlangen, diese Lust zusammen mit Liv auszuleben.

Die Tage verstrichen und mit ihnen schwand Anschis Klarheit. Es war, als hätte Liv etwas in ihr geweckt, das sie nicht benennen konnte. Eine fiebrige Unruhe, ein Verlangen, das ihr vorher fremd war.

Sie versuchte, sich am Tage auf ihre Arbeit zu konzentrieren, doch ihre Hände zitterten, wenn sie Kräuter zerkleinerte, ihre Gedanken wanderten ab, drehten sich oft nur um Liv. Immer wieder ertappte sie sich dabei, wie sie Livs Gesicht im Geiste vor sich sah ... Ihr Lächeln, das alles zu wissen, zu ahnen und zu erkennen schien, das jeden ihrer Gedanken durchdrang. Liv, die ihr diese Lust verschaffte und zu der sie sich jetzt bedingungslos hingezogen fühlte. Sie würde alles dafür tun, um Liv jeden Wunsch zu erfüllen, den diese hatte.

Und Liv wusste genau, was sie tat. Sie ließ Anschi nicht zur Ruhe kommen. Mal tauchte sie scheinbar zufällig auf, mal streifte sie bei flüchtigen Begegnungen sanft über Anschis Arm, ließ ihren Blick über sie wandern, als hätte sie nur darauf gewartet, sie wiederzusehen. Anschi fieberte jeden Tag geradezu dem Abend entgegen … Der Abend und die Nacht, in der sie zusammen sein konnten.

Eines Abend, nachdem Liv ihr erneut Gefühle verschaffte, die Anschi vor einem Mond noch nicht gekannt hatte, lagen sie nebeneinander auf dem weichen, breiten Bett von Liv. Anschi atmete noch immer schwer, von dem soeben erlebten Orgasmus.

Anschi öffnete die Lippen, wollte etwas sagen, doch dann fühlte sie Livs Fingerspitzen an ihrer Wange. Eine leichte, fast schwebende Berührung, die heiß durch ihren Körper fuhr.

“Du bist wunderschön, Anschi“, flüsterte Liv. “So unschuldig. So rein. Ich begehre dich jeden Tag mehr und will ganz die Deine sein. Dir jeden Wunsch von den Augen ablesen … Immerzu und für alle Zeiten.“

Anschis Herz raste. Ihre noch immer leicht zitternden Knie fühlten sich weich an, ihr Kopf war leer. Ihr Geist jubilierte bei diesen Worten von Liv, die genau das aussagten, was sie selbst für Liv empfand.

Livs Finger strichen tiefer, fuhren über Anschis Kinn, glitten leicht über ihre Schulter. Dann legte sie ihren Kopf auf die Schulter von Anschi und schien mit den Gedanken jetzt in weiter Ferne zu sein. Ihr Gesicht war sorgenvoll. Etwas, was Anschi an der sonst so lebensfrohen und stets fröhlichen Liv nicht kannte. Nach einer Weile strich Anschi ihr über die Haare und sah sie fragend an. “Dich beschäftigt doch etwas, Liv. Hast du Sorgen oder Probleme? Kann ich dir irgendwie helfen? Sag doch, was ist es? Ich würde alles für dich tun, du bist mein Leben und meine Liebe.“

Liv seufzte leise. “Nicht ich habe Probleme, sondern eine gute Freundin von mir. Sie ist verzweifelt, hat mich heute aufgesucht und mir von ihren Sorgen berichtet. Dabei hat sie derart geweint, dass es mir noch immer fast das Herz bricht.“ Erneut seufzte Liv und setzte ein Gesicht auf, das tiefen Kummer vermittelte.

Anschi blickte sie fragend an. “Das hört sich nicht gut an. Was hat deine Freundin denn für ein Problem?“

Liv seufzte. Sie schien einen langen Moment mit sich zu ringen, ob sie antworten sollte. Dann jedoch sah sie Anschi mit kummervollem Blick in deren Augen. “Weil du meine Freundin bist, und ich dir vertraue, werde ich es dir erzählen. Du darfst es aber niemandem weitererzählen, weil sonst die Möglichkeit besteht, dass meine Freundin erkannt wird … Das würde für sie schlimme folgen haben.“

Anschi nickte, zutiefst entschlossen. “Ich verspreche dir, ich werde kein Wort verraten.“

Liv senkte ihre Stimme ein wenig. “Meine Freundin hat bereits zwei Kinder. Die beiden Geburten waren damals sehr kompliziert und bei ihrem zweiten Kind ist sie fast gestorben. Ihr Gefährte ist ein Mann, den dies nicht schert. Er will noch viel mehr Kinder und besteigt sie fast jede Nacht. Um eine weitere Schwangerschaft zu vermeiden, benutzt sie die Arznei von Jasamin, die der Schwangerschaft vorbeugt. Wenn meine Freundin selbst zu Jasamin gehen würde, um sich diese Arznei zu holen, dann würde ihr Gefährte außer sich sein vor Zorn. Er ist schnell jähzornig und verliert dann völlig die Kontrolle über sich … Er hat sie in der Vergangenheit schon mehrfach geschlagen, wenn sie etwas getan hat, was ihm missfiel.“

Liv seufzte erneut, bevor sie weitersprach. “Deshalb gehe ich zu Jasamin und hole diese Arznei. Dann gebe ich sie heimlich meiner Freundin, damit diese sie nutzen kann. Jasamin denkt natürlich, die Arznei wäre für mich … So ein Unfug. Ich mache es nicht mit Männern! Der eine Mann, den ich in meinem Leben bislang hatte, war grob, dachte nur an sich und hat mir bei dem was er tat Schmerzen bereitet. Das liegt nun schon sehr lange zurück. Ich werde so etwas niemals wieder wiederholen wollen. Ich will nichts mehr von Männern wissen. Niemals wieder, in meinem Leben ...“

Anschi sah sie erstaunt an und Liv lachte erheitert. “Du hast doch nicht gedacht, ich selbst würde die Arznei benötigen? Bei den Göttern! Wozu denn? Bei den Mengen, die ich von Jasamin bekomme müsste ich ja den ganzen Tag herum laufen und einen Kerl nach dem anderen in mein Bett ziehen.“ Sie kicherte und zwinkerte dabei Anschi fröhlich an.

Dann wurde sie wieder ernst. “Ich werde bald zu einem längeren Jagdzug aufbrechen, der mir insgeheim von König Baldur aufgetragen wurde. Niemand darf davon erfahren, denn ich soll etwas erbeuten, das für seine Gefährtin Omoru, deine Mutter, bestimmt ist ... und meine Freundin benötigt vorher dringend die Arznei. Wenn sie diese nicht bekommt, dann wird sie wohl ein Kind im Bauch tragen, wenn ich zurück nach Asengard komme. Da sie nicht genau weis, ob sie die Arznei erfolgreich vor ihrem Gefährten verbergen kann, muss sie wissen, was sie benötigt, um die Arznei notfalls auch selbst herzustellen … Zu dir ins Krankenhaus kann sie nicht kommen, weil ihr Gefährte überaus misstrauisch ist. Jedoch wird sie eine gewisse Menge der Arznei benötigen, um vorerst sicher zu sein. Die Zeit drängt sehr und ich mache mir große Sorgen … hast du eine Idee, was wir tun könnten?“

Anschi blickte nachdenklich an die Decke des Raumes. Dann nickte sie entschlossen. “Ja! Ich habe eine Lösung … Ich werde morgen damit beginnen, eine größere Menge der Arznei herzustellen. Zusätzlich werde ich das Rezept aufschreiben … und Zeichnungen der dafür notwendigen Pflanzen anfertigen und hinzufügen. Somit kann deine Freundin dann die Arznei selbst herstellen. Das Rezept selbst ist eigentlich recht einfach. Ich könnte dir schon morgen Abend alles hierher bringen, Liv … Dieser Plan sollte gelingen.“

Liv sah sie strahlend vor Freude an. “Du bist großartig, Anschi … damit rettest du meiner Freundin wohl das Leben. Ich bin dir wirklich dankbar.“

Dann senkte Liv ihre Stimme und grinste lüstern. “Dafür darfst du dir dann morgen etwas wünschen … Ich werde die Bezahlung für meine Freundin übernehmen … und ich werde mir viel Zeit dafür nehmen.“

Anschi drückte den Kopf von Liv an sich und kicherte fröhlich. So sah sie den Gesichtsausdruck von Liv nicht, der unsagbaren Triumph zeigte. Endlich war Liv an dem Ziel angelangt, auf das sie so lange hingearbeitet hatte … Auch wenn die dafür notwendige Arbeit ihr durchaus Freude und Lust bereitet hatte.

Am folgenden Tag war Anschi schon früh im Krankenhaus anzutreffen. Zuerst bereitete sie eine Menge der Arznei zu, die für mindestens zwei Monde genügen sollte. Danach machte sie sich daran die Rezeptur mit einem glühenden Nagel in ein sehr fein gegerbtes Stück Gazellenleder einzubrennen. Zeichnungen der Pflanzen und Kräuter fügte sie jeweils neben dcr betreffenden Zeile hinzu und gab sich dabei die größte Mühe, so genau wie möglich zu arbeiten. Am Nachmittag des Tages waren diese Arbeiten abgeschlossen. Anschi war stolz auf ihr Werk. Sie faltete das Lederstück zusammen und verstaute es, mitsamt den zwei kleinen Dosen aus gehämmertem Kupfer, die nun die Arznei enthielten, in einer kleinen Ledertasche. Die beiden Dosen waren mit Wachs versiegelt, damit keine Feuchtigkeit eindringen konnte. Liv würde sich freuen, dachte sie noch und lächelte dann zufrieden, bei diesem Gedanken. Sie hatte das Gefühl etwas verbotenes getan zu haben aber sie fühlte sich trotzdem wohl bei dem Gedanken. Es ging ja schließlich um etwas, dass Liv stark beschäftigte und sie wollte ihrer Freundin unbedingt helfen.

Es war bereits dunkel und die Sterne standen am Himmel, als Anschi durch die stillen Straßen von Asengard eilte. Fest umklammerte sie den Lederbeutel, der das enthielt, was sie Liv bringen wollte. Liv erwartete sie bereits voller Ungeduld, jedoch mit einem strahlenden Lächeln, welches tiefe Zuneigung verströmte.

Anschi konnte es kaum erwarten, Liv den Beutel zu übergeben, deren Gesicht Dankbarkeit und eine tiefe Zufriedenheit ausstrahlte, als sie den Beutel an sich nahm, hineinschaute und lächelte. Dann sah sie Anschi an und leckte sich mit ihrer Zunge lüstern über die Lippen. Ihre Augen glitzerten, vor Vorfreude. “Hast du dir schon überlegt, was du von mir heute haben willst, Anschi?“

Anschi nickte schüchtern. “Ich möchte deine Zunge an meiner Spalte genießen … und das, was du vor einigen Tagen, mit deinen Fingern gemacht hast.“ Sie zögerte und wurde rot im Gesicht. “Als du deine Finger tief zwischen meine Schamlippen gesteckt hast … und sie mir auch in den Hintern geschoben hast. Das war ganz neu für mich und hat mir ganz neue Gefühle verschafft.“ Sie grinste kurz. “Und danach will ich dich lecken, bis du schreist vor Lust und unter mir kommst, Liv.“

Liv kicherte leise. “Das wird ein Abend, den wir beide nicht so schnell vergessen werden, Anschi.“ Dann wurde Liv ernst. “Ich werde morgen aufbrechen. Es wird also für eine Weile das letzte mal sein, dass wir uns sehen … Schwöre mir, dass du niemandem davon erzählst, Anschi.“

Anschi nickte ernst. “Ich schwöre es dir, Liv.“

Liv sah sie zärtlich an und trat ganz nah an sie heran, küsste sanft ihre Lippen. “Du bist wundervoll“, hauchte sie. “Und wir werden uns bald wiedersehen.“

Mitten in der Nacht huschte Anschi aus dem Haus von Liv, die ihr noch lange hinterher sah, bis Anschis Gestalt nicht mehr zu sehen war. Dann schloss Liv die Tür, ihres Hauses. Auf dem Gesicht von Liv lag ein vollends zufriedener Ausdruck. Sie hatte jetzt alles, was sie für die weiteren Schritte benötigte. Schritte, die sie erst aus Asengard hinweg führen würden. Weit entfernt, in das Land der Watambi, wo sie Macht und Reichtum anhäufen wollte.

Wie genau sie dies erreichen wollte, wusste Liv noch nicht. Sie würde improvisieren müssen und sich den Gegebenheiten anpassen, die sie dort vorfand. Das sollte allerdings kein Problem sein, so dachte Liv. Sie improvisierte bereits ihr ganzes Leben. Die Männer dort würden nicht anders denken und reagieren, als an anderen Orten, die Liv bisher gesehen hatte.

Wenn sie dann irgendwann genug Macht besaß, würde sie zurückkehren und Rache nehmen an Baldur, Omoru und deren Familie. Rache für das, was man ihr ihrer Meinung nach verwehrt hatte.

4.

Die Handelsgruppe

Die lang gezogene Handelskolonne aus Asengard verließ das Dorf der Flussbewohner. Bislang hatte es keine echten Probleme gegeben. In dem Dorf waren sie freundlich begrüßt worden und hatten zwei Tage dort Rast gemacht. Es hatte den einen oder anderen kleinen Handel gegeben. Speerspitzen aus Stahl gegen getrocknete Nahrung und als Geschenk, zum Dank dafür, dass man hier rasten durfte.

Die Gruppe war weitaus größer, als bei der letzten Reise nach Swenu. Es waren dieses mal zweiundsiebzig Menschen, die den weiten und auch beschwerlichen Weg zurücklegen wollten. Die vierzehn Wagen wurde von jeweils zwei Pferden gezogen. Zehn weitere Pferde wurden als Lastpferde mitgeführt und sollten notfalls für die leichten Wagen heran gezogen werden, falls dort eines der Pferde ausfiel.
Neben sechzig Asen, zu denen auch Hela und Olov zählten, gehörten auch Jasamin, Ephimos und zehn Frauen aus dem Stamm der Gomuna zu der Gruppe ... Allerdings betrachteten sich die Überlebenden der Gomuna spätestens seit der Verbindung von Baldur mit Omoru nun als angehörige des Asenclans. So wie bereits zuvor die ehemaligen Sklaven, die von den Asen auf ihrer Reise nach Men-Nefer befreit worden waren. Man war eines geworden ... Ein großer Clan, bei dem die ursprüngliche Herkunft keine Rolle mehr spielte. Sie alle waren jetzt das Volk von Asengard.

Die Reise verlief problemlos und nahezu eintönig. Einen Tag bevor sie das Dorf der Eingeborenen erreichten, die in der Savanne lebten und mit denen die Asen bereits gute Kontakte pflegten, saßen Ephimos, Olov, Hela und Jasamin am späten Abend um eines der kleinen Kochfeuer und sprachen leise miteinander. Fast alle anderen Mitglieder der Gruppe schliefen bereits. Nur die Wachposten zogen aufmerksam ihre Runden, um das Lager. Olov bemerkte das etwa nachdenkliche, gedankenschwere Gesicht von Ephimos und grinste. “ist die Reise zu anstrengend, für dich,

Ephimos? Du könntest ja auf einem der Wagen mitfahren. Die Frauen würden dir bestimmt einen Platz anbieten, wenn der Marsch zu schwer für dich ist … Oder benötigst du eine von Jasamins Salben, für die Muskeln deiner Beine?"
Ephimos blickte auf und schüttelte seinen Kopf. "Nein … Ich habe daran gedacht, was Baldur, Omoru und ich kurz vor unserer Abreise aus Asengard besprochen haben." Er seufzte. "Wenn du an Asengard denkst und dir dabei ins Gedächtnis rufst, was für Menschen dort leben … Was fällt dir dabei auf, Olov?"
Olov runzelte seine Stirn und dachte kurz nach. "Vor allem denke ich daran, wie viele Kinder auf den Straßen spielen und dabei von der einen oder anderen Mutter beaufsichtigt werden, während die anderen Mütter auf den Feldern arbeiten … Ich verstehe die Frage nicht ganz, Ephimos."
Hela und Jasamin verfolgten das Gespräch aufmerksam. Ephimos nickte nun, bestätigend. "Ganz recht, Olov … momentan haben wir eine ganze Anzahl von Kindern in Asengard und viele Frauen sind schwanger. Ist dir aber einmal bewusst geworden, dass wir im Verhältnis dazu deutlich weniger Männer in der Stadt haben? Der weitaus größte Teil unserer Bevölkerung sind Frauen. Das wird langfristig Probleme geben … Es fehlt uns an Männern. Viele der Frauen haben keinen Gefährten und die jetzt heran wachsende Generation wird dieses Problem wohl erben. Noch sind die Kinder klein. Es fehlte die Generation zwischen vier und zehn Sommern fast gänzlich. Das wird sich später bemerkbar machen. Baldur weis auch keinen Rat und Omoru ist ebenfalls ratlos. Von ihrem alten Volk haben nur Frauen überlebt … und eine Handvoll Kleinkinder. Uns fehlen die zukünftigen Väter. Wenn wir für das Problem keine Lösung finden, dann müssen wir unsere Gesellschaftsstruktur wohl grundlegend ändern … Baldur hatte bereits einen Vorschlag aber der ist von Omoru mit Nachdruck abgelehnt worden. Er hatte vorgeschlagen, dass die Männer sich nicht nur eine Gefährtin nehmen sollen, sondern zwei. Damit wäre das Problem gelöst, meinte er … Omoru hat ihn gefragt, was er denn davon halten würde, wenn sich die Frauen nicht nur einen mann nehmen würden, sondern zwei oder drei. Ob er dazu bereit wäre, seine Gefährtin mit anderen Männern zu teilen und dabei zuzusehen, wie diese dann die Frau besteigen. Daraufhin hat Baldur nichts mehr gesagt und Omoru versichert, sein Vorschlag wäre nur ein Gedankenspiel gewesen. Omoru war den Rest des Abends sehr ungehalten."

Olov grinste. Hela und Jasamin sahen sich an und kicherten, derweil sie Olov heimlich betrachteten. Hela leckte sich dabei ihre Lippen und Jasamin konnte sich gut vorstellen, welche Gedanken Hela jetzt gerade hatte. Jasamin senkte ihren Kopf, damit niemand ihr Grinsen sah. Nur zu deutlich war ihr noch im Gedächtnis, wie sie und Hela sich in Asengard schon mehrfach ausgemalt hatten, zusammen mit Olov die Lust zu genießen.

Dann hob Jasamin ihren Kopf. Ihr Gesicht war wieder ausdruckslos. “Ich kann mir vorstellen, dass nur sehr wenige Frauen dazu bereit wären. Auch wenn es fraglos zum Wohle des Volkes wäre, so dürfte nur ein verschwindend geringer Anteil dazu bereit sein, einen derartigen Schritt zu tun.“
Ephimos nickte zustimmend. “Richtig, Jasamin … Es widerspräche den alten Traditionen der Asen. Wir müssen also eine andere Lösung finden. Ich selbst habe mir auch schon den Kopf zermartert … aber mir fällt nichts sinnvolles ein. Selbst wenn wir annehmen, dass sich drei oder vier Leute zusammentun um diese Art des Zusammenlebens zu praktizieren, so kann ich nur vermuten, dass es dabei bisweilen Probleme geben wird. Beachte dabei bitte, dass die Frauen der Asen stets einen eigenen Willen gezeigt haben und den Männern gegenüber schon immer die gleichen Rechte besessen haben. Das wird sich auch nicht ändern. Die Frauen der Asen würden das niemals zulassen … Ganz davon abgesehen würden auch die Männer der Asen eher sterben, als zuzulassen, dass den Frauen ihres Clans die Rechte auf Selbstbestimmung und Gleichheit genommen werden. Könntest du dir beispielsweise vorstellen, dass irgendwer Hela dazu bewegen könnte etwas zu tun, was sie ablehnt oder was ihre Freiheit in irgend einer Form einschränken würde?“
Hela brach in ein kicherndes Lachen aus und auch Jasamin und Olov mussten grinsen. Nein, Hela würde sich niemandem beugen. Allerdings zwinkerte Hela nun Jasamin verstohlen zu. Jasamin wusste, welcher Gedanke Hela derzeit durch den Kopf ging. Nun kam es nur noch darauf an, Olov geschickt zu beeinflussen, um die lusterfüllten Gedanken von Hela und Jasamin irgendwie, irgendwo und irgendwann in Tatsachen zu verwandeln. Jasamin schmunzelte bei diesem Gedanken. Voller Genuss malte sie sich aus, wie es wohl werden würde, wenn sie und Hela sich mit Olov vergnügten.

Früh am folgenden Tag brachen sie wieder auf, setzten ihre Reise fort, die sie bald in das nächste Eingeborenendorf führen würde. Danach stand ihnen ein weiterer Marsch durch die Savanne bevor … und später dann ein langer Weg, durch die unerbittliche Wüste. Im nächsten Dorf würden sie die letzten Vorbereitungen auf diese Reiseetappe machen. Die Vorräte nochmals auffrischen, die Wagen überprüfen und sich dort noch einige Tage erholen. Dann würde der wirklich harte Teil der Reise folgen, der sie nach Swenu führen sollte.

Im Dorf der Eingeborenen wurden sie herzlich begrüßt. Die Asen waren in guter Erinnerung und deren Hilfe bei ihrem letzten Besuch war noch gut im Gedächtnis dieser einfachen und liebenswerten Menschen. Es blieb nicht aus, dass die Asen zusammen mit den Dorfbewohnern auf die Jagd gingen. Einige zusätzliche Jäger waren den Dorfbewohnern immer willkommen … und den Asen war natürlich sehr daran gelegen, sich das Wohlwollen der Eingeborenen auch langfristig zu sichern.

Abend für Abend beratschlagten Ephimos, hela und Olov, was man denn möglicherweise noch an Proviant oder auch Handelsgütern von den Dorfbewohnern erwerben könnte, um es später in Swenu zu verkaufen und somit mehr Kapital für den Erwerb von Waren erhalten könnte. Dabei zog Ephimos regelmäßig die Karten zu Rat, auf denen der Weg eingezeichnet war, den sie nehmen mussten. Hela wies darauf hin, dass die zweite Wüstenetappe die schwierigste Wegstrecke werden würde. Sie erwähnte auch das vergrabene Elfenbein, welches in Swenu einen hohen Wert besaß. Bei der letzten Reise hatten sie dieses nahe der weiter entfernten Oase vergraben … Siegesbeute, die jetzt von ihnen genutzt werden sollte. Hela wies auch darauf hin, dass dieses Elfenbein zwar schwer und sperrig war, die letzte, also dritte Etappe, der Wüstenroute jedoch im Verhältnis zu den beiden vorherigen die mit Abstand einfachste wäre, da dort das Gelände eben und nur selten von Dünen bedeckt war.

Letztlich entschied man sich dazu, von den Eingeborenen hauptsächlich getrocknete Lebensmittel zu erwerben. In der Wüste würde es keinerlei Möglichkeiten mehr, für die Jagd geben. Auch ein dutzend Stoßzähne von Elefanten würde man gegen stählerne Speerspitzen eintauschen. Für Gold oder sogar Edelsteine sahen die hiesigen Dorfbewohner keinerlei

Verwendung. Das Elfenbein wurde von den hiesigen Handwerkern zwar geschätzt aber der Wert, den die Eingeborenen dem Elfenbein bemaßen lag nur darin, was sie für den Eigenbedarf an Werkzeug und Zierrat daraus fertigen konnten … Ganz im Gegensatz dazu, was man in Swenu dafür bezahlte, wo Elfenbein als Kostbarkeit galt.

Die Wüste … unerbittlich, schier unendlich und karg

Die Abreise aus dem kleinen Dorf verlief fast frohgemut und sie wurden verabschiedet, wie sehr alte Freunde. Eintönig und ermüdend war die anschließende Reise durch die Savanne … Bis zu dem Zeitpunkt, als sie den Rand der Wüste erreichten. Von hier an würde die Reise, von Mensch und Tier, wirklich alles fordern. Die Strecke bis zur ersten Oase erschien Hela, die den Weg bereits gut kannte, zu diesem Moment fast schon unsagbar weit. Dieses mal würde es keine Späher geben, hatte Ephimos entschieden. Man würde die erste Oase gemeinsam erreichen.

5.

Eine neue Ära, beim Volk der Watambi

Auf der Kuppe eines niedrigen Hügels, eingerahmt von einem Flüsschen und dem allgegenwärtigen Wald, umgeben von Feldern lag Tombalku, die Hauptstadt der Watambi. Zentrum der Macht, dieses Volkes. Vor zehn Sommern hatte König Garuma beschlossen, eine neue Stadt zu erbauen und die alte Hauptstadt aufzugeben. Watam, die alte Hauptstadt hatte sich im Verlauf der zeit ausgedehnt, grenzte an stinkende Sümpfe, bot nicht genügend fruchtbares Ackerland im direkten Umfeld der Stadt und war nie der Ort gewesen, den König Garuma sich als eine prächtige Stadt vorstellen konnte. Drei Sommer hatte es gedauert, bis tausende von Sklavenarbeitern die wichtigen Gebäude der neuen Stadt errichtet hatten. Den Tempel, der nun aus gebrannten Ziegeln errichtet worden war und nicht nur aus wurmstichigen Holz, wie der alte Tempel in Watam … der Palast des Königs, ebenfalls aus gebrannten Ziegeln und ganz nach den Wünschen und Plänen von König Garuma, Gebäude für die Verwaltung, Lagerhäuser, Getreidespeicher und auch zwei Kasernen, für die Soldaten, auf deren starken Schultern das Reich der Watambi errichtet worden war. Etwa die Hälfte der neuen Gebäude wurde aus Lehmziegeln errichtet. Den Rest erbaute man aus Holz, zumeist mit Strohdach, so wie es schon immer üblich war, in dieser Region der Welt. Nachdem die gesamte Stadtbevölkerung umgezogen war, brannte man die alte Stadt nieder. Es gab nur verschwindend wenige Menschen, die der alten Stadt noch nachtrauerten.

Der vergangene Sommer war besonders hart für König Garuma, der Alter und Krankheit nicht mehr verleugnen konnte. Schon lange hatte er seine einstige Stärke verloren und die scharfsinnigen Berater, die ihm einst treu gedient hatten, bemerkten zunehmend, wie der alte Herrscher immer verwirrter und weniger ansprechbar wurde. In den letzten Monaten, vor allem nach dem schweren Kampf mit einer Krankheit, die seine Kräfte in den Boden gedrückt hatte, begannen seine geistigen Fähigkeiten zu schwinden. Eines jedoch war gleich geblieben … Das Verlangen von König Garuma, zu feiern und sich der Sinneslust hinzugeben.

An diesem Abend war der Führer einer seiner Handelskarawanen zu Gast bei ihm, der am Tag zuvor von seiner Reise zurückgekehrt war. Die Reise hatte sich gelohnt. Man hatte große Mengen an Eisen, Kupfer und Bronze erworben … im Tausch gegen Gold, Felle, Elfenbein und Sklaven, die der König stets persönlich aussuchte, wenn wieder eine neue Karawane aufbrechen sollte. Dies waren zumeist Menschen, die den Groll des Königs erregt hatten oder die er als Gefahr für sich ansah. Die Position des Karawanenführers war ein begehrter Posten. Es gab nur zwei Karawanen, die beständig vom Herrschaftsgebiet der Watambi in das Reich der Nubier pendelten. Eine Reise, die mühsam und weit war.

Kanga war schon ein alter Mann. Er hatte bislang zwölf Handelsreisen für seinen König angeführt. Heute saß er zur Rechen Seite des Königs und erzählte diesem von all den Wundern und Geschichten, die er gesehen oder gehört hatte. Auch von den Göttern, die von den Nubiern und sogar von noch weiter entfernten Völkern angebetet wurden oder in der Vergangenheit verehrt worden waren … So erzählte er an diesem Abend seinem König von der Gottheit Lilith. Garuma, der sich in den vergangenen Monden viel mit Göttern beschäftigt hatte und sein Ende nahen fühlte, hörte ihm aufmerksam zu … So aufmerksam, wie man das von jemandem erwarten durfte, der bereits stark angetrunken war.

Aber die Geschichten und Legenden, die er über Lilith hörte brachten ihn ins Grübeln. Er haderte ohnehin schon seit mehreren Monden mit seiner ganz persönlichen Ergebenheit für den Gott Ash-Hantu. Der Gott wurde von den Watambi seit einigen Generationen verehrt. Allerdings war er auch die Gottheit, die von den Stämmen verehrt worden war, die durch die Watambi unterworfen worden waren. Auch die erst unlängst ausgelöschten Gomuna hatten Ash-Hantu verehrt. Der alte Tempel der Gottheit, in der Stadt der Gomuna war bis auf die Grundmauern niedergebrannt worden, als die Truppen der Watambi die Stadt eroberten und die dortige Bevölkerung auslöschte.

Allerdings hatten die Watambi dafür einen hohen Blutzoll zahlen müssen. Nur etwas mehr als zwanzig Krieger waren lebend zurückgekehrt. Der überlebende Rest, von nahezu zweitausend Kriegern, die König Garuma entsendet hatte, um seine Erzfeinde zu vernichten. Diese Verluste waren zwar schmerzhaft aber mit der Vernichtung der Gomuna waren die

Watambi nun die unangefochtenen Herrscher über dieses Gebiet, welches in den Randbereichen des Urwalds lag. Diese zweitausend Krieger hatten die Hauptmacht seiner Streitkräfte gebildet … Fast tausendachthundert waren allerdings nur Sklavensoldaten gewesen, auf die König Garuma nun gerne verzichtete, nachdem seine Gegner jetzt alle unterworfen oder ausgelöscht waren. Weitere neunhundert dieser Sklavensoldaten waren in den beiden kurzen Feldzügen gefallen, die direkt vor der Vernichtung der Gomuna stattgefunden hatten. Somit verfügte König Garuma jetzt nur noch über knappe zweihundert dieser Sklavensoldaten … Krieger die zwar unbedingt loyal zu ihm standen aber deren Kampfkraft er als weit niedriger einstufte, als die regulären Truppen seiner Stammeskrieger, die immerhin, auch nach diesen verlustreichen Kämpfen, nahezu einen Umfang von tausendfünfhundert Kriegern besaßen.

Die wenigen überlebenden Krieger, die aus der Stadt der Gomuna zurückgekehrt waren, hatten alle davon gesprochen, dass Dämonen über die Stadt gekommen waren und inmitten der lodernden Flammen mit übernatürlichen Waffen Blut und Verderben über alle gebracht hatten die sich in der Stadt aufhielten … Soweit zumindest die übereinstimmenden Aussagen dieser wenigen Krieger, die das Gemetzel und den Brand der Stadt überlebt hatten.

König Garuma hatte lange nachgedacht und war dann zu dem Schluss gekommen, dass der Gott Ash-Hantu kein echter oder zumindest kein mächtiger Gott gewesen sein konnte. Hätte denn ein mächtiger Gott zugelassen, dass man seine Priester tötete und seinen Tempel nicht nur entweihte sondern auch niederbrannte?

Garuma hatte nach der durchzechten Nacht und einem wirren Traum, der ihn wach hielt, eine Eingebung. Eine Eingebung, die ihn übermannt hatte, während er zwischen Schlaf und Wachen schwebte. Gut möglich, dass die Geschichten, denen er am Abend zuvor gelauscht hatte, ihn jetzt beeinflussten.

Er hatte von einer mächtigen Göttin geträumt. Eine Erscheinung von überwältigender Schönheit. Sie hieß Lilith. Sie sprach in einer Stimme, die gleichzeitig süß und eindringlich war. In diesem Traum hatte sie ihm mitgeteilt, dass die alten Gottheiten, die von den Watambi seit Generationen verehrt wurden, ihre Macht verloren hätten und von der

Welt verschwinden würden. Sie warnte Garuma, dass dies Ende des alten Glaubens und der Übergang zu einer neuen Ära nahe war. Eine neue Zeit, in der das Volk der Watambi noch viel mehr Einfluss, Reichtum und Macht erringen würden

Verwirrt und begierig darauf, die tiefe Bedeutung des Traums zu ergründen, rief der König am folgenden Morgen seine Berater zu sich. Doch während er mit ihnen sprach, zitterte seine Stimme und ein seltsamer Glanz lag in seinen Augen. "Die Götter sind tot! Ihre Macht ist fort und nur die alte Göttin Lilith kann uns jetzt führen", verkündete er mit einer Überzeugung, die nun seine Berater erschütterte.

In der folgenden Nacht, unter dem Mantel der Dunkelheit, ließ Garuma alle Priester der alten Stammesgottheit Ash-Hantu hinrichten. Sie waren die Verteidiger des alten Gottes, die immer noch an die Kräfte der Natur und die Ahnengeister glaubten. Ihre Lehren und Gebräuche, die das Volk der Watambi über Generationen hinweg begleitet hatten, waren nun entwertet. König Garuma wollte die Veränderungen herbeiführen, die Lilith ihm befohlen hatte. Mit der Hinrichtung der gesamten Priesterkaste entstand ein Machtvakuum, denn die Priester hatten schon immer versucht Einfluss und Macht für sich selbst zu ergattern … Etwas, was Garuma stets ein Dorn im Auge gewesen war. Noch bevor das Blut der gemeuchelten Priester trocken war, wählte König Garuma vier, seiner eigenen Meinung nach, weise Männer aus, die bislang als Heiler und Schriftkundige im Palast des Königs gedient hatten. Sie sollten jetzt die Priester der Göttin Lilith werden und diese dem König gnädig stimmen. Denn wenn sie dem König gegenüber gnädig war, so wäre die Göttin Lilith auch dem Volke der Watambi gegenüber wohlgesonnen … So war der Grundgedanke, den der alte und kranke König hatte.

Wenige Tage nach diesem grausamen Akt, der Hinrichtung der Priester, erlag Garuma einem Herzinfarkt, der ihn plötzlich und unvorhergesehen von der Welt riss. Die Königsstadt stand still, als die Nachricht von seinem Tod verbreitet wurde. Der Alte, der die Macht zu lange festgehalten hatte, war fort und nun war das Land in Aufruhr. Es gab keinen klaren Erben, nur drei Söhne, die unterschiedlicher nicht sein konnten. Die Töchter zählten hierbei nicht, da die Macht bislang immer in der Hand von Männern gelegen hatte.

Idir, der älteste Sohn und die offensichtliche Wahl für den Thron, war ein Mann von großem Mut und Entschlossenheit. Er war ein erfahrener Krieger und hatte die militärische Führung des Stammes inne, doch ihm fehlte die politische Klugheit, die er für das Land benötigt hätte. Dayo, der zweite Sohn, war der Schlauere von beiden. Er hatte nie das Vertrauen des Volkes, doch sein Verstand und seine Fähigkeit, Allianzen zu schmieden, waren unerreicht. Vor allem jedoch war Dayo skrupellos und setzte seinen Willen gegen alle Widerstände durch.

Nach dem Tod ihres Vaters brach ein erbitterter Kampf um die Krone aus. Der Palast wurde zu einem Ort blutiger Intrigen und Idir, der auf seine Macht als Krieger setzte, kämpfte offen gegen Dayo und seine Anhänger. Doch Dayo wusste, dass er keine Armee wie die von Idir hatte … und so spielte er seine Karten geschickt aus, bediente sich dabei dem heimlichen Meuchelmord, der Intrigen und Bestechung.

Der Bürgerkrieg dauerte nur wenige Tage, aber die Gewalt war brutal und rücksichtslos. In den Straßen der Hauptstadt flossen Ströme von Blut. Idir, der sich im Königspalast verschanzt hatte, kämpfte mit wildem Zorn, doch Dayo spielte mit der Geduld der Krieger und nutzte ihre Ängste aus. Mit hinterlistigen Taktiken gelang es Dayo, die Loyalisten von Idir zu spalten. Doch der entscheidende Schlag kam, als Dayo einen der Offizier, der Idir bislang treu ergeben war, auf seine Seite zog. Er bot dem gierigen Offizier Macht, Reichtum … und auch die Hand seiner Halbschwester Kisha, womit der Offizier offiziell zur Familie des neuen Königs gehören würde. Dieser Verrat führte schließlich zum Sieg von Dayo.

Es war ein blutiges und erschütterndes Ereignis, das letztlich den Ursprung von Chakas Aufstieg markierte, des jüngsten der drei Söne des verstorbenen Königs Garuma. Dayo, der vorerst als neuer König aus dem Chaos hervorging, ließ einen regelrechten Blutrausch entfachen, der die Anhänger des alten Königs Garuma und seines ersten Sohnes Idir auslöschte. Jeder, der für die alten Götter, für Idir und für Garuma stand, wurde entweder vertrieben oder getötet. Es war ein Akt der absoluten Zerstörung, den Dayo durchführte, um seine Herrschaft zu festigen. Doch damit nicht genug, veranstaltete Dayo unter den vielen Frauen des toten Garuma, die dieser in seinem Harem hielt, ein grausames Blutbad und ließ auch all deren Kinder umbringen. Alle Hauptfrauen, seine Nebenfrauen und Konkubinen sowie deren Kinder wurden in nur einer einzigen Nacht förmlich dahingeschlachtet. Somit wollte er jeglichen anderen Anspruch auf den Thron beseitigen. Wie durch ein Wunder entkamen die Prinzessin Kisha und der junge Chaka diesem Gemetzel. Doch die Auswirkungen dieses Mordes an der Vergangenheit und der eigenen Familienmitglieder sollten sich noch rächen ... Denn es war nicht unbedingt ein Wunder, dass Kisha und Chaka zu diesem Zeitpunkt nicht im Palast waren. Prinzessin Kisha hatte ein derartiges Vorgehen von Dayo vorhergesehen, da sie diesen besser einschätzen konnte, als dies alle anderen taten. Sie sorgte dafür, dass Chaka in dieser Nacht außerhalb der Stadt war und mit den verbleibenden Sklavensoldaten sowie zwei Hundertschaften der regulären Armee eine Übung durchführte.

Zu diesem Zeitpunkt, als der Krieg sich seinem Ende neigte und der Thron schon fest in Dayos Händen schien, setzte die junge Prinzessin Kisha ihren Plan um. Sie war die Halbschwester von Chaka und die einzige, die den Mut und die Klugheit besaß, erfolgreich gegen Dayo zu kämpfen. Sie erkannte, dass sie den Thron nicht selbst besteigen konnte, da die Männer des Stammes sich niemals von einer Frau führen lassen würden. Doch sie wusste auch, dass Chaka ... der jüngste Sohn des Königs ... die einzige Chance hatte, die politische Balance zu retten und das Volk zu einen. Die Soldaten, mit denen er zusammen außerhalb der Stadt war, sahen ihn als einen Führer an, dem sie folgen würden. Vor allem jedoch war Chaka unerfahren und naiv genug, um sich von der hochintelligenten und gebildeten Kisha beeinflussen und auch lenken zu lassen. Somit würde er nach einem Sieg zwar der König sein … aber Kisha war diejenige, die aus dem Hintergrund alles lenkte.

Kisha hatte sich verborgen gehalten und entsendete nun eine ihrer Dienerin zu Chaka, um diesen zu rufen … und den Mord an dessen Geschwistern zu rächen. Chaka war klug genug, um zu erkennen, dass auch er umgebracht werden würde, wenn er jetzt nicht die Initiative ergriff. Dank der Planung von Kisha verfügte er momentan über Truppen, die ihm gegenüber loyal waren. Er folgte also dem Ruf von Kisha, die ihn am Stadttor erwartete und ihn … mitsamt seiner Soldaten … durch die nächtliche Stadt zum Palast führte. Dort begann das letzte, blutige Kapitel des Bürgerkriegs.

Bürgerkrieg

Nahezu ohne Widerstand stürmten die Soldaten von Chaka den Palast. Sie überwältigten und töteten jeden, den sie antreffen konnten. Der Kampf im Thronsaal war der Höhepunkt des Bürgerkriegs. Dayo wurde von Prinzessin Kisha getötet, die den Thronsaal durch eine verborgene Tür betrat. Zwei ihrer Dienerin, die zugleich auch als ihre Leibwächter dienten begleiteten sie dabei. Als die Haupttüren des großen Saals von den Soldaten Chakas aufgebrochen wurde und diese nun hereinströmten, trat Kisha aus dem Schatten hervor und stach Dayo mit einer Lanze von hinten in den Rücken. Dayo verblutete auf den Stufen des Throns, den er mit Blut an sich gerissen hatte. Noch in dieser Stunde wurde Chaka zum neuen König ausgerufen … und das Blutvergießen endete endlich.

Es war ein entscheidender Moment für Chaka, der nun als König ausgerufen wurde. Doch obwohl er das Erbe seines Vaters übernahm, wusste er, dass er nicht ohne die Hilfe von Prinzessin Kisha an seiner Seite erfolgreich sein und überleben konnte. Sie hatte nicht nur den Plan ausgearbeitet, sondern sie führte ihn auch in seiner ersten Stunde der Herrschaft. Sie war es, die all diejenigen kannte, die in der Stadt Macht und Reichtum besaßen. Sie war diejenige, die eine Herrschaft von Chaka überhaupt erst realistisch werden ließ.

Mit die erste Handlung von Kisha war es jetzt, nach dem Verbleib des Offiziers zu forschen, dem Dayo ihre Hand versprochen hatte. Sie vernahm mit Genugtuung, dass dieser Offizier schon während der Kämpfe gegen Idir getötet worden war … Sie war zufrieden, denn nun musste sie diesen ehrlosen Mann nicht mehr selber beseitigen lassen.

Drei Tage lang arbeiteten Kisha und Chaka, Tag und Nacht, daran die Verhältnisse in Tombalku wieder zu stabilisiere. Kisha achtete vor allem darauf alle alten Anhänger von Idir und Dayo unauffällig meucheln zu lassen. Im Morgengrauen des vierten Tages war sie gewiss, dass die von ihr entsendeten Meuchelmörder … ihre beiden ihr absolut treu ergebenen Leibwächterin … wirklich gründlich gearbeitet hatten. Es war ohnehin eine nur kurze Liste gewesen, da der Großteil der Bevölkerung sich während der Zeit des Bürgerkriegs neutral verhalten hatte. Man hatte sich im allgemeinen sehr bemüht, erst einmal abzuwarten, was die Zukunft brachte. Etwaige Loyalitätsbekundungen konnte man später immer noch abgeben.

Nun machte Kisha ihren nächsten Zug. Sie musste irgendwie den neuen König für eine Weile aus der Stadt schaffen um ihre eigene Position zu festigen und auszubauen. Chaka wäre dabei nur hinderlich und sollte zudem nichts davon bemerken, bis er zurückkehrte. Zudem gab es einige Dinge, die der endgültigen Klärung bedurften. Kisha überlegte einige Zeit, bis ihr die Lösung kam, die im Grunde genommen einfach war und es ärgerte sie fast, dies nicht schon erkannt zu haben. Warum nicht gleich zwei Notwendigkeiten miteinander verbinden?

Die Sonne brannte heiß auf die weitläufigen Felder der Hauptstadt der Watambi, als Kisha in ihre Gemächer zurückkehrte, den Blick fest auf den Boden gerichtet, als ob der Staub des Weges ihr eine andere Welt eröffnen würde. Chaka war fort, und sie wusste, dass dies der Moment war, den sie schon so lange herbeigesehnt hatte. Endlich konnte sie ihre eigenen Pläne ohne die ständige Präsenz des jungen Königs verfolgen. Doch dieser Moment, den sie sich als Triumph ausgemalt hatte, brachte auch Verantwortung mit sich … Die Verantwortung, die Zukunft des Volkes der Watambi nicht nur zu sichern, sondern sie nach ihren eigenen Vorstellungen zu formen. Kisha fühlte sich verantwortlich, für die Zukunft ihres Volkes. Ein Umstand, der bei Idir und Dayo völlig gefehlt hatte.

Die Entscheidung, Chaka auf eine Reise an den Rand des Talkessels zu schicken, war ein kluger Schachzug von Kisha. Sie wusste um Chakas Neugier und sein Interesse an den möglicherweise überlebenden Angehörigen des vernichteten Volkes der Gomuna. Er hatte nie ganz verstanden, warum die Gomuna von den Watambi so erbittert bekämpft worden waren. Doch für Kisha war es kein Geheimnis … Der wahre Grund war der persönliche Hass von König Garuma gewesen. Wegen einer Beleidigung von deren Fürstin. Garuma hatte dies nie vergessen und seinen hass gepflegt, wie ein Gärtner die Blumen.

Während Chaka in den unübersichtlichen und gefährlichen Gebirgspass hinaufzog, mit der Hoffnung, die verlorene Geschichte der Gomuna wiederzufinden, wusste Kisha, dass dies die Gelegenheit war, ihre Macht auszuweiten und zu konsolidieren. Es war eine Zeit, in der sie sich in der Hauptstadt frei bewegen konnte, ohne dass ihre Entscheidungen sofort in Frage gestellt wurden. Niemand würde sich gegen sie erheben, solange Chaka abwesend war. Ganz davon abgesehen, war sie sich sicher, dass auch Chaka ihr in der Zukunft nichts tun würde. Der junge Mann liebte und verehrte seine Halbschwester seit frühester Kindheit.

In den folgenden Tagen ließ Kisha die wichtigsten Berater und Offiziere, die treu zu ihr standen, in den Palast einberufen. Ihre Augen glühten vor Entschlossenheit, als sie die Schlüsselpositionen neu ordnete und diejenigen beförderte, denen sie am meisten vertraute. Sie hatte lange Zeit mit Bedacht und Geduld gespielt, um zu verstehen, wer ihre loyalsten Unterstützer waren, wer bereit war, ihre Geheimnisse zu bewahren und wer ein gewisses politisches Kalkül besaß, um sie auf ihrem Weg in die Zukunft begleiten zu dürfen.

“Es ist Zeit“, sagte Kisha mit fester Stimme, als sie den großen Ratssaal betrat, wo die wichtigsten Männer und Frauen des Reiches bereits warteten. Ihre Haltung war aufrecht, die Augen glänzten mit einer Macht, die oft hinter ihrem Lächeln verborgen war. “Wir haben viel zu tun, solange Chaka fort ist. Er erwartet, dass wir das Reich aus den Trümmern des Bürgerkriegs zu neuem Glanz erheben. Unser Volk braucht eine klare Führung und ich werde sie bieten, solange König Chaka nicht anwesend ist. Ich spreche mit seiner Zunge … So ist es von ihm bestimmt.“

Einer der ersten, den sie zum Ersten Berater ernannte, war der Offizier Barimo. Barimo war ein erfahrener Soldat. Ein altgedienter Soldat, der seinen Aufstieg unterdem alten König Garuma begonnen hatte. Er galt als unpolitisch, war bekannt für seine unerschütterliche Loyalität gegenüber der Krone und dem Volk der Watambi. Militärisch war er anerkannt und hoch geachtet bei den Kriegern. Seine Fähigkeit lag vor allem darin, Kriege mit Präzision zu führen. Der Feldzug gegen die Gomuna war von ihm geplant worden. Doch Kisha wusste, dass Barimo mehr als nur ein Krieger war. Er hatte sich als scharfsinniger Taktiker und Redner erwiesen und in den vergangenen Monaten hatte er sich mehrmals als ein Mann erwiesen, dem sie vertrauen konnte. Als Kisha ihm die Ernennung zum Heerführer anbot, wusste sie, dass er für die Aufgaben, die sie ihm auftrug, bereit war.

“General Barimo“, sagte Kisha, während sie auf ihn zuging und seine Hand ergriff. “Ich vertraue darauf, dass du unsere Truppen nicht nur mit der Stärke eines Kriegers führst, sondern mit der Weisheit eines Staatsmannes.“

Barimo nickte knapp, doch in seinem Blick lag eine tiefe Verbundenheit zu Kisha. Er wusste, dass die Position, die ihm angeboten wurde, nicht nur ein Aufstieg in der Hierarchie war, sondern auch eine weitreichende Verantwortung für die Zukunft der Watambi.

Als Nächstes stellte Kisha nun Imali, die geschickte Spionin, als oberste Leiterin der geheimen Dienste der Watambi ein. Imali war eine Frau, die im Schatten agierte und deren Loyalität und Intelligenz Kisha schon immer beeindruckt hatten. Sie hatte Informationen gesammelt, die selbst den größten Kriegern verborgen geblieben wären und sie hatte die Fähigkeit, die politische Landschaft der Watambi wie ein Schachbrett zu lesen. Zudem vertraute Kisha dieser Frau, von der sie wusste, dass deren Loyalität unerschütterlich auf die Krone und nicht auf denjenigen der sie gerade trug ausgerichtet war.

“Imali, du wirst in den kommenden Monaten die wichtigen Augen und Ohren unseres Reiches sein. Sorge dafür, dass keine Gerüchte zu schnell verbreitet werden und keine Feinde sich verstecken können“, befahl Kisha mit kühler Präzision.

Imali verneigte sich und erwiderte: “Es wird getan, meine Königin.“

Kisha lächelte. “Nur Prinzessin … Chaka ist der König und ich werde ganz sicher nicht meinen jungen Bruder heiraten.“

Als Kisha die Plätze der wichtigsten Berater und Generäle besetzt hatte, richtete sie ihre Aufmerksamkeit auf die Frauen im Palast. Es war nicht nur die Kriegerelite und das Kapital, die Kisha in den entscheidenden Positionen brauchte, sondern auch die Frauen, die hinter den Kulissen die Fäden zogen ... diejenigen, die das Wohl des Volkes im Blick hatten und dabei stets Kisha unterstützen würden, wenn diese es von ihnen forderte.

Als letztes rief sie die Priester der Göttin Lilith zu sich, die sich aus den vergangenen Kämpfen vollends heraus gehalten hatten. Es war wichtig, die Priester auf ihrer Seite zu wissen. Der Glauben an Lilith würde das Volk beschäftigen und ablenken. Dazu war es wichtig, dass die Priester als deren Verkünder nun unauffällig die Meinung und die Wünsche von Kisha als die der Göttin Lilith verkündeten.

In den Augen von Kisha eine wichtige aber auch einfache Aufgabe. Das einfache Volk war ungebildet und naiv. Doch es war wichtig, dem Volk den Glaube an eine mächtige Gottheit zu geben und es somit unter Kontrolle halten zu können. Lilith, die neue Gottheit, war in den Augen von Kisha perfekt dafür … denn Lilith galt bei den Watambi nicht nur als eine Göttin des Krieges sondern auch als die Göttin der Liebe und der Lust. Sie war sowohl Zerstörerin als auch Schöpferin.

6.

Die Göttin

Es war nicht mehr lange, bis zum Sonnenuntergang. Liv verließ die Stadt Asengard durch das Tor, welches zu den Feldern führte. Niemand achtete auf sie. Mit Bedacht hielt sie sich nach einiger Zeit abseits der noch immer belebten Hauptwege, die sich durch die Felder schlängelten. Die Menschen die sich auf den Wegen bewegten strebten allesamt der Stadt entgegen. Wenn es dunkel wurde, dann ruhte die Arbeit auf den Feldern und die Stadttore wurden verschlossen. Doch Liv wollte nicht in die Stadt. Ganz im Gegenteil, sie wollte fort von hier. Fort von hier und endlich an einen Ort, an dem sie weitaus mehr erreichen konnte, als in Asengard, wo sie nur eine Randfigur war. Ihr Ziel lag etwas entfernt von den Stadtmauern, am seitlichen Rand, wo das Plateau abfiel. Dort, wo der kleine Bach entlang floss hatte sie in den vergangenen drei Tagen alles deponiert, was sie nun benötigte. Gut verborgen hinter einigen dichten Dornensträuchern lagen ihre Bündel. Hier kam niemand vorbei und die Wahrscheinlichkeit, dass irgendwer die Sachen durch Zufall finden würde war verschwindend gering. Trotzdem war Liv erleichtert, als sie an dem Versteck angelangte und feststellte, dass alles noch unberührt war.

Sie kauerte sich hinter dem dichten Gebüsch zusammen und wartete. Erst wenn es dunkel war, konnte sie den nächsten Schritt ihres Plans machen. Bis dahin musste sie sich in Geduld fassen. Es fiel ihr schwer jetzt zu warten.

Endlich war es dunkel genug. Die ersten Sterne leuchteten, der Mond stand am Himmel und langsam wurde der Himmel immer finsterer. Es war jedoch genug Licht vorhanden, damit Liv auch jetzt ihren Weg deutlich erkennen konnte. Sie holte die Bündel aus dem Versteck, stopfte diese in einen großen Tragebeutel, umklammerte ihren Speer und machte sich auf den Weg. Entlang des Bachlaufes, wo sie von den Mauern her nicht gesehen werden konnte. Endlich hatte sie das Plateau passiert, auf dem die Stadt Asengard sich erhob. Es war nun so dunkel, dass es nicht mehr möglich war, sie von den Mauern her zu erkennen … Selbst wenn ein Wachposten in ihre Richtung spähen würde, so konnte er sie nicht klar erkennen, da ihr weiter Umhang zudem noch mit den Farbtönen des Unterholzes und der Sträucher harmonierte.

Erst als Liv den Rand des dichten Waldes erreichte atmete sie auf. Ein Grinsen zog über ihr Gesicht. Jetzt … endlich … war es soweit. Sie hatte die Stadt hinter sich gelassen und konnte endlich die Route einschlagen, an der sie lange gearbeitet hatte. Es war nicht einfach gewesen, genügend Informationen zu erhalten, um den Weg genau zu planen, den sie nun nehmen musste. In einigen tagen jedoch würde sie dieses verdammte Tal hinter sich lassen. Dann würden die Würfel neu geworfen werden und Liv würde alles dafür tun, damit die Würfel so fielen, wie sie selbst es sich wünschte. Wie sie es bewerkstelligen konnte, bei dem Volk der Watambi, eine Position von Macht und Reichtum zu erlangen wusste sie noch nicht. Das würde sie dann improvisieren müssen. Liv war schon immer gut darin gewesen sich den Erfordernissen anzupassen … und wenn es nötig war, dann bediente sie sich ihrer weiblichen Reize, denen in der Vergangenheit kein Mann widerstanden hatte, wenn sie es darauf angelegt hatte. Die Männer der Watumbi würden auch nicht anders sein.

Der Nachtwind pfiff durch die zerklüfteten Felsen, als Liv jetzt einen vorsichtigen Schritt nach vorne setzte. Sie drehte sich nicht um. Asengard lag längst hinter ihr. Ein Teil ihres Lebens, welchen sie nicht wirklich vermisste. Jetzt zählte es nur, aufmerksam zu sein und in dem dichten Bodennebel nicht zu stolpern. Die Nacht war schon weit vorangeschritten aber Liv war noch immer unterwegs. Sie wollte endlich aus dem Tal herauskommen. Es war der siebte Tag ihrer Flucht.

Die ersten Tage waren von Hunger und Erschöpfung geprägt gewesen. Der Talkessel, umgeben von unüberwindbaren Bergen und dichten Wäldern, war ein Ort, der nicht leicht zu verlassen war. Doch Liv hatte sich vorbereitet. Sie wusste, wo die Pfade verliefen, wo sich Wasser sammeln ließ, welche Wurzeln essbar waren. Sie kannte den Weg und besaß zudem eine Karte, die sie selbst angefertigt hatte. Und doch war die Wildnis unbarmherzig.

Drei Tage lang hatte sie sich durch dichte Vegetation gekämpft, hatte sich an steile Felswände gedrückt, um nicht in die reißenden Flüsse hinabzustürzen, die sich tosend durch die Schluchten fraßen. Sie hatte kaum geschlafen, hatte sich nur wenige Stunden Rast gegönnt, eingeklemmt zwischen Wurzeln oder unter überhängenden Felsen, wo sie vor wilden Tieren verborgen blieb. Sie hatte einen Weg entlang der Talseite gewählt. Quer durch den Urwald, so wie die Jäger auf einem Streifzug, wollte sie nicht gehen.

Der fünfte Tag brachte die ersten Hinweise auf das, was vor ihr lag. Der Boden wurde trockener, die Bäume weiter auseinander, der Himmel schien offener. Und dann, am sechsten Tag, hatte sie ihn in der Ferne gesehen ... den Pass. Der Weg aus dem Talkessel heraus. Der Eingang in eine neue Welt.

Jetzt, stand sie am höchsten Punkt und blickte hinab. Vor ihr breitete sich, im Mondlicht, eine weite Ebene aus, überwuchert von dichten Wäldern, durchzogen von Flüssen, die sich in der Ferne in den Nebel verloren. Es war das Land, das einst dem Volk von Omoru, Matumba und Anschi gehört hatte. Das Land, aus dem sie vertrieben worden waren.

Ein Kribbeln lief ihr den Rücken hinab. Ein Geräusch ließ sie innehalten. Leise, kaum mehr als ein Hauch im Wind. Doch es war da. Stimmen.

Sofort sank sie in die Hocke, schob sich in den Schatten eines schroffen, überhängenden Felsens und spähte hinab. Und dann sah sie sie.

Eine Gruppe von Männern lagerte nur ein kleines Stück des Weges vor ihr in einer Lichtung. Sie trugen fremdartige Gewänder, ihre Haut war dunkel wie Ebenholz, ihr Haar zumeist in dichte Zöpfe geflochten. Einige lehnten auf Speeren, andere sprachen leise miteinander. Es waren viele. Vielleicht fünfzig, vielleicht mehr.

Ihr Blick blieb an dem Größten unter ihnen hängen, der ihr Anführer zu sein schien. Jung, kräftig gebaut. Seine Haltung war angespannt, sein Blick unruhig. Selbst von hier oben, etwa dreihundert Schritte von den Männern entfernt, konnte Liv sehen, dass er beunruhigt war. Es schien so, als ob die Männer uneins waren. Anscheinend wollte der Anführer den Pass überqueren … und die Krieger, die ihn begleiteten, weigerten sich, ihm zu gehorchen. Sie wartete, versuchte Worte zu verstehen, doch dafür war die Entfernung zu groß.

Hastig legte Liv ihre Rüstung an, machte sich kampfbereit und verstaute die wenigen Dinge, die sie besaß, im Tragebeutel, den sie auf dem Rücken trug. Langsam schlich sie näher, verschmolz mit der Dunkelheit der Nacht, bis sie nah genug war, um ihre Worte zu hören. Die Männer sprachen laut, waren aufgeregt, teils ängstlich oder verunsichert. Sie machten sich keine Mühe leise miteinander zu sprechen und Liv hatte somit keine Probleme, ihren Wortwechsel zu verstehen. Sie bedienten sich der Handelssprache, die Liv gut beherrschte.

“Wir können nicht weitergehen ... Mein König wir dürfen es nicht.“

Die Stimme eines der Männer klang hart, aber auch ängstlich.

“Der Pass ist der Eingang zu den Reichen der Götter“, sagte ein anderer. “Niemand kehrt zurück, wenn er ihn überschreitet. Die Dämonen wachen über den Pass und das Tal dahinter. Das haben schon unsere Urgroßväter erzählt.“

Livs Herz schlug schneller. Die Männer fürchteten den Pass. Sie glaubten an Legenden. Und der junge Krieger, ihr Anführer, kämpfte jetzt mit ihrer Angst. Sie sah, wie er sich abwandte, die Stirn gerunzelt, die Schultern angespannt. Dann ging er etwa zwanzig Schritte, fort von seiner Gruppe, hinaus auf eine kleine bewaldete Anhöhe, wo er sich auf einen Felsen setzte. Livs Augen verengten sich. Das war ihre Gelegenheit.

Die Schatten wurden länger, als Chaka sich auf dem Felsen niederließ. Sein Blick schweifte über die dunklen Silhouetten der Bäume, die sich wie eine undurchdringliche Wand vor ihm auftürmten. Hinter ihm, kaum mehr als zwanzig Schritt entfernt, warteten seine Krieger ... oder besser gesagt … sie zögerten.

Er spürte ihre Blicke im Rücken, obwohl sie ihn nicht sehen konnten. Sie warteten auf eine Entscheidung, eine Antwort, einen Befehl. Aber er hatte keinen, den er ihnen geben konnte. Chaka ballte die Fäuste. Er war ihr König. Die Krieger der Watambi hatten ihn ausgerufen, hatten ihn auf den Schultern getragen, hatten geschworen, ihm zu folgen. Und jetzt? Jetzt zitterten sie vor einem alten Mythos. Der große Talkessel. Die Heimat der Götter und Dämonen. Doch auch Chaka verspürte hier so etwas wie Furcht. Zu tief waren die uralten Instinkte seines Volkes. Die Angst vor Geistern, Dämonen und Göttern.

Sein Vater hatte ihn oft gewarnt. Es gab Orte, die nicht für Menschen gemacht waren. Orte, an denen alte Mächte schliefen und nur darauf warteten, geweckt zu werden. Doch Chaka glaubte nicht an Geister und Dämonen. Sein Reich war das der lebenden Menschen, der Kämpfer, der Eroberer. Und doch konnte auch er eine gewisse Furcht nicht leugnen. Zu tief saßen die alten Geschichten in seinem Gedächtnis. Zu tief war der Aberglaube, der Glaube an Geister, Dämonen und der Götterglaube bei den Watambi. Auch er war davon nicht verschont, obgleich er vielleicht etwas distanzierter mit solchen Dingen umging, als der Rest seines Volkes.

Seine Krieger, die ihn begleiteten waren tapfer und mutig, gehörten zur absoluten Elite der Watambi. Aber wenn er sich jetzt umsah, sah er nichts von dem Mut, den seine Krieger sonst zeigten.

"Wir sollten umkehren, König", sagte eine Stimme hinter ihm.

Chaka fuhr herum, seine Augen blitzten. Es war Imbali, einer seiner ältesten Krieger, ein Mann mit Narben aus vielen Schlachten. Ein Mann, der sonst keine Angst kannte.

"Umkehren?" Chakas Stimme war schärfer, als er es beabsichtigt hatte. "Und dann? Nach Tombalku zurück marschieren und nicht wissen, ob wir bei unserer Suche nicht doch fündig geworden wären? Wir haben noch keine Antworten gefunden, die mich befriedigen. Vielleicht, nur vielleicht sind doch Leute von den Gomuna entkommen … Wir haben noch keine Gewissheit."

"Es ist nicht Feigheit, wenn man die Warnungen der Ahnen ernst nimmt", entgegnete Imbali ruhig.

Chaka spürte, wie Wut in ihm aufstieg. Er sprang vom Felsen, ging ein paar Schritte auf seine Männer zu.

"Ihr nennt euch Krieger, aber ihr lasst euch von Märchen in die Knie zwingen? Von alten Sagen?"

Ein Murmeln ging durch die Reihen, doch niemand wagte es, ihm ins Gesicht zu widersprechen.

"Dann gehe ich eben allein. Ich werde Antworten finden, auf die Fragen die mich beschäftigen." Die Worte waren aus seinem Mund, bevor er darüber nachdenken konnte. Er drehte sich um, ignorierte das ungläubige Raunen seiner Männer und schritt hinaus in die Dunkelheit.

Chaka ging etwa zweihundert Schritte, entfernte sich somit von den anderen, suchte die Ruhe und Abgeschiedenheit, um sich zu sammeln. Jeder Schritt, den er tat, wurde schwerer. Die Luft war kühler hier, der Wind trug den Geruch von feuchtem Laub und altem Stein mit sich. Die Bäume standen hoch und dicht, als würden sie etwas verbergen, das nicht gesehen werden sollte. Er blieb stehen. Irgendetwas war hier. Er konnte es nicht sehen, aber er konnte es fühlen. Ein leises Geräusch ließ ihn herumfahren … Und dann trat sie aus dem Schatten der dichten Bäume.

Chaka riss den Kopf hoch. Seine Finger schnellten an den Griff seines Messers, doch er zog es nicht, konnte es nicht. Etwas an der Gestalt, die aus der Dunkelheit und dem dichten Bodennebel trat, ließ ihn erstarren.

Sie bewegte sich lautlos, als würde sie den Boden nicht einmal berühren. Der schwache Schimmer des Mondlichts fiel auf ihre Haut ... so hell, so fremdartig. Sie war schlank aber mit Proportionen, die ihn augenblicklich bannten, hochgewachsen, mochte ihn um Kopfeslänge überragen, ihr Haar war lang, von einer Farbe, die er noch nie zuvor gesehen hatte, heller als jede Asche, die er kannte. Ihr Blick aus ihren hellen Augen brannte sich in ihn.

Kein Zweifel ... dies war keine Frau aus Fleisch und Blut. Dies war eine Dämonin oder Göttin. Die alten Geschichten waren also doch wahr. Chaka spürte, wie sein Atem flacher wurde. Seine Knie wollten nachgeben, doch er zwang sich, stehen zu bleiben. Er war versucht, nach seinen Kriegern zu rufen, die sich außer Sicht befanden, doch seine Stimme wollte ihm nicht gehorchen.

Die Frau ... nein, die Dämonin oder Göttin ... trat noch einen Schritt näher und mit ihr kam eine Kälte, die nicht von der Nacht herrührte. Sie war nicht von dieser Welt.

Sie blieb stehen, keine Armlänge von ihm entfernt. Dann sprach sie, mit einer Stimme, die seine Sinne benebelten und in der eine erstaunliche Sanftheit lag. “Warum zögerst du?“

Ihre Stimme war seltsam. Ganz anders als jede, die er kannte. Sie war weich, verführerisch, lockend und doch lag eine Kraft darin, ein Tonfall, der keinenerlei Widerspruch duldete. Chaka schluckte. Sein Mund war trocken. “Meine Krieger …“ Er verstummte. Es fühlte sich falsch an, sich zu rechtfertigen.

Ihre Augen verengten sich. “Deine Krieger fürchten sich.“

Er nickte langsam. Die Dämonin oder Göttin betrachtete ihn eine Weile, dann hob sie die Hand. Ihre Bewegungen waren langsam, bedächtig. Und dann legte sie die Finger an seine Stirn. Eine Welle von Kälte rann durch seinen Körper. Doch zugleich war es ein Gefühl von Zärtlichkeit, die er bisher noch nie erlebt hatte. Er wollte sich zurückziehen ... doch er konnte nicht.

“Du hast keine echte Angst“, sagte sie leise. “Das unterscheidet dich von ihnen.“

Chaka wusste nicht, ob es eine Frage oder eine Feststellung war.

“Ich fürchte keine Geister oder Dämonen“, brachte er schließlich hervor. “Meine Krieger ebenso wenig...“

Ein Lächeln huschte über ihre Lippen. “Und doch stehst du hier. Allein und fürchtest dich vor mir.“

Er biss die Zähne zusammen. “Wenn meine Krieger nicht folgen, werde ich den Pass alleine überschreiten. Du wirst mich nicht davon abhalten. Ich habe keine Furcht vor Dämonen und Geistern.“

Die Dämonin oder Göttin ließ ihre Hand sinken. Ihr Blick blieb auf ihm ruhen, als würde sie in ihn hineinsehen. Dann neigte sie langsam den Kopf, lächelte ihn sanft an. “Dann soll es so sein, denn ich bin weder Geist noch Dämon … Was also bin ich deiner Meinung nach?“

Chaka spürte eine eigenartige Wärme in seiner Brust. Dies war kein Traum. Kein Hirngespinst. Wie ein Blitz traf ihn die Erkenntnis. Er stand vor einer Göttin. Und sie hatte ihn auserwählt, um mit ihm zu sprechen.

Chaka konnte nicht anders. Er kniete vor ihr nieder. Seine Knie im feuchten Gras, den Kopf gesenkt. Sein Herz hämmerte derart gegen seine Rippen, dass man es hören musste.

Über ihm stand sie. Diese unglaublich schöne Göttin … und lächelte ihn an. Mit einem Lächeln, dass wie ein Versprechen auf ihn wirkte. Ein Versprechen von Macht, Kraft aber auch Verlangen und unergründlicher Lust. Zugleich jedoch auch fordernd und zwingend. Ihre helle Haut schimmerte im fahlen Mondlicht. Ihr Haar fiel wie flüssiges Silber über ihre Schultern, und die Rüstung, die sie trug, war für Chaka ein Rätsel. Kein einziger seiner Krieger besaß etwas Vergleichbares. Das Leder war glatt, das Metall glänzend und an ihrer Seite ruhten Waffen, deren Zweck er nur erahnen konnte. Ihr Körper war ein einziges Versprechen von Lust und Leidenschaft. Doch am meisten faszinierten ihn ihre Augen. Kalt. Durchdringend. Wie konnte eine Frau so schön und so furchterregend zugleich sein? Nein, sie war keine normale Frau, keine Dämonin und kein Geist … Sie war eine Göttin.

Die Stimme von Chaka war wie ein Flüstern. "Du bist eine Göttin. Ich beuge mich vor dir … ich diene dir. Ich erkenne es jetzt … Du bist Lilith, die Göttin, die wir erst seit kurzem verehren."

"Schwöre es mir", sagte sie leise.

Chaka hob den Blick zu ihr, sammelte seinen Mut. Seine Lippen waren trocken. "Ich bin ein König …"

Sie trat noch näher. Ihre Silhouette verdunkelte das Licht des Mondes. "Bist du das?" Ihre Stimme war ruhig, fast sanft.

Chaka schluckte. Er fühlte sich, als würde sein Verstand zersplittern.

"Ich bin Chaka, Sohn von Garuma. Ich habe die Feinde der Watambi geschlagen. Ich habe die Krone errungen Ich habe meinen Stamm nach dem Bruderkampf wieder geeint …"

Liv legte eine Hand unter sein Kinn und zwang ihn, zu ihr aufzusehen. "Und doch kniest du vor mir … So wie es ein sterblicher tut, wenn er einer Göttin begegnet."

Chaka spürte, wie seine Gedanken sich in sich selbst verhedderten. Er hatte nie zuvor gekniet. Nicht vor einem Feind. Nicht vor den Ahnen. Nicht vor den Ältesten. Noch nicht einmal vor seinem Vater, weil dieser ihm dies verboten hatte. Und jetzt? Er wollte seinen Blick von ihr abwenden, konnte aber nicht. Ganz im Gegenteil, er genoss es sogar, sie zu betrachten.

Die Göttin ist erschienen

“Schwöre es mir, Chaka“, wiederholte sie leise. Ihr Griff war sanft, doch unnachgiebig.

“Ich …“ Seine Stimme brach. Er spürte den Blick seiner Ahnen auf sich. Doch noch viel stärker spürte er den Sog dieser Göttin. “Ich schwöre es“, murmelte er.

Sie zog die Hand zurück und mit ihr wich die Kälte, die sich auf seiner Haut abgesetzt hatte. “Lauter.“

Chaka schloss die Augen. Dann atmete er tief ein. “Ich schwöre es! Ich erkenne dich an, Göttin. Ich unterwerfe mich deinem Willen.“

Liv lächelte. “Gut … Erhebe dich, Chaka, König der Watambi.“

Chaka spürte Erleichterung und Angst zugleich. Er, ein König, hatte sich gebeugt. Aber vor wem? Vor einer Göttin? Oder etwa doch vor etwas anderem?

Chaka fühlte sich seltsam leer, als er sich erhob. Die Worte, die er gerade gesprochen hatte, hallten in seinem Kopf nach. Er hatte sich ihr unterworfen ... der Göttin, der Fremden, die in Gestalt einer Frau vor ihm stand und doch so unendlich viel mehr als nur eine Frau war.

“Steh auf, König der Watambi.“ Livs Stimme war ruhig, fast sanft, aber Chaka spürte die unnachgiebige Kraft darin. “Du wirst mich nun zu deinen Kriegern führen. Sie warten bereits auf dich. Du wirst zusammen mit mir in deine Stadt reisen. Ich werde an deiner Seite sein, denn du bist der erste aus deinem Volk der sich mir unterworfen hat.“

Er starrte sie an, mit einem Ausdruck, der Bewundernd und zugleich fragend war. Dann wagte er es eine Frage zu stellen, die ihn beschäftigte. “Dein Aussehen … Deine Erscheinung ...“

Die Göttin lächelte ihn an. “Ich habe diese fleischliche Hülle gewählt. Weil ich mir dachte, sie würde dir gefallen … Es war mir wichtig, dass ich dir gefalle, junger König.“ Erneut dieses Lächeln, in dem so viel Kraft lag und doch zugleich auch ein Versprechen auf ungeahnte Gefühle der Leidenschaft.

Chaka nickte mechanisch. Er wagte es nicht, ihre Augen zu lange zu betrachten. Es war, als würde sie direkt in seine Seele blicken.

Gemeinsam machten sie sich auf den Weg zurück zum Lager. Chaka spürte den Wind, der durch die Bäume strich, doch die Nacht fühlte sich anders an. Kälter. Geheimnisvoller. Als ob die Luft selbst das Erscheinen der Göttin ehrfürchtig registrierte.

Als sie sich den Kriegern näherten, bemerkte er die Stille. Niemand von den Kriegern sprach. Seine Männer standen da, wie erstarrt, als sie Liv erblickten … Die Göttin. Kein einziger wagte es, ein Wort zu sagen.

Die Flammen des Lagerfeuers, über dem einige Spieße mit Fleisch hingen, warfen flackernde Schatten auf ihre Gesichter und Chaka erkannte sofort auch in ihren Augen genau das, was in ihm selbst jetzt gerade tobte … Ungläubigkeit, diese tiefe Ehrfurcht ... und Angst.

Liv blieb am Rand des Lagers stehen. Sie bewegte sich nicht, ließ einfach nur die Blicke auf sich ruhen. Die Stille dehnte sich.

Dann war es Imbali, der als Erster sprach ... der alte Krieger, der selbst in der größten Schlacht nie gezögert hatte. “Was …“ Seine Stimme war heiser. “Was bist du? … WER bist du?“

Liv lächelte. Langsam trat sie einen Schritt vor, sodass das Licht des Feuers ihr Gesicht streifte. Ihre Haut wirkte noch heller, ihre Augen noch undurchdringlicher.

“Ihr habt mich gerufen“, sagte sie leise. Ein Raunen ging durch die Krieger. “Ihr habt den Weg zu den Göttern gefürchtet“, fuhr sie fort. “Ihr habt gezögert. Und so bin ich gekommen, um euch zu führen.“

Irgendwer von den Kriegern flüsterte leise, wie zu sich selbst. “Ich habe die Göttin Lilith um Beistand gebeten ...“ Einige der Männer sanken unwillkürlich auf ein Knie. Andere starrten sie einfach nur an, als könnten sie nicht glauben, was sie sahen. Imbali, der stärkste von ihnen, hatte die Augen geweitet. “Die Göttin Lilith“, flüsterte jemand.

Liv lächelte erneut, diesmal fast unmerklich.

Chaka spürte, wie sich sein Magen zusammenzog. Er hatte den Gedanken selbst gehabt, sich ihr unterworfen, hatte es glauben wollen, doch es aus dem Mund eines anderen zu hören, machte es noch realer.

Seine Krieger glaubten. Sie glaubten es wirklich. Und dann fiel der erste Mann auf beide Knie. Ein Zweiter folgte. Dann ein Dritter. Wie ein Lauffeuer breitete sich die Bewegung im Lager aus, bis selbst die härtesten Männer knieten, ihre Köpfe gesenkt, als wäre Liv die Verkörperung aller Legenden, die ihnen in ihrer Kindheit erzählt worden waren. Liv ließ es geschehen. Sie stand einfach nur da, den Blick erhoben, während sich das Lager vor ihr verneigte. Und dann sprach sie erneut. “Ich werde an eurer Seite gehen.“ Ein Schauer lief durch die Krieger. “Ich werde euren König führen und eure Feinde vernichten.“

Ihre Stimme war ruhig, aber sie hallte in ihren Köpfen nach. “Ihr seid die Krieger der Watambi. Ihr seid stark und mutig. Doch mit mir an eurer Seite werdet ihr unbesiegbar sein … Wenn ihr tief in eurem Herzen an mich glaubt und mich ehrt. Mich so anerkennt, wie es mir zusteht.“

Ein dumpfes Dröhnen begann in den Reihen der Krieger. Ein Murmeln, ein aufkeimendes Flüstern, das mit jeder Sekunde lauter wurde. Einer von ihnen ... ein junger Krieger, kaum mehr als ein Jüngling ... hob nun zögernd den Kopf. Seine Augen glänzten. “Bist du eine Kriegsgöttin?“ Seine Stimme war voller Ehrfurcht. “Oder eine Liebesgöttin?“ flüsterte ein anderer, während er verschämt ihren Körper betrachtete.

Liv ließ den Blick über sie gleiten. “Das werdet ihr herausfinden.“ Sie lachte leise. Ein melodisches Lachen, das sie alle sofort in den Bann zog. “Vielleicht bin ich ja beides … jedes zu seiner Zeit. Denn hat die Göttin Lilith nicht mehrere Eigenschaften? musterte, aus ihrem Augenwinkel, Chaka, der sie mit Ehrfurcht in den Augen anstarrte.

Ihre Worte ließen einen Schauer durch die Reihen laufen. Dann trat sie neben Chaka und legte leicht eine Hand auf seine Schulter. “Morgen brechen wir auf“, sagte sie leise. “Führt mich zu eurer Stadt.“ Niemand widersprach.

Liv setzte sich unter einen der alten Bäume. Der Boden hier war kahl. Nur ein kleiner Haufen trockener Blätter hatte sich auf einem Büschel abgestorbenem Gras angesammelt. Dürre Zweige lagen dicht daneben, wohl von dem Baum herab gefallen.

Chaka war an das Feuer heran getreten und nahm nun einen der Holzspieße, auf dem Fleisch einer Gazelle aufgespießt war. An der Spitze des Stockes hatte das Feuer das Holz in Glut versetzt. Er schritt zu Liv und reichte ihr den Spieß, mit einer tiefen Verbeugung. Dann drehte er sich um und ging nachdenklich zurück, zu den anderen.

Liv betrachtete das geröstete Fleisch fast gierig. Sie hatte schon seit Tagen nichts warmes mehr gegessen. Sie tippte auf die glimmende Spitze des Holzspießes und der noch immer glühende Teil fiel herab … direkt auf die trockenen Blätter und das abgestorbene Gras darunter. Da Chaka in diesem Moment seinen Kriegern die Sicht versperrte sahen sie dies jedoch nicht … was sie sahen war etwas ganz anderes.

Liv wedelte kurz mit der Hand und der dünne Rauchfaden verschwand. Dann erglühten die Blätter, als die Glut das tat, was Glut immer tat, wenn sie auf trockene Dinge traf, die brennen konnten. Eine kleine, fast nicht zu sehende Flamme entstand. In dem Moment, als Chaka bei seinen Männern eintraf und sich zu ihnen setzte hatten sie wieder freie Sicht auf Liv … und sahen, wie diese ihre Hand über einige Blätter hielt, die am Boden lagen. Nur einen Moment später zügelten kleine Flammen empor. Fast beiläufig griff Liv jetzt nach den dürren Zweigen und legte sie auf die kleinen Flammen, damit das Feuer etwas hatte, womit es brennen konnte. Nahezu sofort fraßen sich die Flammen in das Holz und wurden größer.

Der Unterführer Kwale starrte gebannt zu ihr hinüber. Seine Stimme war von tiefer Ehrfurcht getränkt. "Böse Geister und Dämonen fürchten das Feuer … Die Priester im Tempel von Tombalku sagen, der Göttin Lilith wäre das Feuer heilig. Wir alle haben jetzt gesehen, wie sie mit einer kurzen Handbewegung Feuer erschaffen hat, wo vorher nichts war."

Rundum nickten die Krieger ehrfurchtsvoll, die soeben Zeugen eines göttlichen Wunders geworden waren. Kwale sprach jetzt mit gesenkter Stimme, fast hastig, weiter. "Vor unserer Abreise war ich im Tempel der Lilith … Ich hatte mir gedacht, es würde nicht schaden, dort ein kurzes Gebet zu sprechen und die Gunst der Göttin zu erbitten … Ich habe das Standbild gesehen, das dort aufgestellt worden ist. Die Kunsthandwerker haben es nach den genauen Anweisungen des alten Königs Garuma gefertigt, so wie die Göttin ihm im Traum erschienen ist. Das Haar ist aus Silberdraht und ihre Brüste … Bei meinem Blut, ich schwöre, sie sind genauso groß und wohlgeformt. Auch dieses Gesicht gleicht dem der Statue." Kwale schluchzte leise. Tränen liefen über sein Gesicht. "Ich schwöre, dies ist die fleischgewordene Göttin Lilith … Ich habe keinen Zweifel … ich schwöre hier und jetzt, ich würde bedenkenlos mein Leben für sie hingeben, wenn sie dies von mir fordert."

Imbali, der Führer der Krieger legte ihm die Hand auf die Schulter und nickte zustimmend. "Auch ich erkenne sie als die einzig wahre Göttin an. Brüder, wir sind gesegnet, denn wir waren zugegen, als sie sich in dieser Form offenbarte … Wir alle haben das Wunder gesehen … Und unser König hat sie zu uns geführt. Er war derjenige, den sie erwählte um sich in dieser Hülle zu zeigen … Seht diese Hülle und erbebt vor Ehrfurcht, denn sie ist wahrhaftig die Göttin Lilit. Lob und Dank sein König Chaka, der die Göttin zu uns geführt hat.“

Die Reise von Chakas Kriegern und der Göttin Lilith begann am frühen Morgen. Die Luft war noch kühl und schwer, als der Zug sich in Bewegung setzte. Chaka führte die Truppe, während Liv direkt hinter ihm ging. Die Krieger folgten in respektvollem Abstand, die Augen stets auf die Göttin gerichtet.

Es war, als hätten die Krieger ihre Würde und ihre Gewohnheiten abgelegt, als sie ihre Reise mit der vermeintlichen Göttin antraten. Für die Krieger jedoch stand zweifelsfrei fest, dass sie der Göttin Lilith selbst folgten, die sich mit der Anmut einer Raubkatze bewegte. Ihre Gespräche verstummten, sobald sie in ihre Nähe kamen und der Klang der Füße auf dem harten Boden war das einzige, was die Stille durchbrach.

Chaka spürte ihre Präsenz besonders. Jedes Mal, wenn sein Blick zu ihr hinüberwanderte, erwischte er sich dabei, wie er für einen Moment die Kontrolle über seine Gedanken verlor. Ihr Haar, das im Wind wehte, glänzte fast unnatürlich. Ihre Züge ... die schmalen Lippen, die hohen Wangenknochen, die gerade Nase … hatten eine klare, fast überirdische Schönheit, die das Wesen einer Göttin widerspiegelte. Ihr Körper, den er betont unauffällig musterte, brachte ihn fast um den Verstand. Diese Rundungen und diese enormen Brüste waren für ihn wie ein Traum.

Doch es war nicht nur ihre Schönheit, die Chaka faszinierte. Es war die Macht, die von ihr ausging. Die Krieger mieden ihren Blick, als wollten sie sie nicht herausfordern, während sie sich in ihrem Bann wähnten. Chaka jedoch konnte seine Augen nicht von ihr abwenden, als ob er von ihr angezogen wurde, als ob seine Seele sie suchte.

In den ersten Tagen ihrer Reise sprach Liv nur wenig, sondern ließ sich von Chaka alles berichten, was sich um das Volk der Watambi, deren Stadt Tombalku und die wichtigsten Menschen dort drehte. Doch ihre bloße Anwesenheit reichte aus, um die Krieger in eine Art tranceartige Anbetung zu versetzen. Es war, als ob sie sich unmerklich veränderten, als ob sie nicht nur in ihrem äußeren Verhalten, sondern auch in ihren Gedanken und Gefühlen beeinflusst wurden … Sie wurden die ersten

Gläubigen der Göttin, die sich ihr mit Leib und Seele verschrieben. Chaka machte dabei keine Ausnahme. Er selbst war wohl noch gläubiger, als der Rest der Krieger.

Einmal, als sie eine Pause machten, hielt Liv sich an einem Baum fest und ließ den Wind durch ihre Haare streichen. Die Krieger, die sich in einem Bogen um das Lager versammelt hatten, warfen hastige Blicke auf sie. Jeder von ihnen fragte sich insgeheim, welche Göttin sie gerade vor sich hatten. War sie die Göttin des Krieges? Oder die Göttin der Liebe? Ihre Rüstung und die Waffen, die sie trug, ließen sie zur Kriegerin werden, doch ihre Körperlichkeit, ihre Anmut und die Art, wie sie sich bewegte, erinnerten an die Göttin der Lust und der Fruchtbarkeit, von denen sie in den Geschichten gehört hatten.

Liv war sich des Blickes der Krieger bewusst. In der Stille, die sie umgab, konnte sie fühlen, wie ihre Macht weiter wuchs. Sie war nicht nur eine fremde Frau ... sie war eine Verkörperung dessen, was die Krieger sich tief im Inneren wünschten. Die eine, die sie erwählt hatte, die sie anführte und begleitete … Die Göttin, die sie anbeteten.

Chaka beobachtete sie ebenfalls. Doch seine Bewunderung war von einer anderen Art. Es war eine unbewusste Sehnsucht, die sich in ihm regte. Er hatte nicht einmal verstanden, wann es begonnen hatte ... wann genau er in seinen Gedanken die Grenze überschritten hatte. Jeden Tag, den sie zusammen reisten, wurde seine Bewunderung von einer Mischung aus Verlangen und Scham durchzogen. Er, der König, sollte sich nicht von einer Frau verzaubern lassen. Auch nicht von einer Göttin. Doch in Livs Augen brannte eine Kraft, die ihn immer mehr zu ihr zog.

Einmal, als sie am Abend ein Lagerfeuer entzündeten, wagte Chaka es, sich neben ihr zu setzen. Ihre Anwesenheit war überwältigend und auch wenn er die Nähe zu ihr suchte, zögerte er, sie zu berühren. Zu viele Gedanken wirbelten in seinem Kopf, als dass er den Mut gehabt hätte, seine Gefühle in die Tat umzusetzen. Doch er bemerkte, dass er immer mehr von ihr wollte ... nicht nur als ein König, der eine Göttin an seiner Seite wusste, sondern als Mann.

Liv bemerkte die Zerrissenheit in ihm. Sie sah, wie er immer wieder zu ihr hinüberblickte, als wolle er etwas sagen, sich aber nicht traute. Sie wusste, dass er sich nach ihr sehnte. Vielleicht wusste er nicht einmal, warum. Sie kannte dies von den Männern, den sie in der Vergangenheit den Kopf verdreht hatte. Vielleicht hatte er nie eine andere Wahl gehabt als sich zu ihr hingezogen zu fühlen … Darin lag die Stärke von Liv. Eine Begabung, die sie ausnutzte und es genoss, wenn sie Erfolg hatte.

“Du bist stark, Chaka. Ein Krieger und ein König“, sagte sie, als er sich neben sie setzte, ohne das Feuer anzusehen. Sie lächelte ihn an. “Die Frauen deines Volkes müssen sich nach dir sehnen. Sicher kannst du dich kaum ihrer erwehren.“

Chaka antwortete nicht sofort. Der Klang ihrer Stimme, so ruhig und zugleich so ermächtigend, ließ ihn still werden. Doch dann sah er sie an und blickte fragend. “Du bist eine Göttin … Wer würde das nicht besser wissen, als du?“

Liv bemerkte, dass sie gerade einen Fehler gemacht hatte und überspielte dies mit einem liebevollen Lächeln, während ihre Gedanken rasten. “Du hast mir doch erzählt, wie der Glaube an Lilith zu euch gekommen ist. Der Glaube an eine uralte Göttin aus weiter Ferne … Ich habe viele Menschenleben geschlafen, bis der Ruf nach mir erneut erklang. Auch eine Göttin kann nur wissen, was die Stimmen der Menschen sagen und was geschieht, wenn die Menschen es ihr verraten oder wenn sie es hört. Während der zeit meines Schlafes war ich taub. Deshalb kann ich nichts davon wissen, was geschehen ist, bevor ich erwachte und den Entschluss fasste, mich dir zu offenbaren.“

Livs Blick wurde noch weicher, fast liebevoll und für einen Moment hatte es den Anschein, als würde sie in ihn hineinschauen, als würde sie nun seine Unsicherheit und den Scham in ihm erkennen.

Er senkte seinen Kopf. Seine Stimme war fast ein Flüstern, da er sichergehen wollte, dass die anderen Krieger ihn nicht verstanden, obwohl sie alle mehr als zwanzig Schritte entfernt waren. “Ich habe erst mit einer einzigen Frau solchen Kontakt gehabt. Das geschah am Tage meiner Mannbarkeit, drei Tage bevor mein Vater starb.“ Er seufzte leise, bevor er fortfuhr und Liv spürte, wie peinlich es ihm war, ihr davon zu berichten. “Es war eine namenlose Sklavin. Ich nahm sie von hinten, im Thronsaal meines Vaters … unter dessen Augen, wie es Brauch ist bei der

Feier der Mannbarkeit. Alles war so schnell vorüber. Ich kam in ihr, sie zog ihren Kittel wieder herunter, richtete sich auf und ging. Ich weis weder ihren Namen, noch kann ich wirklich behaupten dabei echte Lust empfangen zu haben.“

Liv legte ihm mitfühlend ihre Hand auf die Schulter, spürte dabei seine Muskulatur und musste ein zufriedenes Grinsen unterdrücken. Das waren die perfekten Voraussetzungen für sie. Sie würde den jungen Mann auf ihre ganz eigene Art in ihren Bann ziehen … und dies genießen. “Du darfst versichert sein, es werden noch andere Momente kommen, in denen du weit mehr Lust empfangen wirst … Glaube mir Chaka, ich weis das.“

Die Reise zog sich weiter hin. Fünf Tage lang. Doch mit jedem Schritt, den sie der Stadt näher kamen, wuchs der Bann und Einfluss, den Liv über alle Krieger ... und auch über Chaka ... hatte. Sie hatten keine Fragen mehr. Sie hatten keine Zweifel. Liv war die fleischgewordene Göttin, die ihnen den Weg wies … Und sie waren bereit, ihr alles zu opfern, denn sie waren jetzt treue Anhänger der Göttin Lilith.

Der Tag hatte sich dem Ende zugeneigt und die Sonne war soeben am fernen Horizont untergegangen. Morgen würden sie die Hauptstadt der Watambi erreichen. Liv war mehr als gespannt, was sie dort erwarten würde. Die Krieger machten sich daran, das Nachtlager aufzuschlagen. Liv winkte, mit einer kurzen Handbewegung, Chaka zu sich. “Hier sind bereits einige Felder, an denen wir vorüber gekommen sind. Gibt es hier auch eine Wasserstelle, an der ich mich erfrischen kann?“

Sofort beugte er untertänig sein Haupt.“Ja, Herrin … Es gibt hier einen kleinen Teich, wo die Feldarbeiter Wasser holen können. Er liegt nur eine kurze Strecke entfernt. Ich weise dir gerne den Weg dorthin, wenn du das wünscht.“

Liv gab ein zustimmendes Geräusch von sich. “Die anderen Krieger mögen das Lager aufschlagen und ein Stück Braten für uns alle rösten. Du wirst mich zu dem Teich führen … Gebe den anderen Kriegern die Befehle und dann gehe vor, Chaka.“

Kurze Zeit später brachen Liv und Chaka zu dem Teich auf. Liv sehnte sich danach, endlich den Dreck und Schweiß von ihrem Körper waschen zu können. Von Natur aus war sie sehr reinlich und dabei stets auf ihr äußeres Erscheinen bedacht. Sie fühlte sich so verschwitz, wie sie nun war, nicht wohl. Der Weg war nicht weit. Der Teich, der eine gebogene Form besaß lag eingebettet zwischen einigen Bäumen, Felsen und hohem Schilf. Direkt am Ufer stand ein uralter Baum, an dessen Fuß kurzes Gras wuchs.

Liv sah Chaka an und rümpfte ihre Nase. Sie deutete zum Teich. "Geh und wasche dich. Du stinkst, wie ein Tier. Das ist eines Königs unwürdig, Chaka. Danach komme zurück und halte hier Wache. Solange werde ich auf Wache stehen. Ein König sollte nicht gestört werden, wenn er badet."

Chaka sah sie erstaunt an. Dann huschte ein freudiges Lächeln über sein junges Gesicht. Die Göttin in eigener Person würde über ihn wachen, während er sich wusch. Das war eine Ehre, die er nicht für möglich gehalten hatte. Er würde alles für die Göttin tun, wenn sie es verlangte. Er war sich bewusst, dass seine Gefühle für die Göttin weit von denen eines Gläubigen entfernt waren. Ihr Antlitz und ihr Körper waren für ihn wie eine Droge. Eine Droge, die ihn am Abend nur schwer einschlafen ließ. Chaka hatte sich große Mühe gegeben, die Göttin nicht fortwährend anzustarren, wenn sie marschierten. Das Spiel ihrer Muskeln an ihren Beinen, die gut zu sehen waren, unter ihrer kurzen Tunika war mehr, als ein einfacher Mann ertragen konnte, ohne dass sein Körper reagierte. Der wohlgeformte Hintern, der sich im Takt der Schritte bewegte raubte ihm fast den Verstand … An ihre massiven Brüste, die unter dem oberen Rand der Panzerung mehr als deutlich zu sehen waren, wagte er überhaupt nicht zu denken.

Er verbeugte sich tief und eilte dann zum Rand des Teiches. Dort blieb er unschlüssig stehen. Er wandte sich um. Die Göttin blickte nicht zu ihm. Eilig schlüpfte er aus seiner ledernen Oberkörperrüstung, seiner Tunika und dem Lendentuch. Dann streifte er die Sandalen ab und stieg schnell in das fast hüfttiefe Wasser. Er seufzte wohlig auf und begann damit sich gründlich aber schnell zu waschen. Liv hatte ihren Kopf gewendet und musterte den gutgebauten und muskulösen Körper des jungen Mannes. Ihr Blick fiel auf seine Männlichkeit und ein kaum hörbarer Laut des Wohlgefallens drang über ihre Lippen. Sie grinste boshaft und voller Erwartung. Es war an der Zeit, Chaka fester an sich zu binden, als dies nur durch die Ehrfurcht gegenüber einer Göttin geschehen konnte. In ihren Augen war es nötig, einen Mann vollends in ihren Bann zu ziehen. So wie sie es auch in der Vergangenheit mit vielen Männern getan hatte. Chaka war recht schnell fertig, mit seinem Bad und machte sich daran, das Wasser wieder zu verlassen. Sie trat an das Ufer und sah ihn jetzt bestimmend an. "Du kannst dich später wieder ankleiden. Erst werde ich mich erfrischen. Achte gut auf die Umgebung, Chaka."

Er neigte seinen Kopf, demutsvoll. "Wie ihr befehlt, Göttin."

Liv legte ihre Waffen, Rüstung und Tunika ab. Dann schlüpfte sie aus den Sandalen und ließ ganz zuletzt ihr Lendentuch fallen. Heimlich und beiläufig beobachtete sie dabei Chaka, der wie versteinert einige Schritte entfernt stand und seine Augen dabei nicht gänzlich von ihrem Körper abwenden konnte. Liv schritt in das Wasser, wandte ihm den Rücken zu und begann sich zu waschen. Nach kurzem Zögern wusch sie sich auch ihre Haare. Die würden eine Weile benötigen, bis sie wieder trocken waren aber es war eine Wohltat, die juckende Kopfhaut vom Schweiß zu befreien. Liv dachte kurz daran, sich am kommenden Morgen einen Zopf zu flechten. Sie genoss die erfrischende Kühle des Wassers. Nahezu beiläufig drehte sie sich dann um und wusch ihre Brüste, strich dabei aufreizend über ihre Brustwarzen und ihre Hüften. Sie blickte unter ihren halb geschlossenen Wimpern zu Chaka und sah an dessen Körperreaktion dessen Zustand … mehr als deutlich. Liv leckte sich mit ihrer Zunge über die Lippen. Diese vergangenen Tage, an denen sie der Lust nun schon entsagen musste, waren für sie fast wie Folter gewesen. Sie verkniff sich gerade noch ein Grinsen. Heute würde sie dies nachholen.

Liv strich sich ihre nassen Haare aus der Stirn zurück und reckte dabei ihre Brüste nach vorne … Fast wie unbeabsichtigt und gedankenlos. Dann stieg sie aus dem Wasser. Ihre Bewegungen waren gänzlich für Chaka bestimmt, präsentierten seinen verstohlenen Blicken all das, was eine Frau einem Mann bieten konnte. Sie ging so dich an Chaka vorbei, dass sie ihn beinahe streifte. Dann setzte sie sich auf das kurze Gras, unter dem alten Baum, legte ihren Kopf schräg und musterte ihn einen Moment lang. "Chaka … Bist du ein Mann oder nur jemand, der vorgibt ein Mann und König zu sein?"

Chaka hatte seinen Kopf gesenkt und wagte kaum seinen Blick zu ihr zu erheben. Da saß die Göttin … vollkommen unbekleidet und nur wenig mehr als drei Schritte von ihm entfernt. Er war sich bewusst, dass sein Penis hart und aufgerichtet war. Wie sollte es auch anders sein, in ihrer Nähe, die ihn fast in einen Taumel der Gefühle warf. Wenn die Göttin doch nur nicht einen derart aufreizenden Körper besessen hätte. Er war völlig außerstande, seine körperliche Reaktion zu vermeiden. Chaka räusperte sich leise. "Ich bin ein Mann, Göttin … und König durch das Recht des Siegers. Ich herrsche über mein Volk. Mein Wille ist dort Gesetz."

Kurz hob er seinen Blick und musste sich mühen ihn von ihren Brüsten zu lösen. Erneut senkte er den Blick. Er zögerte. Eine Frage brannte ihm seit Tagen auf der Seele und er wusste keine Antwort darauf. Dann überwand er sich und stellte die Frage. "Verzeih mir, Göttin … Nicht nur ich frage mich, was für eine Göttin du bist. Eine Kriegsgöttin oder doch eine Liebesgöttin? Wir sind uns uneinig und wollen dich so verehren, wie es dir zusteht ... Doch eine Kriegsgöttin legt Wert auf andere Dinge, als eine Liebesgöttin … Verzeiht mir, ich wollte nicht anmaßend sein."

Liv schmunzelte. Mit dieser Frage hatte sie einen Einstieg in ihr Spiel der Verführung bekommen. Sie lachte leise und fast zärtlich. "Ich bin beides, Chaka … und doch gibt es besondere Menschen, die sich meiner Gunst ganz besonders erfreuen dürfen. In jeder meiner Erscheinungen. Ich werde für dich deine Krieger zum Sieg führen und dir dabei helfen, deine Macht zu festigen. Zugleich jedoch kann ich, besonders für dich, auch eine Liebesgöttin sein … Ich weis nur nicht, ob du auch Mann und König genug bist, um diese Gunst anzunehmen, die ich dir biete."

Sie schwieg einen kurzen Moment. "Sieh mich an, Chaka … Betrachte meinen Körper. Ich hätte auch leicht als verkrüppelte alte Frau erscheinen können. Oder als ein Tier des Waldes … Ich habe mich aber entschieden, in dieser Art zu erscheinen, um dir deutlich zu zeigen, dass ich auch die Göttin der Liebe und der Lust sein kann … Ganz speziell für dich."

Er hob seine Blick zu ihr. Seine Augen wanderten über ihren Körper und verharrten immer wieder auf ihren prallen Brüsten. Er wagte es nicht, sich zu bewegen. Ihr unglaublich berauschender Körper war der einer unbeschreiblichen Göttin. Kurz raste ihm der Gedanke durch den Kopf, wie wahr ihre Worte waren. Sie war nicht nur die Göttin der Liebe sondern tatsächlich auch die Göttin der Lust. Das spürte er mehr als deutlich. Seine Gedanken waren für einen winzigen Moment weit von der Verehrung dieser Göttin entfernt und bewegten sich auf Gefilden, die man einer Göttin gegenüber niemals äußern durfte. Liv lachte erneut leise. Ihr Lachen hatte dabei etwas an sich, was ihn an Zärtlichkeit und ungezügelte Lust denken ließ.

Sie musterte ihn für einen kurzen Moment schweigend, betrachtete dabei seine steil aufgerichtete Männlichkeit und spürte ein Kribbeln der Vorfreude, welches sich von ihrem schon feuchten Schoß aus durch ihren Körper bewegte, wie sanfte Wellen.

Liv sah ihn fordernd an. Ihre Stimme war leise aber sanft. "Komm näher Chaka und stelle dich vor mich. Sieh mich an … Gefällt dir, was du siehst? Sei ehrlich und sage mir, was du fühlst."

Chaka kam ihrer Aufforderung zögerlich nach. Er schluckte krampfhaft, bevor er antwortete. "Göttin, es ist nicht leicht für einen sterblichen, sich dir zu entziehen … Mein Körper weigert sich, dir in der Demut entgegen zu treten, wie es ein sterblicher tun sollte. Bitte verzeih mir, oh Göttin. Wärest du eine sterbliche Frau, aus meinem Stamm dann würde ich dem Drang nachgehen, der dein Anblick in mir hervorruft … Bitte verzeih mir, Göttin … Du wolltest wissen, was ich denke und fühle."

Liv sah ihm in die Augen, lächelte so liebenswürdig und verführerisch, wie es nur ihre lange Erfahrung möglich machte. "Chaka … Ich frage dich erneut … Bist du ein Krieger, ein Mann und König oder nur die wertlose Hülle eines Wesens, das vorgibt ein Mann zu sein?"

Sein Kopf zuckte etwas hoch und er richtete sich stolz auf. "Ich bin ein Krieger, ein König und ein echter Mann, oh Göttin."

Sie nickte wohlwollend. Dann spreizte Liv ihre Beine, gab ihm so den Einblick zu ihren Schamlippen, auf denen bereits ein winziger Tropfen Lustsaft glänzte … und lächelte ihn verlangend an. "Ich will dir eine Göttin der Lust und der Liebe sein, Chaka … Zeige mir, dass du ein echter Mann bist."

Sie lehnte sich etwas zurück, fuhr sich mit den Fingern der rechten Hand durch die Schamlippen und hob mit der anderen Hand ihre linke Brust empor, strich dann über ihre aufgerichtete, harte Brustwarze. Chaka war wie gebannt von dem Anblick, der sein Blut fast zum kochen zu bringen schien. Sie sah ihn an … mit einem Blick, den er sonst nur von liebenden kannte und sein Wille war nun vollends Wachs in ihren Händen.

Liv lächelte. Ihre Stimme war fast wie das Flüstern des Nachtwindes. "Es gibt Dinge zwischen den Königen und den Göttern, deren Wissen nicht für das normale Volk bestimmt ist. Ein Wissen, welches niemals an andere Menschen kundgetan werden darf."

Sie leckte sich die Lippen und betrachtete seine Männlichkeit, die vom Umfang und der Länge auch gut zu einem Asenkrieger passen würde. Ihr Blick verweilte einen Moment auf seinem herab baumelnden Hodensack. Er schien fast zum bersten voll zu sein und sie dachte lustvoll daran, welche Menge von Sperma dort wohl wartete. Erneut sah sie ihm in die Augen und spreizte ihre Beine noch etwas weiter. Ihre Stimme hatte nun einen Unterton von unbändiger Lust. "Stelle dich direkt vor mich hin, Chaka. Zeige mir, was für ein Mann und König du bist … Zeige mir, ob du deinen Saft verspritzen kannst. Lass mich sehen, wie du spritzt … Tu es, ich warte darauf."

Mit fast zitternden Knien näherte er sich ihr, blieb dann einen Schritt von ihr entfernt stehen. Wie von alleine fand seine Hand seine aufgerichtete Männlichkeit, die ihn nun schon fast schmerzte, vor Verlangen und Lust. Langsam fing er an, seinen Penis zu reiben. Er richtete seinen Blick auf die Göttin, die sich nun ihre Lustperle rieb und sich etwas aufgerichtet hatte. Ihre Brüste waren nur einen einzigen Schritt von ihm entfernt. Sie sah ihm erwartungsvoll in die Augen, hatte ihre Lippen geöffnet und fuhr sich mit ihrer Zunge darüber.

Langsam wurden seine Bewegungen schneller. Er keuchte und wusste, das er bald dem Befehl seiner Göttin Folge leisten würde. Ganz langsam und fast unbewusst spürte er, wie sich ein Orgasmus ankündigte. Seine Augen waren weit aufgerissen. Der Anblick der Göttin, die sich direkt vor ihm selbst befriedigte war etwas, was ihn nahezu um den Verstand brachte, vor Lust. Seine Stimme war kaum mehr als ein flüsterndes Krächzen. "Gleich spritze ich meinen Samen heraus, Göttin."

Darauf hatte Liv gewartet. Sie richtete sich noch etwas mehr auf, griff nach seinen Hoden und fing an, diese sanft zu massieren. Mit ihrer anderen Hand schob sie seine nun rasend schnell auf und ab gleitende Hand von seinem Penis, ersetzte diese durch die eigene Hand … und öffnete erwartungsvoll ihren Mund. “Komm Chaka … Spritz deinen Saft heraus. Spritz mir in den Mund, ich will dich trinken.“ Dann beugte sie ihren Kopf vor, leckte über seine Eichel und nahm dann den Penis in ihren Mund auf.

Chaka stöhnte vor Lust. Derartiges hatte er nie zuvor erfahren dürfen. Die Göttin bewegte ihren Kopf vor und zurück, molk ihn geradezu, mit ihrem Mund. Er spürte, wie sein Orgasmus in ihm nun unaufhaltsam aufstieg. Liv bemerkte an dem zusammenziehen seiner Hoden, dass Chaka nun ganz dicht vor dem Spritzen war. Sie verstärkte die Bemühungen mit ihren Händen und ihrer Zunge nochmals. Dann begann Chaka zwischen ihren Lippen wild zu zucken. Immer wieder pumpte er sein Sperma in den Mund von Liv, die begierig alles schluckte, was der laut und ungezügelt stöhnende Jüngling ihr schenkte. Er hielt sich an ihren Schultern fest, machte mit seinem Unterleib stoßende Bewegungen und zitterte am ganzen Körper. Nachdem die Fontänen versiegt waren entließ Liv ihn, mit einem schmatzenden Geräusch, aus ihrem Mund und lehnte sich zufrieden zurück. Er sank auf die Knie. Nicht imstande jetzt zu stehen.

Sie lächelte ihn an und ergötzte sich an seinem verklärten Blick. “Jetzt, mein junger König, sollst du deiner Göttin die Lust geben, nach der sie verlangt.“ Sie lehnte sich weit zurück, lag schon fast auf dem Rücken und stützte sich dabei auf einen Unterarm. Mit ihrer anderen Hand strich sie sich über die Schamlippen und spreizte diese ein wenig, mit ihren Fingern. Chaka verstand, was sie von ihm wollte. Er selbst hatte nie zuvor eine Frau geleckt aber er hatte oft davon gehört, wenn die Krieger sich unterhielten und mit ihrer Manneskraft prahlten. Er senkte seinen Kopf und leckte zaghaft über die Schamlippen von Liv.

Liv legte ihre Hände auf seinen Kopf, dirigierte ihn so zu der Stelle, wo sie seine Zunge spüren wollte. Er lernte schnell und schon nach kurzer Zeit stöhnte Liv, voller Lust. Sie wand sich unter ihm, gab sich dem Verlangen ihres Körpers hin. “Leck mir die Lustperle, Chaka … ja, so ist es gut.“ Liv war mehrfach kurz vor dem Höhepunkt aber der Jüngling vollbrachte es nicht, ihr letztlich das zu geben, wonach es sie verlangte. Er war zwar eifrig bei der Sache aber es fühlte ihm die Erfahrung, um sie letztlich über die Klippe des Höhepunktes zu katapultieren. Sie schob ihn von sich.

Als er sich auf seinen Knien aufrichtete und sie ansah, erspähten ihre Augen das, was sie sich erhofft hatte. Seine Männlichkeit war wieder voll aufgerichtet und zuckte fast unmerklich, im Takt seines Herzschlages.

Liv sah ihn verlangend an. "Jetzt, mein junger König sollst du mich bespringen. Schiebe mir deinen Schwanz in die Luströhre und stoße mich." Sie griff nach ihm, zog ihn sanft zu sich, dirigierte seine Eichel an den richtigen Punkt und spürte dann, wie er langsam in sie eindrang.

Liv stöhnte laut ihre Lust heraus. Ein Laut, der sich mit seinem Stöhnen mischte. Langsam, fast zärtlich und sanft fing er an sie zu stoßen. Sie packte ihn am Hintern, zog ihn vollends zu sich, bis er in seiner ganzen Größe in ihr war. Sein Gesicht war etwas oberhalb ihrer Brüste. Seine Augen fixierten die aufgerichteten Brustwarzen, die sich ihm entgegen reckten. Dann … endlich … traute er sich und leckte kurz über eine der Brustwarzen. Liv stöhnte laut auf, hob ihren Oberkörper an, um ihm die Brustwarze entgegen zu strecken.

Liv bemerkte, wie sie sich nun langsam aber doch sicher dem ersehnten Orgasmus näherte. Seine Stoßbewegungen waren schneller geworden und er stieß nun auch kräftiger zu. Zog seinen Penis fast bis zur Eichel heraus, um ihn dann wieder gänzlich in ihr zu versenken. Fordernd flüsterte sie ihm ins Ohr, was sie wollte. "Stoß mich fester … JA! So ist es gut … Schneller und tiefer … Sauge an meinen Zitzen und spritz mir deinen Saft hinein. Spritz mich voll, Chaka! Spritz in mir ab, mit deinem Prachtschwanz!"

Ihre Worte spornten Chaka zu Höchstleistungen an. Er stieß in sie, wie ein rasender, wurde mit lauten der puren Lust belohnt und fühlte, wie er selbst nun gleich einen weiteren Orgasmus erreichte. "Ich spritze gleich, Göttin … gleich spritze ich!"

Liv stand direkt vor dem Höhepunkt, als er sich nun verkrampfte, seinen Penis nochmals tief in sie stieß und dann zuckend und lauthals seine Lust heraus stöhnend sein Sperma tief in ihr verspritzte. Das Gefühl, als er

Unmengen seines Saftes in sie pumpte gab ihr den letzten Schubs, um selbst zum Höhepunkt zu kommen. Sie stöhnte ihm ihre Lust ins Ohr, klammerte sich an ihn und genoss das noch immer anhaltende Zucken seines Schwanzes.

Schwer atmend lag er auf ihr, hauchte einen sanften Kuss auf ihre Brustwarze, die sich ihm noch immer entgegen reckte. Liv gab ein leises, wohliges Geräusch von sich, genoss das Gefühl ihn noch immer in sich zu fühlen und ließ ihren Höhepunkt langsam verebben.

Eine Weile später richtete er sich etwas auf, sah sie fragend an und sie nickte zustimmend, ohne dass es der Worte bedurfte. Er zog seinen nun schlaffer werdenden Penis aus ihr und sah fasziniert, wie in Rinnsal seines Samens aus ihr heraus lief. Sie lachte leise. "Wir sollten uns waschen, bevor wir zum Lager zurück kehren … Einige Dinge teilen nur Könige und Götter miteinander und der Rest des Volkes darf das nicht ahnen. Das sind die Gesetze der Götter ..." Sie sah ihn an und lächelte. "Du hast deine Pflicht gut erfüllt, Chaka. Denkst du, es ist dir möglich, dies beizeiten zu wiederholen?"

Er nickte, nahezu begeistert und mit freudig strahlenden Augen. "Wann immer es meine Pflicht ist, so werde ich es gerne jederzeit wiederholen. Du hast einen echten Mann aus mir gemacht, Göttin. Das werde ich nie vergessen und dir stets mit ganzer Kraft zu Diensten sein … Egal, was du von mir verlangst, ich werde alles ohne Fragen tun."

Er stand auf und sah sie an, mit einem Blick, der tiefe Verehrung aber auch absolute Hingabe in sich barg. Liv lächelte sanft, als sie ihm in die Augen sah. "So soll es sein, mein junger König. Das haben die Götter für dich bestimmt."

Sie blickte auf seinen Penis, der nun zwar schlaffer war aber noch immer eine ansehnliche Größe besaß. Sie grinste, als sie zu ihm hoch sah und sich dann vorbeugte. "Es gibt Dinge, die reinigt man anders besser, als mit Wasser." Mit diesen Worten öffnete sie ihren Mund, nahm seinen Penis darin auf um die letzten Tropfen heraus zu saugen und schleckte ihn dann genussvoll sauber. Chaka stöhnte, leise aber voller Lust. Spätestens zu diesem Zeitpunkt verschrieb er sich vollends der von ihm verehrten Göttin. Nichts würde daran etwas ändern können.

Nicht lange darauf erreichten die beiden wieder das Lager, wo die dort wartenden Krieger den Braten gerade anschneiden wollten und sie voller Unterwürfigkeit, aber mit sichtlicher ehrlicher Freude, begrüßten. Liv war in Gedanken versunken. Es drängte sie danach, den Körper des jungen Königs bald wieder zu genießen. Chaka war mit einer Männlichkeit gesegnet, auf die jeder Krieger stolz sein konnte. Sie lächelte kaum sichtlich. Die Zukunft von Liv versprach viele Tage und Nächte voller Lust.

Am frühen Morgen, bevor sie die Stadt Tombalku erreichten entsendete Chaka einen Läufer, der ihre Ankunft melden sollte. Er wählte Kwale für diese ehrenvolle Aufgabe aus, der sich sogleich eilig auf den Weg machte, um seinen Auftrag zu erfüllen.

Der Staub der langen Reise hatte sich in den Falten der Gewänder der Krieger und der Kleidung Chakas festgesetzt, als sie endlich die Pforten der Hauptstadt der Watambi erreichten. Es war ein imposanter Anblick. Ein Zug von Kriegern, die stolz daher schritten. Chaka blickte mit gemischten Gefühlen auf die vertrauten Mauern und Türme seiner Heimatstadt. Es war ein Ort, an dem seine Kindheit verstrichen war, ein Ort, an dem er seine Königswürde erworben hatte ... und nun kehrte er mit einer neu gewonnenen Autorität und mit einer fremden Begleiterin zurück. Mit einer Göttin, die in Menschengestalt zu ihm gekommen war.

Doch die wahre Aufmerksamkeit galt nicht ihm. Es war die Gestalt, die an seiner Seite schritt ... Liv. Ihre Aura war von einer solchen Kraft durchzogen, dass die Menschen am Rand der Stadt bei ihrem Anblick innehielten, als ob die Welt für einen Augenblick den Atem anhielt. Der kriegerische Glanz in ihren Augen, ihre Größe und Präsenz ließen die Menschen der Stadt in Staunen verfallen. Ihre fremdartige Rüstung, ihre Waffen, die auf mystische Weise in der Sonne schimmerten, und das majestätische Aussehen, das sie ausstrahlte ... all dies trug dazu bei, dass sie sofort als mehr als nur ein Mensch angesehen wurde. Liv, die sich wie eine Statue aus der alten Zeit verhielt, die entschlossen und doch fast wie ein Wesen aus einer anderen Welt wirkte, zog den Blick von jedem, der sie sah, in ihren Bann. Hinzu kam die Tatsache, dass Kwales Nachricht sich in der Stadt verbreitet hatte, wie ein Lauffeuer.

7.

Tombalku, die Stadt der Watambi

Schnell verbreitete sich die Geschichte von Kwale in der Stadt. Die Menschen waren verunsichert. Die Göttin Lilith war erschienen? So, dass alle sie sehen konnten? Hier in Tombalku? Sie kam jetzt gerade an,? In der Begleitung des jungen Königs? So etwas durfte man nicht verpassen Und so begann sich die nachricht zu verbreiten ... ein Flüstern, das durch die Reihen der Krieger und der Bevölkerung hallte, bis fast jeder in der Stadt es vernahm. "Es ist die Göttin, Lilith! Sie kommt zu uns! Hierher, nach Tombalku!"

Die Straßen der Stadt waren vom Eingangstor bis hin zum Königspalast dicht mit Menschen gefüllt, die unterwürfig Platz machten, als Liv, Chaka und die sie begleitenden Krieger vorüber kamen. Jeder versuchte einen Blick auf die Göttin zu erhaschen.

Liv hörte das Gemurmel und ließ sich nicht einmal davon ablenken. Sie war sich ihrer Wirkung bewusst und genoss, wie die Menschen von ihr fasziniert waren. Die Krieger, die sie als ihre göttliche Begleiterin sahen, sprachen in ehrfürchtigen Tönen, und jeder Schritt, den sie tat, schien das Land selbst zu erwachen. Kisha, die vor dem Palast in der ersten Reihe wartete, hatte von Chakas Rückkehr erfahren, aber dass er mit einer so mächtigen, so unnahbar erscheinenden Frau zurückkehrte, war auch für sie ein Schock. Diese Frau sollte die Göttin Lilith sein? So etwas hatte es noch nie gegeben und schon die Vorstellung davon war atemberaubend.

Zuerst war es nur eine vage Vorstellung, die Kisha verfolgte ... eine unbestimmte Ahnung, die sich in ihrem Inneren regte, als sie die vertrauten Rufe der Rückkehrenden hörte. Dann, als sie Chaka und die Krieger näher kommen sah, wurde die Realität greifbar. An seiner Seite schritt nicht nur eine fremde Frau, sondern eine Erscheinung von solcher Präsenz, dass es schien, als ob selbst das Land um sie herum in Ehrfurcht erstarb. Kisha, die in all den langen Jahren in politischen Intrigen und kriegerischen Strategien geschult war, blieb für einen Moment wie versteinert stehen.

“Wer ist das?“ fragte sie sich, fast wie in einem Reflex, aber es war nicht ihr Halbbruder Chaka, den sie ansah. Es war die übernatürlich große Frau an seiner Seite, die alle anderen deutlich überragte ... eine Erscheinung von unbeschreiblicher Schönheit und unendlicher Macht.

Liv, die sich gerade dabei befand, mit Chaka und seinen Kriegern das Tor des Palastes zu betreten, wurde von Kisha mit dem gebührenden Respekt empfangen. Doch in Kisha’s Augen, die von einer Mischung aus Neugier, Respekt und Furcht durchzogen waren, schwang eine andere Bedeutung mit. Es war der Augenblick, in dem sie wusste, dass sie sich vor einer Macht stellte, die sie nicht hatte kommen sehen, einer Macht, die sowohl über das Sichtbare als auch über das Unsichtbare herrschen konnte.

“Du…“, flüsterte Kisha, während sie Liv mit einem nahezu religiösen Ausdruck in den Augen ansah. “Du bist wirklich…“

“Lilith“, sagte Liv mit einem fast spöttischen Lächeln, ihre Stimme tief und hypnotisierend, als sie Kisha direkt in die Augen sah. Sie wusste, dass der Moment gekommen war, in dem ihre Macht voll zur Geltung kommen musste. “Die Göttin, die du gesucht hast, die du so verzweifelt herbeigesehnt hast … Damit sie auch dir hilft, wenn es notwendig ist.“

Die Worte schienen das Herz von Kisha zu treffen. Ihre Augen weiteten sich, und sie ließ die Luft in ihre Lungen strömen, als ob sie gerade eine unsichtbare Wand durchbrach. Die Wahrheit war unausweichlich, und das Wissen, dass sie vor einer wahrhaft übernatürlichen Erscheinung stand, nahm ihr für einen Moment den Atem. Die Ähnlichkeit zwischen der Holzstatue im Tempel und dieser Frau war nicht zu leugnen. Kurz schoss Kisha der Gedanke durch den Kopf, dass die Göttin selbst Hand angelegt haben musste, als die Kunsthandwerker die Statue erschufen. Die Göttin musste echt sein. Anders konnte es gar nicht sein. Diese Erkenntnis traf Kisha wie ein Blitz und brachte sie zum Schwanken. Nicht jeden Tag traf ein Mensch auf eine echte Gottheit.

Kisha fiel auf die Knie. Ihr Körper war wie gelähmt, doch gleichzeitig fühlte sie sich wie befreit. “Oh, Lilith“, flüsterte sie in einem Zustand von Verzückung und Ehrerbietung. “Ich erkenne dich an … als die wahre und einzige Göttin, die Verkörperung all unserer Gebete. Du bist die, die uns leiten wird. Ich bin deine demütige Dienerin.“

Die Luft schien sich zu verdichten. Der Pöatz vor dem Palast war erfüllt von einer elektrisierenden Spannung, die niemand zuvor erlebt hatte. Die Menschen, die Kisha und Liv beobachteten, begannen sich ebenfalls in Ehrfurcht zu verbeugen. Keiner von ihnen hatte jemals eine so starke Reaktion von ihrer Prinzessin gesehen und auch sie begannen, an das zu glauben, was sie sahen ... diese fremde Frau war keine gewöhnliche Person. Sie war eine Göttin. Anders konnte es nicht sein.

Liv genoss die Situation. Sie wusste, dass sie nun die Kontrolle hatte. Doch während sie sich als göttliches Wesen präsentiere, war ihr Blick auf Kisha nicht nur von Zufriedenheit, sondern auch von einer tiefen Erkenntnis geprägt. Kisha hatte das Bedürfnis, sie anzuerkennen, sie zu ehren ... doch sie konnte Kisha auch als eine potentielle Gefahr begreifen. Die Prinzessin der Watambi mochte sich momentan vor ihr beugen, doch es war eine Anerkennung auf einem gefährlichen Terrain. Die intelligente Kisha war ein Machtfaktor innerhalb des Volkes der Watambi, den Liv nie unbeachtet lassen durfte.

"Steh auf, Kisha", sagte Liv mit einer Stimme, die sowohl warm als auch bestimmt klang. "Du bist nicht meine Dienerin, sondern eine Frau aus dem Königshaus der Watambi. Ich erkenne dich als solches an und biete dir meine Hilfe, so wie ich es auch Chaka, deinem Halbbruder und König, angeboten habe. Gelobe mir Treue und erkenne mich als deine Göttin an, wie auch Chaka dies getan hat. Wenn du das tust, dann wirst du sehen, wie das Reich unter unserer Macht erblüht."

"Ich erkenne dich an", sagte Kisha schließlich und beugte ihren Kopf tief. Dann erhob sie ihre Stimme, sodass sie weithin hörbar war. "Du bist die Göttin Lilith. Die einzige und wahre Göttin. Ich bin bereit, dir zu dienen, dich zu ehren und dich anzubeten."

Ohrenbetäubender Jubel erklang. Die Menschen waren außer sich. Sie waren Zeuge eines Ereignisses geworden, von dem man nur in uralten Geschichten hörte. Tombalku hatte eine Göttin. Nicht nur als lebloses Standbild und Symbol sondern als ein Wesen, welches sich unter ihnen bewegte und zu ihnen sprach.

Liv legte Kisha ihre Hand auf die Schulter und lächelte die Prinzessin dann wohlwollend und fast liebevoll an. Dann wandte sie sich der jubelnden Menschenmenge zu und ging zu ihren neuen Anhängern. Ihr Instinkt sagte ihr, dass sie nun diese erste Verbindung festigen musste. Dieser Moment war zu wertvoll, um ihn jetzt ungenutzt verstreichen zu lassen.

Eine Mutter hielt ihr ein neugeborenes Kind entgegen. "Göttin, was hält die Zukunft für meinen Sohn bereit?"

Liv lächelte die Frau an. "Es gibt Dinge, die den Sterblichen verborgen bleiben müssen. Auch ich darf euch nicht alles sagen ... Das sind die Gesetze der Götter und ich darf mich nicht darüber hinweg setzen." Sie legte der Frau ihre Hand auf die Schulter. "Aber ich gebe dir und deinem Kind meinen Segen, gute Frau. Ihr beiden werdet euer Leben lang einen Platz in meinem Herzen haben."

Die Umstehenden raunten aufgeregt. Die Geschichten waren also wahr. Lilith war nicht nur eine Zerstörerin und Göttin des Krieges, sondern auch die Göttin der Liebe ... Eine Göttin des Lebens, mit allem, was dies beinhaltete.

Lange Zeit an diesem Tag sprach sie mit hunderten von Menschen. Sie verteilte ihren Segen und nahm sich die Zeit, sich die ganz persönlichen Sorgen der Menschen anzuhören. Oft nickte sie dabei nur und machte ein nachdenkliches Gesicht. Den Menschen aus Tombalku jedoch genügte dies vollkommen. Chaka, Kwale und Imbai folgten ihr auf Schritt und Tritt, sorgten dafür, dass genügend Raum um die Göttin frei blieb.

Sie gelangten auf dem langsamen Marsch von Liv zum Tempel, den Liv einen Moment lang nachdenklich betrachtete. Blitzschnell fasste sie einen Entschluss. Sie wandte sich zu Chaka. "Ab sofort werde ich in diesem Tempel wohnen. Alles andere würde die Menschen nur verwirren. Der Tempel ist das Heim der Göttin ... Komm mit mir, Chaka, wir beiden werden den Tempel jetzt zusammen in Augenschein nehmen."

Die beiden betraten das Bauwerk und Liv ging mit Chaka durch die Räume. Im Geiste machte sie sich schon Notizen. Am Ende ihres Rundganges traten die beiden wieder aus dem Tempel heraus. Liv wandte sich an Chaka und erklärte diesem, was sie umgehend geändert haben wollte. Sie hatte das Bedürfnis, noch heute hier ihr neues Heim zu haben. Dazu bedurfte es einiger Schritte und Veränderungen.

Der Tempel der Göttin Lilith erhob sich mit ehrfurchtgebietender Majestät über die die Stadt Tombalku. Aus gebrannten Lehmziegeln errichtet, leuchtete sein sandfarbener Bau im goldenen Licht der Sonne, während die kantigen Stufen der dreistöckigen Pyramide scharfe Schatten aufeinander warfen. Mit einer Gesamthöhe von über hundert Fuß war das Bauwerk ein Symbol der göttlichen Macht, ein Monument, das sich unwiderstehlich in den Himmel reckte. Der weitläufige Bereich um den Tempel war von einer hohen Mauer umgeben, deren glatte Oberfläche mit kunstvollen Reliefs verziert war. Szenen des mythischen Ursprungs Liliths prangten in feiner Handwerkskunst auf dem lehmigen Stein, um jedem, der sich dem Heiligtum näherte, ihre unantastbare Macht ins Bewusstsein zu rufen.

Am einzigen Eingang zum inneren Bereich, genau gegenüber der gewaltigen Tempeltreppe, stand das Wachhaus. In seinem Inneren hielten sich jetzt stets zwanzig handverlesene Krieger auf ... Männer von unerschütterlicher Treue, die bereit waren, jederzeit für ihre Göttin zu sterben. Sie trugen reich verzierte Rüstungen aus Leder und Bronze, die ihre Zugehörigkeit zur Elite der Tempelgarde kennzeichneten. Gegenüber des Wachhauses befanden sich zwei Gebäude, die einst Anhängern von Dayo gehört hatten. Nun waren diese alten Eigentümer verschwunden, denn Kisha hatte dafür gesorgt, dass sie auf Nimmerwiedersehen eines Nachts verschwanden. In einem dieser Gebäude wohnten jetzt die Tempelbediensteten und die Priester, das andere Gebäude, welches von einer Mauer umgeben war, die das mehrstöckige Haus mit seinem Vorhof umschloss, diente jetzt als Kaserne, für den Rest der Tempelgarde. Keiner wagte es, auch nur einen Schritt in den Tempel zu setzen, wenn die Sonne unterging. Dies war der Wille der Göttin Lilith, den sie verkündet hatte. Und ihr Wille war Gesetz.

Der Haupteingang des Tempels war eine gewaltige Tür aus dunklem Holz, kunstvoll mit geschnitzten Symbolen und goldenen Beschlägen verziert. Sie öffnete sich zu einer riesigen Halle, dem Hauptraum des Tempels, der von mächtigen Säulen getragen wurde. Jede dieser Säulen war ein wahres Meisterwerk. Mit filigranen Mustern überzogen, von Hand poliert und oben mit stilisierten Darstellungen der Göttin gekrönt. Doch das Herzstück der Halle war die lebensgroße Statue, die Lilith darstellte. Sie war aus einem einzigen Baumstamm geschnitzt und mit einer Mischung aus Harz und zerstoßenen Edelsteinen überzogen, sodass sie im flackernden Licht der Tempelfeuer schimmerte. Ihre Züge waren atemberaubend detailliert ... eine verblüffend genaue Nachbildung von Livs Gesicht, das von einer heiligen Aura umgeben zu sein schien. Die Augen waren mit dunklem Lapislazuli eingefasst, während ihre Lippen mit rotem Ocker bemalt waren, sodass sie beinahe lebendig wirkte. Diese Statue hatten die Kunsthandwerker schon fertiggestellt, bevor Liv auf Chaka und dessen Krieger getroffen war … Mehrfach hatte Liv daran gedacht, was für ein Glück sie gehabt hatte. Die Existenz dieser Statue hatte ihr alles erleichtert und sie sozusagen legitimiert.

Links und rechts des Hauptraums lagen mehrere kleinere Kammern, in denen die Priester und Tempelbediensteten ihren Aufgaben nachgingen. Hier wurden Opfergaben vorbereitet, heilige Gewänder aufbewahrt und alle gebrannte Tontafeln verwahrt, auf denen kundige nachlesen konnten, was Lilith verkündete oder den Menschen befahl. Dieser Raum diente auch als Archiv für alles, was im Tempel sorgsam notiert wurde. Auch eine Schatzkammer, mit einer schweren Tür, war vorhanden, wo die Gaben von Gläubigen verwahrt wurden, die sie der Göttin opferten. Die Luft war erfüllt vom Duft brennender Kräuter, einer Mischung aus Myrrhe, Weihrauch und duftendem Harz. Ein leises Summen, das beständige Murmeln der Priester und Novizen, begleitete am Tag jeden Schritt durch diese heiligen Hallen. Doch mit dem Einbruch der Dunkelheit verließen alle den Tempel. Niemand durfte Zeuge dessen sein, was sich in den oberen Etagen zutrug, wo die Göttin wohnte, die Sterne betrachtete und deutete. Niemand wagte es, den Zorn der Göttin auf sich zu ziehen. Dieses waren ihre Gesetze.

Das gesamte Erdgeschoss lag vier Fuß hoch über dem Erdboden, auf einem massiven Fundament, welches dem Bauwerk den notwendigen Halt verlieh.

Über eine kunstvoll geschwungene Treppe, deren Stufen mit in Harz eingelassenen Goldstaub überzogen waren, gelangte man in die zweite Ebene des Tempels. Die untere Etage dieser Ebene war der Tempelküche und den Lagerräumen vorbehalten. Auch ein Raum um gemeinsame Speisen einzunehmen war hier. Die obere Etage dieser Ebene war der Tempelarbeit gewidmet. Hier lagen die Arbeitsräume der Bediensteten und Novizen ... einfache Kammern, in denen sich die Tempeldiener ihrer Arbeit nachgingen und alles aufzeichneten, was sich im Tempel, in der Stadt Tombalku und im übrigen Land der Watambi ereignete. Die Luft war hier schwer von der Hitze der darunterliegenden Küche. In riesigen Töpfen köchelten würzige Speisen, die für rituelle Feste ebenso bestimmt waren wie für die Mahlzeiten der Diener. Das Klappern von Tongefäßen, das Murmeln eifriger Stimmen und das Zischen heißer Öle erfüllten diesen Bereich mit geschäftigem Leben. Doch über all dem lag ein unerschütterlicher Respekt. Niemand sprach den Namen der Göttin leichtfertig aus. Niemand wagte es, ihre Gemächer ohne ausdrückliche Erlaubnis zu betreten.

Im Gegensatz zu der unteren Ebene, die Fensterlos war, gab es hier in den Räumen schmale, hochliegende Fensteröffnungen, die frische Luft hinein ließen und die Küchengerüche nach draußen ließen.

Die dritte und höchste Ebene war das eigentliche Heiligtum der Göttin. Ein Bereich, den nur sie allein betrat oder einzelne Menschen, die sie zu sich rufen ließ. Die untere Etage dieses Stockwerks diente, mit ihrem größten Raum, der sich mittig befand, als Audienzraum. Hier, auf einem einfachen aber gut gepolsterten Thron aus sehr sorgsam geschnitztem, dunklem Holz, empfing Liv jene Sterblichen, die sie für würdig hielt. Zu den Seiten waren kleine Räume angelegt, die Liv nun als Lagerräume, eine einfache, kleine Küche mit breiten Vorratsregalen und ihre private Schatzkammer nutzte.

Doch erst in der obersten Etage offenbarte sich die wahre Pracht des Tempels. Die privaten Gemächer der Göttin waren ein Abbild puren Luxus. Der zentrale Raum war das Badegemach ... ein großflächiges Becken, das mit kühlem, kristallklarem Wasser gefüllt war. Der Rand des Beckens war mit Mosaiken aus glasiertem Ton verziert. Der gesamte Raum war von sanftem Licht durchflutet, das von an den Wänden hängenden Öllampen ausging und flackernde Schatten auf das Wasser warf.

Von diesem Raum aus führten drei Türen in verschiedene Bereiche. Eine führte zum Schlafgemach, wo ein riesiges Bett aus geschnitztem Ebenholz stand, mit feinen Seidenstoffen überzogen. Die Luft hier war erfüllt vom süßen Duft exotischer Blumen, die in kunstvollen Tongefäßen standen. Eine zweite Tür führte zu einem kleineren Raum, in dem sich Liv in völliger Abgeschiedenheit zurückziehen konnte. Hier stand eine niedrige aber breite Liege, umgeben von einigen bequemen Stühlen und kleinen Tischen. Die dritte Tür führte in einen kleinen Raum, wo Liv ihre persönlichen Dinge aufbewahrte wie beispielsweise ihre Rüstung, die Waffen und ihre Kleidung. Diese kleinen Räume, die sich um den Hauptraum gruppierten besaßen hoch liegende, schmale Fenster, um die Luft zirkulieren zu lassen.

Eine Treppe mit breiten Stufen führte auf das Dach, wo sich eine Terrasse befand, die von einer Mauer umfasst wurde. Hier hatten die ursprünglichen Priester von Ash-Hantu die Sterne beobachtet. Liv nutzte die Terrasse, um sich am Tag in die Sonne zu legen und zu dösen oder um sich am Abend dort zu entspannen. Ungestört und ungesehen, da die mannshohe Umgrenzung der Mauer dies verhinderte.

Wenn die Sonne hinter dem Horizont versank und der Tempel sich leerte, blieb Liv allein zurück. Dann war sie ungestört, dann konnte sie über ihre Pläne nachdenken, fernab aller Augen und Ohren. Die Göttin duldete keine Beobachter. Nur sie ganz allein bestimmte, was in diesen heiligen Mauern geschah.

Bei ihrer ersten Besichtigung des Bauwerkes hatte Liv bemerkt, dass die Priester des Ash-Hantu anscheinend dem persönlichen Luxus nicht abgeneigt waren. Sie hatte unter anderem in einem der oberen Räume eine unscheinbare Truhe gefunden, die unter einem Stapel Fellen gestanden hatte. Die Truhe war gefüllt mit Gold, welches in fingergroße Barren gegossen worden war. Liv hatte diese Truhe in ihre persönliche Schatzkammer gebracht. Sie stellte sozusagen ihre geheime Kriegskasse da. Mit diesem Gold konnte sie Leute bestechen, wenn es irgendwann einmal notwendig werden sollte.

Die Priester, Novizen und Tempeldiener waren ohne Murren aus dem tempel ausgezogen und in ihr neues Heim gewechselt. Fast würde man meinen, sie hätten es eilig gehabt, zu der lebenden Göttin ein klein wenig Abstand zu gewinnen. Sie alle jedoch waren voller Ehrfurcht gegenüber Liv, die sie für die Göttin Lilith in fleischlicher Form hielten. Zweifler gab es unter ihnen nicht. Diese Menschen gehörten zu den Gläubigen, die alles taten, was die Göttin von ihnen verlangte.

Die Aufstellung der Tempelgarde beruhte auf einem schüchternen Vorschlag von Chaka, der gemeint hatte, eine Göttin wie Lilith würde eine persönliche Leibgarde benötigen … schließlich war sie die Göttin des Krieges und die Menschen erwarteten so etwas zwangsläufig.

Liv höchstpersönlich hatte die ersten fünf Soldaten für ihre Tempelgarde auserwählt. Kwale, der ehemalige Unterführer von Chakas Kriegertrupp war von ihr kurzerhand zum Führer der Tempelgarde bestimmt worden. Diese Entscheidung hatte sich bislang als richtig erwiesen. Kwale war ein Krieger mit viel Erfahrung und wurde von den anderen Kriegern nicht nur respektiert weil Liv ihn ausgewählt hatte, die Tempelgarde zu führen, sondern bestach durch seine Disziplin und sein Können. Liv hatte in der Vergangenheit nur selten Krieger gesehen, die ihre Waffen und die dazu gehörende Kampftechniken derart beherrschten, wie Kwale. Drei Tage nach seiner Ernennung hatte sie das Waffentraining von Ihm und seinen Kriegern gesehen. Krieger, die Kwale auf ihr Geheiß ausgewählt hatte. Liv war tief beeindruckt gewesen und nahm sich vor, beizeiten mit den Kriegern zu üben, um ihre eigenen Fähigkeiten nicht einrosten zu lassen.

Die anderen fünf Krieger, die sie am Anfang ausgesucht hatte, fungierten jetzt als Unterführer. Liv war zufrieden, mit der neuen Tempelgarde, die ihren Dienst mit tiefer Hingabe vollzogen. Wenn die Soldaten sie sahen, dann trat ein Leuchten in deren Augen. Sie hatten das Privileg, der Göttin nah zu sein. Eine Göttin, die sie alle zutiefst verehrten.

Die Sonne versank in einem Feuermeer am Horizont, tauchte den Himmel in glühendes Orange und blutiges Rot, während sich über dem Land der Watambi der kühle Schleier der Nacht legte. In der Ferne rauschte der kleine Fluss träge und kaum vernehmbar vor sich hin, während die silbernen Schatten der Palmen sich über die sandige Erde zogen. Die Hitze des Tages war noch nicht ganz gewichen, als Chaka den letzten Abschnitt seines Weges zum Tempel der Göttin Lilith zurücklegte. Sein Atem ging schnell, seine Brust hob und senkte sich im Rhythmus seines Laufschrittes, doch keine Erschöpfung hielt ihn auf. Die Göttin hatte ihn rufen lassen.

Das gewaltige Bauwerk erhob sich vor ihm, scharf umrissen gegen das dunkelnde Firmament. Seine mächtigen Stufen wirkten im Zwielicht noch steiler, noch unbezwingbarer, doch Chaka schritt unaufhaltsam weiter. Die Wachen, die am einzigen Eingang des heiligen Bezirks postiert waren, erkannten ihn sofort. Ihre Gesichter blieben unbewegt, doch in ihren Blicken lag tiefer Respekt. Sie waren Krieger wie er, doch er war ihr König. Und noch mehr als das ... er war der Auserwählte der Göttin. Derjenige, dem sie sich zuerst gezeigt hatte.

Ohne ein Wort zu verlieren, traten sie zur Seite und öffneten die schweren Tore, die den Tempelbezirk vor den Sterblichen abschirmten. Chaka schritt hindurch, sein Herz pochte in gespannter Erwartung. Die breiten Steine unter seinen nackten Füßen waren noch warm vom Tag, doch ein kühler Windzug zog durch die Halle und ließ seine Haut erzittern. Hoch über ihm leuchteten die Wände in goldenem Fackelschein, während die Statue der Göttin über den jetzt stillen Hauptraum wachte ... mit den unverkennbaren Zügen der Frau, die er mehr als sein Leben verehrte … Lilith, die Göttin.

Ohne den Blick von der majestätischen Figur abzuwenden, sank Chaka auf ein Knie, beugte ehrfürchtig das Haupt und verharrte für einige Herzschläge in dieser Haltung. Sein Atem wurde ruhiger, seine Gedanken klärten sich. Dies war der Ort ihrer Macht, ihr Heiligtum.

Dann erhob er sich wieder und schritt durch den Tempel, die Treppen hinauf, höher und höher, bis er den obersten Stock erreichte, wo die Gemächer der Göttin lagen. Die schweren Türen zu ihren Gemächern standen einen winzigen Spalt offen. Ein feiner, süßlicher Duft strömte ihm entgegen ... eine Mischung aus Myrrhe, duftendem Öl und etwas, das nur ihr eigen war. Dieser fast nicht wahrnehmbare Duft, der von ihr ausging und sein Herz zum rasen brachte. Chaka schluckte. Seine Hände fühlten sich heiß an, während er sanft gegen das Holz klopfte.

“Tritt ein, Chaka, mein junger König.“ Die Stimme war weich, doch sie durchdrang ihn wie ein warmer Strom. Kein Befehl … eher schon eine Einladung.

Er trat ein und blickte sich suchend um, schloss dabei die feste Tür hinter sich. Aus dem einen raum mit den Sitzmöbeln erklangen leise Geräusche. Chaka trat über die Schwelle des Raumes und blieb stehen. Seine Augen passten sich langsam dem gedämpften Licht an. Öllampen warfen flackernde Schatten auf die seidigen Vorhänge, die das Gemach der

Göttin schmückten. In der Mitte des Raumes stand ein niedriger Tisch aus dunklem Holz, darauf zwei Becher aus glasiertem Ton und eine Amphore aus der ihm der sanfte Geruch von Wein entgegen strömte.

Und dann sah er sie.

Liv lag halb auf einer reich verzierten Liege, die von weichen Kissen umrahmt war. Ihr langes, offenes Haar fiel ihr in sanften Wellen über die Schultern. Sie trug ein leichtes, kurzes Gewand aus feinster Seide, das im dämmrigen Licht wie flüssiges Mondlicht schimmerte und sich sanft an ihre Haut schmiegte. Ihre bloßen Arme ruhten entspannt auf den Polstern, doch ihre wunderschönen Augen ruhten auf ihm ... forschend, spielerisch, mit einer Wärme, die ihn innerlich erzittern ließ.

"Du bist schnell gekommen", stellte sie fest, während ihre Lippen sich zu einem sanften Lächeln verzogen.

"Ich eile, wenn meine Göttin ruft", erwiderte Chaka mit fester Stimme.

Liv neigte leicht den Kopf und musterte ihn mit einer Mischung aus Amüsement und Interesse. Dann deutete sie mit einer kaum merklichen Geste auf den Platz neben sich. "Setz dich zu mir. Lass uns trinken. Erzähle mir, wie dein Tag war und was es an Neuigkeiten zu berichten gibt." Er gehorchte, ohne zu zögern.

Ein leises Lachen entkam ihren Lippen. "So selbstsicher. Und doch…" Sie hielt inne und ließ ihren Blick bewusst langsam über ihn gleiten. "So gehorsam, wenn du vor mir stehst."

Chakas Finger schlossen sich unwillkürlich fester um den Becher. Sein Puls pochte in seinen Ohren. "Vor dir, meine Göttin, beuge ich mich mit Freude." Seine Stimme war rau, seine Worte mit Emotionen getränkt, die er kaum in Zaum halten konnte.

Einen Moment lang herrschte Stille zwischen ihnen. Das flackernde Licht der Lampen tanzte auf ihren Gesichtern, warf weiche Schatten auf ihre Haut. Dann neigte Liv sich leicht zu ihm, so dass er ihren Duft noch stärker wahrnahm ... süß, warm, würzig, berauschend.

"Chaka…" Sein Name aus ihrem Mund war wie ein Zauber. "Ich Sehe, du genießt es König zu sein. Ich bemerke, wie du mit dieser Aufgabe wächst … Das gefällt mir, Chaka." Er stammelte einen Dank.

Liv lehnte sich auf der breiten Liege weit zurück. Sie trug an diesem Abend nur eine kurze, dünne Seidentunika, mit weitem Ausschnitt. Mit Bedacht streckte sie ihre Brüste etwas nach vorne und konnte sehen, wie die Augen von Chaka auf diesen verharrten. Liv war erregt. Den ganzen Tag schon. Ihre harten, aufgerichteten Brustwarzen waren, unter dem Seidenstoff, deutlich zu erkennen. Sie lächelte. Die Ausbeulung des knappen Lendentuches, unter der Seidentunika von Chaka, sagte ihr mehr als tausend Worte.

Sie hob ihren Blick und sah ihm in die Augen. Ihre leise Stimme war fast rauchig, vor unerfüllter Lust. "Hast du deine Göttin vermisst, Chaka? Hast du es vermisst, deiner Göttin Lust zu schenken … und auch selbst Lust zu empfangen? Lust, die dir deine Göttin schenkt? Sei ehrlich und lüge mich nicht an … Sprich!"

Chaka senkte voller Ehrfurcht seinen Kopf und kniete vor der Liege nieder, auf der Liv lag. "Göttin … Ich denke jeden Tag daran, wie es war, als du dich mir als Liebesgöttin gezeigt hast. Ich weis, ich begehe damit einen Frevel … aber ich kann nicht anders. Schon der Gedanke an diese Nacht am Teich und was dort geschah, bringt mein Blut in Unruhe. Würde es eine Frau in meinem Volk geben, die dir vom Körper her gleicht, dann würde ich sie jeden Tag besteigen wollen … Bitte vergebe mir meine Worte, oh Göttin."

Liv ließ ein schmales Lächeln sehen. "Steh auf, Chaka … Lege deine Tunika ab und auch das Lendentuch. Ich will sehen, was deine Kleider vor mir zu verbergen versuchen."

Wortlos gehorchte Chaka und stand dann, nackt und mit gesenktem Kopf vor Liv. Seine prächtige Männlichkeit war steil aufgerichtet. Liv leckte sich voller Vorfreude die Lippen. Sie zog langsam den Saum ihrer Tunika nach oben. Wohlweislich hatte sie heute Abend auf ein Lendentuch verzichtet. Die Augen von Chaka folgten ihren Bewegungen gebannt. Dann riss er seine Augen auf, als Liv ihre Schamlippen entblößte und nun ihre Beine spreizte. Ein erster einzelner Lusttropfen glänzte auf ihren Schamlippen, zeugte von der Erregung die Liv verspürte. Liv ließ ihre Hände über ihre Brüste wandern und spreizte ihre Beine noch weiter. Sie sah ihn an. "Zeige mir, wie sehr ich dich errege … Mache es dir. Reibe deinen Schwanz. Ich will es sehen, Chaka."

Seine Augen glitten von ihren Schamlippen immer wieder zu den noch verhüllten Brüsten, als er damit begann, seinen Penis langsam zu reiben, dabei die ganze Länge des aufgerichteten Penis entlang zu reiben. Liv lächelte. Der Jüngling war, wie viele andere Männer auch die sie schon hatte, auf ihre großen Brüste fixiert, die auf ihn einen enormen Reiz ausüben mussten. Sie setzte sich auf und zog ihre Tunika über den Kopf, ließ sie dann achtlos auf den Boden fallen. Langsam rutschte Liv zum Rand der Liege und setzte sich dort aufrecht hin. Nur einen Fuß entfernt stand Chaka und rieb sich seinen Schwanz. Liv legte ihre Hände unter ihre Brüste und hob diese etwas an, präsentierte sie ihm regelrecht. Dabei sah sie ihm, mit erwartungsvoll geöffneten Lippen, ins Gesicht, genoss seinen Gesichtsausdruck, der jetzt voller Lust und Verlangen war.

Ihre Augen senkten sich auf den Anblick seiner harten Männlichkeit, die er dicht vor ihrem rieb. Wohlwollend blickte sie auf seinen Hodensack, der auch heute anscheinend zu Platzen voll schien. Der Gedanke, wie er beim letzten mal in ihrem Mund abgespritzt hatte und danach noch ein weiteres mal tief in ihr drin, ließ eine leichte Welle der Lust durch ihren Körper wallen.

Sie sah ihm in die Augen. “Willst du mir deinen Saft auf meine Brüste spritzen, Chaka? Ist es das, was du willst?“ Er keuchte, vor Erregung. “Ja, Göttin! Ich will dir auf die Brüste spritzen … So wunderschöne Brüste, die mich Tag und Nacht in meinen Träumen begleiten. Ihr Anblick macht mich rasend vor Lust.“

Liv zwirbelte leicht ihre harten und aufgerichteten Brustwarzen, sah ihn dabei verlangend an. “Dann spritz für mich, mein junger König. Spritz mir deinen Samensaft über meine Brüste.“ Sie fasste mit einer Hand nach vorne und griff an seine Hoden, die unter seinem prallen, harten Penis baumelten. Sanft massierte sie die Hoden, was ihm ein lustvolles Stöhnen entlockte. Er keuchte und rieb schneller mit seiner Hand, die den Penis umfasst hatte. Liv bemerkte, wie seine Hoden sich zusammenzogen und starrte fasziniert auf seine Eichel, woraus nun bald der Samen spritzen musste. “Spritz für mich, Chaka … spritz mich voll, mit deinem Saft. Ich will deinen Saft auf meinen Brüsten spüren.“

Er keuchte. Dann war es soweit. Ein tiefes Stöhnen entrang sich seiner Kehle, als er jetzt den Orgasmus erreichte, seinen Unterkörper dabei etwas näher zu Liv schob. Dicke Fontänen seines Samens spritzten hervor. Liv stieß einen Laut der Begeisterung aus, als das Sperma auf ihre Brüste spritzte. Die Fontänen schienen anfänglich nicht enden zu wollen. Schließlich jedoch verebbten sie und Chaka stand mit wackeligen Knien vor ihr. Er keuchte und atmete unregelmäßig.

Liv sah an sich herab. Sein Sperma lief langsam über ihre Brüste nach unten, die fast völlig von seinem Erguss bedeckt waren. Sie grinste zufrieden. Dann beugte sie sich zu ihm und leckte genießerisch einen letzten Tropfen von seiner samtig weichen Eichel. Sie legte sich zurück und spreizte ihre Beine weit auseinander. "Leck mich, Chaka ... Leck mich jetzt, bis ich komme."

Sofort ging er vor ihr in die Knie, schob ihre nassen Schamlippen mit seinen Fingern sanft etwas auseinander und leckte dann mit Inbrunst ihr Zentrum der Lust. Liv gab sich ganz den Gefühlen hin, die durch ihren Körper wallten. Jedes mal, wenn seine Zunge über ihre Lustperle kreiste, kam sie ihrem eigenen Höhepunkt ein winziges Stück näher. Langsam aber sicher baute sich ein Orgasmus in ihr auf. Sie griff zwischen ihre Beine und drückte seinen Kopf fester an sich. Mittlerweile stöhnte und keuchte sie fast unaufhörlich, vor Lust. Dann schob er einen Finger in ihren Lustkanal, bewegte diesen dort langsam vor und zurück. Das war der Auslöser, den sie noch gebraucht hatte. Ihr Körper bäumte sich auf und sie stieß einen leisen Schrei der Lust aus, als der Orgasmus wie eine wilde Welle über sie kam. Sie drückte ihn sanft von sich und ergab sich zitternd den abklingenden Orgasmuswellen, seufzte dabei genussvoll.

Er kniete noch immer vor ihr, stand jetzt langsam auf. Der Blick von Liv verharrte auf seiner wieder aufgerichteten Männlichkeit. Sie wollte ihn jetzt in sich haben, wollte ihn jetzt tief in sich spüren und fühlen, wie er in ihr abspritzte. Liv rutschte ein Stück weiter auf die Liege und spreizte ihre Beine. "Jetzt bespringe mich, Chaka. Schiebe mir deinen harten Schwanz in meine Luströhre und stoße mich ... zeige mir, was für eine Art von Krieger und König du bist."

Er kniete sich zwischen ihre Beine. Sachte strich er mit der Spitze seines harten Penis durch ihre Schamlippen, suchte den richtigen Punkt und drang dann mit der Eichel etwas in sie ein. Liv stöhnte ungehemmt auf, als er langsam und nahezu zärtlich tiefer in sie eindrang, dabei leichte

Stoßbewegungen machte. Das Gefühl von ihm jetzt ausgefüllt zu werden war wunderschön, für Liv ... nahezu perfekt. Er hatte genau die Größe, die sie brauchte und liebte. Chaka erinnerte sich noch sehr gut an das vergangene mal, als er sie gestoßen hatte. Er beugte seinen Kopf zu ihren Brüsten herab und fing an an den harten Brustwarzen zu saugen, die von kleinen Resten seines langsam trocknenden Spermas bedeckt waren. Liv genoss seine Zunge und seine Lippen, die zusammen mit dem harten, mächtigen Schwanz in ihr sie dem nächsten Höhepunkt rasch näher brachten. Sie drückte mit einer Hand seinen Kopf an ihre Brüste und packte mit der anderen seinen Hintern, schob ihn gänzlich in sich hinein. Er verstärkte seine Stöße nun und sie fühlte, wie seine Hoden im selben Rhythmus gegen sie schwangen, dabei leise und klatschende Geräusche machten. Er fing an zu keuchen und auch Liv fühlte, dass sie nicht mehr weit von einem heftigen Orgasmus entfernt war. Sie näherte ihre Lippen seinem Ohr. “Stoß deine Göttin, mein junger König … Stoß mich mit all deiner Kraft … Tief und fest … Schneller! Fester! JA! So ist es gut. Stoß mich und spritz dich in mir aus. Ich will deinen Männersaft in mir haben. Stoß mich … Ja. JA! So ist es gut … JA! JA! Gleich komme ich, mein junger König.“

Er keuchte unkontrolliert und dann fühlte sie, wie er tief in ihr noch ein ganz kleines Stück größer wurde, dann in ihr zu zucken anfing und mit einem unartikulierten Laut Unmengen seines Saftes in sie verspritzte. Als die erste Fontäne aus ihm heraus schoss erreichte Liv ihren Orgasmus. Sie klammerte sich an ihm fest und schrie ihm ihre Lust ins Ohr. Sein harter Penis verspritzte das warme Sperma in nahezu unaufhörlichen Schüben und sie quittierte dies jedes mal mit einem kurzen spitzen Laut der ungezügelten Lust, wenn sie fühlte, wie er sich tief in ihr ausspritzte. Seine Bewegungen wurden langsamer, verebbten dann genauso wie das Sperma, welches er in sie gepumpt hatte. Er sank auf ihr zusammen und sie streichelte sanft seinen Rücken und seinen Kopf. Zärtlich küsste sie ihn auf den Kopf. Es dauerte eine ganze Weile, bis sie beide wieder zu Atem kamen. Dann richtete er sich langsam auf und sah sie fragend an. Liv nickte zustimmend und er zog seinen erschlaffenden Penis aus ihr, verursachte damit ein schmatzendes Geräusch. Liv stöhnte wohlig und lustvoll, als sie fühlte wie sein Samen, fast wie ein Schwall Wasser, aus ihr heraus lief.

Sie räkelte sich wohlig und blieb noch eine Weile liegen. Chaka saß am Ende der Liege. Er atmete noch immer schwer. Seine Augen glitten über den Körper von Liv und leuchteten dabei, voller Bewunderung. Sie sah ihn an, lächelte dabei. “Schenke uns noch ein wenig von dem Wein ein, Chaka. Wir können jetzt beide etwas zu trinken gebrauchen.“

Unverzüglich kam er dieser Anweisung nach. Er kniete, mit gesenktem Kopf vor ihr, als er ihr den Becher reichte. Sie nahm den Becher entgegen, ließ dabei kurz ihre Finger auf den seinen ruhen. “Setze dich wieder zu mir, Chaka. Du brauchst jetzt nicht vor mir knien.“

Er setzte sich wieder an das Fußende der Liege, trank selbst einen kleinen Schluck Wein und lächelte. “Ich hoffe sehr, der Wein ist nach deinem Geschmack, Göttin … Unsere Händler haben ihn aus dem fernen Nubien hierher gebracht. Auch dort ist er nur eine Ware, die von einem anderen Ort kommt. Entsprechend kostspielig ist er natürlich.“

Chaka schmunzelte und strich mit der Hand über die Seide, die als Decke über der gepolsterten Liege lag. “Die Seide kommt von noch viel weiter zu den Nubiern. Ich kann mit Bestimmtheit sagen, dass dies ein Handelsartikel ist, der nur dem Königshaus vorbehalten ist … und natürlich der Göttin Lilith.“ Er sah sie kurz an und lächelte zufrieden. “Ich habe den Eindruck, als wenn es meiner Göttin hier gefällt, in Tombalku. Ich habe mich persönlich darum bemüht, nur die edelsten Dinge zu beschaffen, um die Gemächer der Göttin einrichten zu lassen. Selbst die reichsten Menschen aus meinem Volk haben keinen Zugriff auf Dinge wie Seide oder Wein. Dazu ist es einfach zu teuer, diese Waren hierher zu schaffen.“

Er runzelte kurz die Stirn. “Ab morgen werde ich für einige Tage unsere Dörfer besuchen. Das gehört zu den Aufgaben des Königs. Der König muss dort in gewissen Abständen persönlich vor Ort sein und sich von der Arbeit unserer Sklaven überzeugen, die dort von uns eingesetzt werden … Mir graust davor, diese Dörfer zu besuchen. Dort gibt es bei weitem nicht die Annehmlichkeiten, die unsere Stadt bietet. Wenn ich zurückkehre werde ich die Ausbeute an Kupfer und Gold in die Stadt bringen, die auf ihre Abholung wartet. Zweimal im Jahr werden diese Metalle abgeholt … Ohne das Gold, welches wir aus dem Fluss waschen könnten wir uns den Handel nicht leisten.“

Liv hatte schweigend zugehört. Sie wusste bereits von den Dörfern, die nicht nur die Ernte erwirtschafteten, sondern auch die Metalle lieferten, die man benötigte. Sechs Dörfer gab es, die in einem Abstand von bis zu fünf Tagesreisen von der Stadt entfernt lagen. Vier davon widmeten sich der Landwirtschaft, eines beutete ein kleines Kupferbergwerk aus und das letzte lag an einem kleinen Flüsschen, wo man Gold von den Sklaven aus dem Wasser waschen ließ. Liv hatte sich bereits mit den Dörfern und ihrer Bedeutung für das Volk der Watambi beschäftigt. Das ganze Reich würde innerhalb von zwei Sommern zugrunde gehen, wenn man nicht auf diese Dörfer und deren Erträge zurückgreifen könnte. Deshalb waren sie mehr als wichtig.

Die letzten Feldzüge hatten zwar einen hohen Blutzoll von den Watambi gefordert aber langfristig würde man mehr Ackerland benötigen, war Liv dabei aufgefallen, als sie die ihr vorliegenden Informationen studiert hatte. Bei einer Suche, nach der Lösung dieses Problems war ihr etwas aufgefallen … Eigentlich war es einfach und es wunderte sie, dass noch niemand diesen Gedanken umgesetzt hatte.

Sie sah Chaka von der Seite her an. “Langfristig muss mehr Ackerland bewirtschaftet werden. Das ist unumgänglich. Das Volk der Watambi benötigt mehr Lebensmittel und man sollte weiter in die Zukunft schauen, als nur einen, zwei oder vielleicht zehn Sommer. Stelle dir vor, Chaka, was in einer Generation sein wird … Dann werden Lebensmittel knapp werden und die Menschen leiden Hunger. Dagegen sollte schon frühzeitig etwas getan werden. Warum ergreifst du nicht die Initiative und machst den ersten Schritt dazu?“

Chaka sah sie an und machte jetzt große Augen. “Wie soll ich das tun? Was muss ich tun? Göttin, erleuchte mich. Welchen Weg siehst du, den du mir weisen kannst.“

Liv schmunzelte. Ihre Worte fielen auf fruchtbaren Boden. “Die alten Städte, in denen einst die unterworfenen Völker der Onura, der Ulumara und der Dulano gelebt haben sind verlassen. Der Urwald holt sich dieses Land zurück. Warum siedelst du dort nicht Menschen an? Errichte kleine Städte, die das fruchtbare Land um diese Orte herum bewirtschaften. Lasse dort kleine Garnisonen errichten, die deinen Willen durchsetzen, sollte dies notwendig werden. Ernenne auch je einen Stadthalter für diese neuen Städte, der dir gegenüber verantwortlich sein soll. Die Menschen die dort siedeln sollen holst du vorwiegend aus den Dörfern, die jetzt für die Landwirtschaft verantwortlich sind. Nehme jedoch auch Handwerker hinzu. Fördere den Aufbau dieser Städte … und schon bald wirst du von dort Abgaben erhalten und mit diesen neuen Städten Handel treiben können.“

Wie erstarrt sah Chaka sie an. Dann glitt ein Lächeln über sein Gesicht. “Das ist eine Lösung, die nur eine Göttin ersinnen könnte. Ich bin dir dankbar, oh Göttin. Sobald ich zurück bin, werde ich mich sofort darum kümmern.“

Liv lachte leise und strich ihm, mit den Fingerspitzen, über den Arm. Sie plauderten eine Weile über die Dinge, die man bei der Neugründung dieser Städte beachten sollten. Anfänglich machte Chaka einige Vorschläge und stellte Überlegungen an, die sinnvoll und hilfreich sein würden. Doch allmählich wurde er unkonzentrierter. Das lag nicht an dem wein, dem sie nun mehr und mehr zusprachen … sondern an seinen Blicken, die immer wieder auf dem Körper von Liv verweilten.

Liv bemerkte seine Blicke. Sie sah auch, dass sein Körper bereits wieder auf sie reagierte. Dies verursachte ein wohliges Gefühl, bei ihr, welches sich von ihrem Schoß aus durch ihren Körper bewegte. Sie dankte im stillen den Göttern dafür, dass sie Chaka nicht nur mit einem wirklich prachtvollen Stück Männlichkeit gesegnet hatten, sondern auch dafür, dass der Jüngling ein stetes Verlangen besaß, das man auch bei jungen Menschen selten antraf. Nicht, dass sie dies stören würde … ganz im Gegenteil. Sie selbst war nahezu täglich in einem Zustand, der laut nach Abhilfe schrie. Meistens machte sie es sich selbst, sobald sie erwachte. Einen potenten Mann nutzen zu können, der ihr Verlangen stillte, wann immer ihr danach war, hatte jedoch noch weitaus mehr Vorteile und war noch angenehmer. Liv schmunzelte. Sie legte ihre Hand jetzt auf seinen Oberschenkel, streichelte diesen sanft und sah Chaka verlangend an. “Ich sehe, mit Wohlgefallen, dass du schon wieder bereit wärest für mich zu spritzen und mich zu besteigen … Errege ich dich so sehr, mein junger König?“

Er nickte schüchtern. “Ich kann es nicht leugnen, Göttin. Deine Nähe ist wie ein Rauschmittel für mich. Der Anblick deines Körpers verwirrt meine Sinne und lässt mir Gedanken durch den Kopf gehen, die ich einer Göttin gegenüber nicht haben darf … Verzeih mir, oh Göttin, denn ich bin nur ein sterblicher.

Chaka, gebannt von der Götin

Sie nahm seinen Kopf zwischen ihre Hände und küsste ihn sanft auf die Lippen. Liv ließ sich Zeit dabei und ganz langsam erwiderte er ihre

Küsse, ließ ihre Zunge in seinen Mund eindringen und erwiderte dann auch das Spiel der Zungen. Er musste sich zwingen, seine Hände nicht über ihren Körper gleiten zu lassen, wonach es ihn so sehr verlangte. Sie löste ihre Lippen von den seinen, sah ihn an und zog ihn hoch. Als er vor ihr stand blickte sie ihm lächelnd ins Gesicht. Dann griff sie an seinen Penis, beugte ihren Kopf und begann damit genussvoll mit ihrer Zunge daran zu lecken. Mal schleckte sie ihn auf der ganzen Länge, mal spielte ihre Zunge nur an seiner Eichel. Chaka hatte seine Augen geschlossen und genoss ihr sanftes Zungenspiel. Ab und zu gab er leise Töne des Wohlbefindens von sich. Liv genoss es, seinen harten Penis zu lecken und zu küssen, mal sanft daran zu saugen und sein Stöhnen zu hören.

Längst war ihre eine Hand zwischen ihre Schenkel gewandert, strich sich durch die nassen Schamlippen und kreiste sanft um die Lustperle. Sie spürte, wie ihre eigene Erregung anstieg und ließ nun von seinem Penis ab. Er öffnete seine Augen und sah, wie sie ihn verlangend anlächelte.

Liv legte sich auf der Liege zurück und spreizte ihre Beine. "Komm zu mir, Chaka … Schiebe mir deinen Prachtschwanz in meine Lustöhre und stoße mich. Gib mir deinen Saft und füll mich damit ab."

Er kniete sich zwischen ihre Beine, sah gebannt zu wie sie für ihn ihre Schamlippen auseinanderzog und ihn dabei verlangend ansah. Vorsichtig setzte er seinen harten Penis vor ihrer Lustöhre an … und ließ ihn dann mit leichten Bewegungen in sie eindringen. Liv hatte ihre Augen halb geschlossen. Sie griff nach seinem Hintern, zog ihn mit einem Ruck ganz in sich hinein und stöhnte laut auf, als er nun gänzlich in ihr versank, sie vollends ausfüllte, mit seiner Männlichkeit. Dieses Gefühl, welches sie so liebte. Langsam fing er an, sie zu stoßen, achtete dabei darauf tief in sie einzudringen, weil er schon wusste, dass Liv dies schätzte.

Liv gab sich völlig ihren Gefühlen hin. Das Gefühl, wenn seine harte Männlichkeit in sie eindrang, dann zurück gezogen wurde und erneut tief in sie vordrang war intensiver, als viele Begattungen, die sie in ihrem Leben bereits genossen hatte. Der jugendliche Chaka besaß nicht nur eine prächtige Männlichkeit sondern hatte auch das Talent, sich auf sie einzustellen und ihr das zu geben, wonach es sie verlangte. Immer wieder strich er beim Eindringen, mit der Spitze seines Penis über den Punkt in ihrer Lustöhre, der ihr diese ganz besonderen Gefühle verschaffte, wenn er sorgsam und gut stimuliert wurde. Es dauerte nicht lange und der Atem von Liv wurde schneller. Energischer packte sie seinen Hintern, zog ihn rhythmisch zu sich heran und bockte ihm gleichzeitig ihren Unterleib entgegen, wenn er sie stieß.

Chaka starrte verzückt auf ihr Gesicht, dass pure Lust ausstrahlte. Lust, die er seiner Göttin verschaffte. Er senkte seinen Kopf, küsste ihre harten Brustwarzen, leckte darüber und saugte daran. Ihr Atem ging immer schneller und sie stieß leise Lustlaute aus. Chaka kannte dies bereits von ihr. Bald würde sie ihren Höhepunkt bekommen. Er stieß schneller und fester, saugte kräftiger an ihren Brustwarzen, die ihn so fesselten und faszinierten. Sie nahm ihre Hände von seinem Hintern, umarmte ihn und stöhnte ihre Lust leise in sein Ohr. Fast wie eine liebende hielt sie ihn an sich gepresst. Ihre Worte kamen leise … unendlich liebevoll erschienen sie ihm zu sein. "Chaka! … Mein junger König. Mein wunderschöner junger König … ich liebe es, wie du es mir machst … Du bist so gut. Du fühlst dich so gut an … Komm und stoße mich. Stoße mich jeden Tag. Spritz mich voll, mit deinem Saft … Stoße mich fester Chaka … Ja. Ja, stoße mich … Stoße fester und schneller, ich komme gleich, mein liebster König … Chaka … CHAKA … JA! JA! JAAAA!

Laut schrie sie ihm ihre Lust in sein Ohr, als sie nun ihren Orgasmus bekam. Sie bäumte sich unter ihm auf, ihr Körper verkrampfte sich für einen Moment … Dann lief ein Zittern durch ihren Körper und sie klammerte sich an ihn, schnappte nach Luft, während ihr Körper von weiteren Wellen des Höhepunktes durchflossen wurde.

Er hörte mit seinen heftigen Stoßbewegungen auf, bewegte sich nur noch ganz langsam und sachte in ihr, um dann auch dies zu beenden und einfach nur tief in ihr zu verharren. Er genoss das Gefühl, wie ihre Luströhre sich bei ihrem Höhepunkt immer wieder zusammenzog, ihn fast schon melkte. Chaka sah der Göttin ins Gesicht, erkannte ihre Zufriedenheit. Er lächelte … das hatte er vollbracht. Er hatte sie dazu gebracht, vor Lust zu schreien. Chaka verspürte Stolz … zugleich aber auch ein Gefühl der tiefen Zuneigung, zu seiner Göttin, das weit über die normale Gottesverehrung hinaus ging. Es war das Gefühl der Zuneigung, die ein Mann einer Frau entgegenbrachte. So sehr, dass es schon fast schmerzte.

Ihre Worte waren Balsam, für seine Seele gewesen, trafen ihn bis ins Herz und hinterließen eine ungeahnte Wärme. Voller Zuneigung sah er sie an. Nicht wie ein gläubiger Mensch seine Göttin ansah, sondern viel eher so, wie jemand einen anderen Menschen ansah, den er unendlich liebte.

Er zog seinen noch immer harten Penis aus ihr heraus. Sie sah ihn an und für einen winzigen Moment glaubte er fast, ihr Blick würde seine ihr entgegengebrachten Gefühle erwidern. Sie setzte sich auf, lächelte ihn an. Ihre wunderschöne Stimme, besaß einen Unterton, der zwischen Lust, Verlangen und Gier zu schweben schien. "Jetzt bist du dran. Du sollst auch noch deinen Orgasmus bekommen … Zumal du es mir so wunderbar gemacht hast, dass es fast schon nach einer Belohnung ruft."

Sie legte sich zurück, sah ihn fordernd an und winkte ihn mit dem Zeigefinger zu sich. "Komm her, zu mir. Setze dich über mich, auf meinen Bauch. Ich werde dich noch einmal zum spritzen bringen. Du sollst deinen Saft nicht für dich behalten."

Er setzte sich schon fast eilig über sie, rutschte auf ihrem schweißnassen Körper langsam ein Stück ihren Bauch hoch. Liv sah seine harte und steil aufgerichtete Männlichkeit, die mit ihren eigenen Säften beschmiert war. Sie fasste an seine Hoden, streichelte sie zart und umfasste dann seine Männlichkeit. Begann damit ihn zu reiben und sah ihm dabei ins Gesicht. Er erwiderte ihren Blick, genoss den Anblick, der sich ihm bot und ihre kundigen Handbewegungen, die ihn langsam wieder dorthin brachten, wo er kurz vorher schon gewesen war … dicht vor der Klippe zum Höhepunkt. Liv erkannte an seinen Reaktionen, wie dicht er davor stand nun erneut sein Sperma zu verspritzen. Sie drückte seine Männlichkeit zwischen ihre schweißnassen Brüste, drückte diese dann zusammen und sah ihn auffordernd an. "Stoß deinen Schwanz zwischen meinen Brüsten. Benutze meine Brüste und spritz deinen Saft ab … Stoß zu, Chaka."

Er stützte sich mit den Armen und Händen seitlich ihres Kopfes auf der Liege ab und machte langsame Stoßbewegungen. Fasziniert sah er, wie seine Männlichkeit sich in dem Tal zwischen ihren Brüsten bewegte. Sie presste ihre vollen Brüste fester zusammen und hob ihren Kopf etwas an. Immer wenn seine nasse Eichel aus dieser Umklammerung hervorlugte züngelte sie mit ihrer Zungenspitze darüber hinweg. Chaka stöhnte jetzt ungehemmt und fing an krampfhaft zu atmen. Er spürte, wie sich ein heftiger Höhepunkt ankündigte und stieß schneller und fester zu. Liv sah seinen Gesichtsausdruck, sah und hörte seine Reaktionen und wusste, er war ganz dicht davor, erneut seinen Samen zu verspritzen.

Mit Begeisterung leckte sie über seine Eichel, freute sich darauf, was sogleich kommen musste. Dann … ganz unverhofft plötzlich … war es soweit. Er ächzte erst, stieß dann einen lauten undefinierbaren Laut aus. Sein Penis fing an zu zucken und eine Fontäne seines Samens spritzte hervor, traf Liv ins Gesicht, an das Kinn und auf den Hals. Hastig beugte sie ihren Kopf weiter vor, öffnete ihre Lippen und fing die zweite Fontäne mit ihrem Mund auf. Chaka keuchte. Ein letzter dünner Strahl seines Samens sprudelte aus seiner Eichel hervor, verteilte sich auf Hals und Brustansatz von Liv. Chaka hatte seinen Kopf gesenkt, sah ihr Gesicht an, welches von seinem Samen bedeckt war, sah wie ein dünnes Rinnsal aus ihrem Mundwinkel tropfte … und sah ihr zufriedenes Gesicht. Seine Hände, mit denen er sich noch immer abstützte, zitterten unter der Einwirkung des Höhepunktes. Sie zog ihn weiter an sich empor, öffnete ihren Mund und fing an, seine Eichel sauber zu lecken und auch den letzten Rest aus ihm heraus zu saugen. Sie ließ sich Zeit dabei, war dabei sanft und liebevoll, blickte ihn immer wieder an und sah das Glück, in seinen Augen.

Nachdem Chaka sie verlassen hatte lag Liv eine längere Zeit auf der Liege und dachte nach. Sie hatte es fast eilig gehabt, ihn fortzuschicken. Die Gefühle, die Chaka in ihr hervor rief waren ihr fremd. Sie nannte sich selbst in Gedanken eine Närrin. Sie konnte es sich nicht leisten, all ihre Pläne durch Gefühle beeinflussen zu lassen … und doch fühlte sie sich zu ihm weit mehr hingezogen als je zuvor, zu einem Mann oder einer Frau. Sehr nachdenklich wog sie jetzt die Vorteile und Nachteile gegeneinander auf.

Sie seufzte. In der kommenden Zeit würde sie ihn ohnehin nicht sehen, da er dann unterwegs war. Zeit genug also, sich zu überlegen, wie sie am sinnvollsten weiter vorgehen sollte.

8.

Täuschung und Handel in Swenu

Weit entfernt von Asengard und noch weiter entfernt vom Land der Watambi, hatte die Handelsgruppe der Asen die Stadt Swenu erreicht. Der Marsch war mehr als anstrengend gewesen. Mehrfach waren sie auf ihrer letzten Etappe in Sandstürme geraten und nur den Göttern selbst war es zu verdanken, dass sie weder Mensch noch Tier dabei eingebüßt hatten. Jetzt endlich erhoben sich die Mauern von Swenu vor ihnen. Es war kurz vor Sonnenuntergang und der Abend kündigte sich an.

Sie lagerten außerhalb der Stadt, wie auch beim letzten Besuch. Etwas abseits der anderen Reisenden, die ihre Lager aufgeschlagen hatten richtete man sich ein. Die durstigen Tiere wurden als erstes mit Wasser, aus einem Ziehbrunnen, versorgt und aufmerksame Wachen machten ihre Runde, um das Lager. Ephimos und Olov waren sich einig gewesen, dass es nicht von Vorteil wäre, andere Leute an die Gruppe heranzulassen. Die Asen wollten unerkannt bleiben, soweit dies möglich war. Morgen würden dann Jasamin, Ephimos, Hela und Olov den hiesigen Stadthalter aufsuchen. Vor allem Jasamin kam bei ihrem Plan eine wichtige Rolle zu, von der möglicherweise das Gelingen ihrer Reise abhing.

Jasamin, in kostbare Gewänder gehüllt, schritt direkt hinter Olov, der die Rolle eines Leibwächters spielte. Ephimos und Hela hielten sich hinter Jasamin. Hela als weitere Leibwächterin, Ephimos in seiner Rolle als Beamter, der im Dienst von Jasamin stand. Die goldenen Armreifen von Jasamin klirrten leise, als sie sich nach Ephimos umdrehte. "Vergiss nicht, dass wir in ihrer Sprache sprechen müssen", erinnerte sie ihn. "Wir sind hier keine Fremden, wir sind Sonderbeauftragte und Boten des Großkönigs."

Hela, war nervös. "Wie gut kennt der hiesige Stadthalter den Großkönig möglicherweise?", fragte sie leise.

"Ganz sicher nicht gut genug, um unsere Geschichte anzuzweifeln. Sonst würde er dichter am Machtzentrum des Perserreiches leben", entgegnete

Ephimos. “Aber wohl bestimmt gut genug, um unsere Geschichte mit der nötigen Ehrfurcht zu hören und uns behilflich sein zu wollen … Jeder versucht dem Großkönig gefällig zu sein. Etwas anderes zu tun wäre für Leute wie einen Stadthalter mehr als dumm. Der Großkönig kennt keine Gnade, wenn man ihn verstimmt oder enttäuscht.“

Die Tore von Swenu öffneten sich langsam, als sich die Gruppe den Wachen näherte. Die Soldaten musterten die Neuankömmlinge etwas misstrauisch, doch der Anblick von Jasamins prächtiger Aufmachung ließ sie zögern. Ephimos sprach mit fester Stimme. “Wir bringen Botschaft und Handel im Auftrag des Großkönigs … Gebt sofort den Weg frei.“

Die Soldaten tauschten Blicke untereinander, doch sie wagten es nicht, Fragen zu stellen. Eine knappe Anweisung wurde gebrüllt und kurz darauf ließ man sie in die Stadt ein.

Swenu war eine geschäftige Stadt, geprägt vom Handel entlang des Nils. Die Luft war erfüllt vom Duft exotischer Gewürze, während Händler lautstark ihre Waren anpriesen. Sklaven liefen mit Krügen voll Wasser durch die Straßen und die Häuser aus Lehm und Stein spendeten nur spärlichen Schatten.

Jasamin und ihre Begleiter wurden direkt zum Palast des Stadthalters geführt. Der Mann, ein älterer Ägypter mit kahlrasiertem Schädel und in feine weiße Gewänder gehüllt, empfing sie auf einer steinernen Terrasse mit Blick auf den Nil. Seine dunklen Augen musterten die Gruppe mit höflicher Zurückhaltung. “Wer seid Ihr, und was führt Euch nach Swenu?“, fragte er mit ruhiger Stimme.

Jasamin trat einen Schritt vor. Sie neigte den Kopf kaum merklich und sprach mit der selbstbewussten Arroganz einer Adligen, die sich ihrer Macht bewusst war. “Ich bin Jasamin von Ecbatana, gesandt im Namen des Großkönigs. Ich leite eine geheime Mission, die nicht für die Ohren der Öffentlichkeit bestimmt ist.“

Die Erwähnung des Großkönigs ließ den Stadthalter aufhorchen. “Eine geheime Mission?“

Jasamin beugte sich zu ihm vor und senkte ihre Stimme verschwörerisch. “Wir haben eine Edelsteinmine erschlossen, südlich, nahe der Quellen des Nils. Unser Auftrag und Ziel ist es, den Ertrag zu sichern und die wertvollsten Steine auf direktem Wege dem Großkönig zukommen zu lassen. Aber unser Vorhaben benötigt derzeit einige Waren, die Ihr uns liefern könnt oder aber die wir hier, in Swenu, erwerben."

Der Stadthalter runzelte die Stirn. "Eine Mine in jenem Gebiet? Das ist ein gefährliches Unterfangen."

"Deshalb geschieht es im Geheimen", erklärte Ephimos mit einem kaum wahrnehmbaren Lächeln. "Und deshalb ist es im Interesse aller, dass unsere Transaktionen diskret abgewickelt werden und niemand direktere Kenntnis von uns bekommt, als unbedingt notwendig … damit du einen Beweis unserer Wichtigkeit bekommst haben wir dir ein Schreiben mitgebracht, welches du lesen magst. Beachte bitte den Siegelabdruck, der direkt aus dem Palast des Großkönigs kommt … Überzeuge dich von der Echtheit."

Der Stadthalter nahm das Dokument entgegen, welches auf Pergament geschrieben war. Er studierte aufmerksam das Siegel und las die dort niedergeschriebenen Zeilen, die in der Art höherer Beamter des Reiches davon kündeten, wer Jasamin angeblich war und dass ihr jeder behilflich zu sein hatte, wenn er nicht den vollen Zorn des Großkönigs auf sich ziehen wollte.

Jasamin legte einen kleinen Edelstein vor dem Stadthalter auf den Tisch und lächelte ihn an. "Selbstverständlich sind wir gerne dazu bereit, eure ganz besondere Unterstützung entsprechend zu honorieren."

Der Stadthalter zögerte kurz, doch sein Blick verriet, dass er den Wert eines guten Handels verstand. Er lächelte die Reisenden strahlend an. "Es ist mir eine Freude, euch behilflich zu sein. Bitte erlaubt mir, euch für die Dauer eures Aufenthaltes eines der Häuser für besondere Gäste zur Verfügung zu stellen." Jasamin verbeugte sich dankend und lächelte ihm dabei zu. "Wenn ich meinen nächsten Bericht an den Großkönig verfasse, dann werde ich euer Entgegenkommen und eure Treue zum Großkönig lobend erwähnen, Stadthalter."

Ephimos verbeugte sich tief, vor dem Stadthalter. Damit wir kein Aufsehen erregen, würde die Dame Jasamin es vorziehen, wenn wir die Handelswaren die wir benötigen, mit gemünztem Gold bezahlen. Einer eurer vertrauenswürdigen Beamten könnte uns zu diesem Zweck begleiten und die Zahlung vornehmen. Natürlich erstatten wir euch den Wert dafür in Edelsteinen … Ihr selbst, geehrter Stadthalter, mögt dabei bemessen, wie der Marktwert der Steine ist.“

Die Augen des Stadthalters funkelten für einen winzigen Moment. Es bot sich ihm hier die Chance, den eigenen Geldbeutel unauffällig etwas mehr zu füllen. Der Stadthalter nickte nachdenklich. “Ja, das erscheint mir ein guter Plan zu sein. Ich werde veranlassen, dass ein vertrauenswürdiger Beamter morgen, bei Sonnenaufgang, in eurem Lager erscheint … In der Zwischenzeit werde ich das Gästehaus herrichten lassen, um es für euch akzeptabel zu machen. Bitte verzeiht, aber heute ist es zu spät, um alle notwendigen Arbeiten noch zu erledigen. Ich werde jedoch sofort Diener damit beauftragen. Morgen ist dann alles bereit, sodass ihr dort wohnen mögt, solange ihr in Swenu verweilt.“

Der folgende Morgen und Vormittag war angefüllt mit erbittertem Handel, um die einzelnen Preise von Kupferbarren, Eisenbarren und dicken Ballen von Leinen. Der Beamte der sie begleitete und dessen vier Wachsoldaten, die der Stadthalter ebenfalls mitgesendet hatte halfen jedoch dabei, die Preisvorstellungen der ansässigen Händler bereits zu Anfang deutlich unter den Preisen zu halten, die sie sonst von Kaufinteressenten gefordert hätten. Gegen Mittag nahmen sie an einem kleinen Stand einen Imbiss zu sich und begaben sich dann auf den Teil des Marktes, wo die Pflanzen und Tiere gehandelt wurden.

Mehrere schweigende Frauen aus dem ehemaligen Stamm der Gomuna begleiteten sie, und fungierten als Dienerin. Ihre Hautfarbe viel hier nicht auf. Man war es gewohnt schwarzhäutige Menschen zu sehen oder mit ihnen zu handeln. Olov und Hela hingegen würden hier stets auffallen. Deshalb hatten sich die beiden sich in lange Kapuzenumhänge gehüllt und verbargen ihr Gesicht hinter der tief ins Gesicht gezogenen Kapuze. Trotzdem sorgte ihre Größe für Aufsehen. Man nahm ihnen die Rolle der Leibwächter ohne Fragen ab.

Zuerst stöberte Jasamin an der Ständen, an denen Kräuter und Gewürze angeboten wurden. Sie erwarb die eine oder andere Zutat für ihre Salben, ihre Elixiere und Arzneien. Dann bewegten sie sich auf den Teil des Marktes wo Hela, bei ihrem letzten Besuch, die Rebstöcke gesehen hatte.

Das Gesicht von Ephimos war ein Spiegel des puren Entzückens, als er diese Pflanzen endlich entdeckte. Nachdenklich blickte er auf die Pflanzen, die hier zu hunderten angeboten wurden. Dann wandte er sich zu Jasamin. "Wir werden noch zusätzliche Tragtiere benötigen, wenn wir genügend Pflanzen transportieren wollen. Auf den Wagen wird zu wenig Platz sein. Wir müssen berücksichtigen, dass wir auch die anderen Dinge transportieren müssen, die wir kaufen."

Jasamin sah in einen Moment schweigend an. "Dann werden wir ein Problem bekommen … Wir haben nur eine begrenzte Anzahl von Leuten, um die Wagen zu lenken und die Pferde zu führen. Die Kühe, die wir noch kaufen wollten müssen auch getrieben werden … All das benötigt aber Menschen, die dieser Aufgabe nachgehen."

Ephimos nickte und ließ den Kopf hängen. Er seufzte. Man würde also nur eine überschaubare Menge von Rebstöcken erwerben können. Er hob den Kopf und sah Jasamin an, die einen entschlossenen Gesichtsausdruck aufgesetzt hatte. "Ich werde darüber nachdenken … Bis jetzt eben war mir das nicht wirklich bewusst. Ich habe es übersehen."

Plötzlich kam Unruhe auf dem Markt auf. Am Rande des Marktplatzes tuschelten einige Händler miteinander. Jasamin sah den Beamten an, dem einer seiner Soldaten etwas ins Ohr flüsterte. "Was ist das denn für ein Aufruhr? Was ist geschehen? Sprich!"

Der Beamte verbeugte sich vor Jasamin. "Soeben erreicht uns die Kunde, vom plötzlichen Tod des Shadrach … Er war der Militärkommandant dieser Region. Laut dem was ich erfahren habe ist er an einer Vergiftung gestorben. Einer seiner Sklaven hat seinen Wein vergiftet … Ein großer Verlust, für uns. Er war ein einflussreicher Mann und guter Freund des Stadthalters."

Jasamin drehte sich zu ihren Begleitern um. "Wir werden uns beeilen und das Getreide kaufen, das wir erwerben wollten. Danach beenden wir für heute die Einkäufe. Ich besuche danach den Stadthalter, um zu erfahren, ob der Tod von Shadrach irgendwelche Auswirkungen auf uns haben kann. Danach begebe ich mich zu dem Gästehaus, welches man für uns bereitgestellt hat. Ephimos und die Dienerin begeben sich zurück in das Lager, Hela und Olov sollen mich begleiten."

Ephimos schüttelte jedoch entschieden seinen Kopf. “Nein! Ich habe lange genug im Umfeld des Königspalastes gelebt, um erkennen zu können ob sich etwas anbahnt, was uns gefährden könnte. Es ist besser, in dieser Situation zwei kundige anwesend zu haben … Dir könnte etwas entscheidendes nicht auffallen, Jasamin. Dieses Risiko dürfen wir nicht eingehen.“

Sie trafen den Stadthalter auf der Terrasse seines Palastes an. Er saß an einem Tischchen, blickte nachdenklich auf den träge dahinfließenden Strom und nippte dabei an einem Pokal mit Wein. Beim Eintreffen von Jasamin und ihrer Begleitung scheuchte er seine Diener, mit einer kurzen Handbewegung, davon. Zuvor jedoch raunte er einem der Diener zu, er solle Trinkgefäße für die Gäste bringen und sich damit eilen.

Mit einer einladenden Handbewegung forderte der Stadthalter sie dazu auf, sich auf die freien liegen zu setzen, die nahe im und dem Tischchen angeordnet waren. Nur Augenblicke später erschien der Diener und brachte Trinkgefäße, die er ihnen reichte und dann Wein einschenkte. Danach verließ der Diener die Terrasse unter tiefen Verbeugungen.

Der Stadthalter sah dem Diener hinterher und wandte sich dann Jasamin zu. “Ich kann mir schon denken, warum ihr mich aufsucht, edle Dame. Ihr sollt wissen, auch ich bin erschüttert von dem Vorfall, der Shadrach aus unserer Mitte gerissen hat.“ Einen Moment schwieg der Stadthalter und schien mit sich zu ringen. Als er weitersprach hatte seine Stimme einen wütenden Klang, den er trotz Anstrengung nicht unterdrücken konnte. “Shadrach war mehr als nur der hiesige Militärkommandant. Er war seit vielen Jahren ein guter Freund … Die Umstände seines Todes sind etwas merkwürdig und in meinen Augen auch unglaubwürdig.“

Jasamin richtete sich hoch auf und sah ihn fragend an. Der Stadthalter stieß ein kurzes, fast bellendes lachen aus. Seine Augen funkelten kalt und wütend. “Sein Leibdiener Ptah soll ihn vergiftet haben? Daran glaube ich nicht! Ptah war seinem Herren eng verbunden und betete den Boden geradezu an, auf dem dieser ging. Überdies hatte Shadrach vor, diesem Sklaven die Freiheit zu schenken. Das war nicht nur mir bekannt, sondern auch dem Sklaven … und dieser Sklave, Ptah, soll Shadrach nun vergiftet haben? Einige, wenige Monde, bevor er seine Freiheit erhält? Die Geschichte ist unglaubwürdig.“

Jasamin sah ihn erstaunt an. “Lasst den Sklaven doch zu euch bringen und befragt ihn … im Zweifelsfall unter der Folter. Dann werdet ihr sehr schnell erfahren, was sich denn wirklich zugetragen hat.“

Der Stadthalter grinste sie an. “Das hatte ich vor … doch der Sklave ist tot.“ Er zögerte einen Moment, bevor er weitersprach. “Diese ganze Geschichte ist etwas undurchsichtig aber ich habe so meine Gedanken, was dort wirklich geschehen ist … Ich sollte euch dazu die Hintergründe erklären, dann versteht ihr es besser, edle Dame.“

Er trank einen Schluck aus seinem Kelch und beugte sich dann etwas vor, sah ihr ins Gesicht. “Shadrach hat eine Frau, mit der er schon seit fast zwanzig Sommern zusammen ist … Ich selbst kenne ihn seitdem er den Posten als Militärkommandant hier übernommen hat, also auch schon etwa zehn Sommer. Das Verhältnis zu seiner Frau ist … vorsichtig ausgedrückt … angespannt gewesen. Wäre sie nicht eine weit entfernte Verwandte des Großkönigs, so hätte er dieses Weib, dessen Namen ich hier nicht aussprechen will, längst verstoßen. Shadrach hat auch einen Halbbruder. Ein Händler, der dem Glücksspiel sehr zugetan ist. Der Händler ist hoch verschuldet. Vor zwei Sommern entsendete er eine Karawane in das Land der Nubier. Die Karawane kehrte jedoch nie zurück und ihr Verbleib ist ungewiss. Vor einem Sommer hat er eine weitere Karawane ausgerüstet und dorthin entsendet … bisher ist diese Karawane ebenfalls noch nicht zurück gekommen und ich wage zu bezweifeln dass sie jemals wieder hierher kommt. Dieser Wurm von Halbbruder meines guten Freundes Shadrach hat all sein Vermögen in diese Karawane gesteckt. Shadrach hat mir gegenüber für die Schulden seines Halbbruders gebürgt. Nun ist Shadrach tot … Seine Frau soll angeblich seit nunmehr etwas länger als sechs Sommern gewisse Kontakte zu diesem wurm von Halbbruder haben, die sich zumeist in der Nacht zutragen … Das sind nur Gerüchte, aber sie häufen sich und ich denke, es ist etwas wahres an ihnen.“

Der Stadthalter holte tief Luft und sprach dann leise weiter. “Es ist ganz unerwartet ein Schriftstück aufgetaucht, in dem Shadrach seinen Halbbruder als Erben für die Hälfte seines Vermögens einsetzt. Die andere Hälfte soll seine Frau erhalten. Ich bin von der Echtheit des Schriftstücks nicht überzeugt, kann aber nicht beweisen, dass es eine

Fälschung ist. Seine Frau hat bereits damit begonnen, Teile des Besitzes von Shadrach zu verkaufen … um die Schulden zu bezahlen, die dessen Halbbruder besitzt. Es wird bereits gemunkelt, die beiden würden sich nach dem Verkauf der Besitztümer in Richtung Persepolis oder Babylon aus dem Staube machen. Als Stadthalter fällt mir die zweifelhafte Ehre zu, den Verkauf zu koordinieren und alles zu verkaufen, was sich irgendwie verkaufen lässt … das hat den Hintergrund, dass Shadrach mir gegenüber als Bürge aufgetreten ist, mir somit eine enorme Menge Geld schuldet. Zudem ist er ein hochrangiger Diener unseres Großkönigs gewesen und es ist meine Pflicht gegenüber unserem Großkönig, sein Vermächtnis nun aufzulösen. Ich fungiere auch als derjenige, der darüber wacht, dass die Erlöse der gesamten Verkäufe letztlich seinen Erben ausgezahlt werden … zumindest die Erlöse, die noch übrig bleiben.“

der Stadthalter runzelte seine Stirn kurz. “Shadrach war einst ein angesehener und erfolgreicher Heerführer des reiches. Er hat damals reiche Beute angesammelt … Vor etwa fünfzehn Sommern ist er bei einem Scharmützel sehr unglücklich verletzt worden, danach konnte er seine Männlichkeit nicht mehr dazu benutzen, wie ein starker Mann das tut. Der Großkönig hat ihn damals, nach seiner Genesung, hierher in dieses Land gesendet. Hier hat Shadrach ein Vermögen mit dem Sklavenhandel gemacht. Er kaufte immer wieder Kriegsgefangene auf, da er als Militärkommandant das Vorkaufsrecht auf diese Leute besitzt. Er hat im Lauf der Zeit einige große Ländereien erworben, die in der nähe des Flusses liegen und gute Erträge abwerfen … Diese Ländereien hat er jedoch als Bürgschaft für seinen Halbbruder genutzt. Somit sind sie nun mir zugefallen. Übrig bleiben nur einige Werkstätten, nahe seines Wohnsitzes die dort eingesetzten Sklaven, sowie seine wahrlich nicht unbeträchtliche Barschaft und natürlich auch die kostspielige Einrichtung seines Wohnsitzes … Ihr solltet morgen auf dem Markt den Teil aufsuchen, wo die Sklaven gehandelt werden. Möglicherweise seht ihr den einen oder anderen Sklaven, den es zu kaufen lohnt. Ich werde alle Sklaven die sich im Besitz von Shadrach befunden haben verkaufen lassen … Zusätzlich auch einen gewissen Teil der Tiere, die er auf seinen Landgütern hielt.“

Er lehnte sich zurück und sehr kurz trat ein Ausdruck des Bedauerns auf sein Gesicht. “Kommen wir jedoch zu dem Sklaven zurück, der Shadrach angeblich vergiftet haben soll … Der Sklave wurde unmittelbar nach der Tat durch den Halbbruder dabei aufgegriffen, als er angeblich von dem Anwesen fliehen wollte. Die Frau von Shadrach und der Halbbruder haben den Sklaven höchstpersönlich vernommen … unter Einsatz der Folter, wie man mir versicherte. Letztlich starb der Sklave dabei, jedoch erst, nachdem er gestanden hat, Shadrach vergiftet zu haben. Angeblich aus Hass auf diesen und weil er endlich der Sklaverei durch ihn entkommen wollte.“ Er schüttelte seinen Kopf und nahm einen weiteren Schluck Wein. “Das passt alles nicht zusammen … Da die Frau von Shadrach jedoch weitläufig mit der Familie des Großkönigs verwand ist will ich nicht weiter nachforschen sondern belasse es dabei.“

Jasamin nickte nachdenklich. “Das wird wohl das beste sein, was ihr tun könnt, Stadthalter. Alles andere wäre politisch wohl etwas unklug … Ich denke, wir ziehen uns nun zurück. Ich werde eurem Rat folgen und morgen den Sklavenmarkt aufsuchen. Mögen die Götter über euch wachen, Stadthalter.“

Jasamin erhob sich, elegant. “Mein Bediensteter Ephimos wird in unser Lager zurückkehren … Ich selbst werde die Gunst annehmen und das Gästehaus aufsuchen, welches ihr so freundlich für mich zur Verfügung gestellt habt. Ich weis diese Annehmlichkeit sehr wohl zu schätzen. Die beiden wachen werden mich begleiten.“ Sie lächelte dem Stadthalter freundlich zu, über dessen Gesicht ein Ausdruck der Freude glitt.

Der Stadthalter klatschte kurz in die Hände und wie aus dem Nichts tauchte sein schweigsamer Diener auf, der aufmerksam zuhörte, was sein Herr ihm ins Ohr flüsterte. Dann verneigte der Diener sich und eilte in das Innere des Palastes.

Jasamin sah dem Diener kurz hinterher und wandte sich dann erneut dem Stadthalter zu. “Ich bin beeindruckt davon, wie gut ihr eure Diener im Griff habt. Ich werde dies in meinem nächsten Schreiben an unseren Großkönig erwähnen … und natürlich auch davon berichten, wie gut und lobenswert ihr hier eurer Aufgabe nachgeht, die im Dienste des Reiches ist. Unser Herr wird erfreut sein, Stadthalter.“

9.

Gäste des Stadthalters

Vor dem Palast des Stadthalters wurden sie von dem schweigsamen Diener erwartet, der sich tief vor ihnen verbeugte. “Edle Herrin, mein Gebieter möchte euch einige Krüge seines Weines schenken. Ein Diener wird euch nun den Weg zum Gästehaus weisen und einen Krug dorthin tragen, sodass ihr heute damit etwas entspannen könnt .... Der andere Diener geleitet euren Bediensteten in das Lager welches ihr vor den Mauern der Stadt bezogen habt und wird zwei Krüge mitnehmen. Mein Herr hofft euch mit dieser kleinen Gabe zu erfreuen, Herrin. Jeweils ein Wachsoldat wird die Diener begleiten und steht mit seinem Leben für die unversehrte Ankunft von euch und euren Bediensteten, edle Herrin.“

Jasamin nickte hoheitsvoll und bedeutete den Dienern, sie mögen vorausgehen. Kurz wandte sie sich zu Ephimos. “Ich hole euch morgen im Lager ab. Danach besuchen wir die Märkte … Lasst euch den Wein schmecken, mein Freund.“ Ephimos schmunzelte und zwinkerte ihr zu. Schon lange hatte er keinen Wein mehr getrunken und freute sich nun auf diesen Genuss.

Sie erreichten das für Jasamin hergerichtete Gästehaus nach einem nur kurzen Fußmarsch. Es lag in einem gepflegten Olivenhain, etwas abseits des Palastes. Olov trat zuerst ein und inspizierte das ebenerdige Gebäude. Außer ihnen war hier niemand. Die Einrichtung war durchweg auf die hochgestellten Gäste ausgerichtet, die der Stadthalter hier unterbrachte. Jasamin ließ sich rückwärts auf das breite Bett fallen, in dem spielend eine ganze Familie Platz gefunden hätte. In einem Nebenraum standen zwei weitere, deutlich kleinere Betten, bei deren Anblick Olov die Stirn runzelte. Hela legte ihren Umhang wortlos auf eines der Betten und somit verblieb für Olov das andere. Für seine Größe war das Bett etwas zu kurz bemessen aber es würde seinen Zweck erfüllen.

Jasamin hatte sich zwischenzeitlich umgesehen und die angrenzende Terrasse begutachtet, die etwas erhöht über dem rundum abfallenden Gelände lag. Sie lachte, war sichtbar zufrieden. “Bei der Terrasse ist ein kleines Badebecken. Ich kann es kaum noch erwarten den Schweiß abzuwaschen. Danach können wir uns dem Wein widmen … Götter, ich fühle mich völlig ausgedörrt.“ Sie sah zu Olov, schnüffelte und zog dann ihre Nase kraus. “Du solltest dich beizeiten auch waschen … Du stinkst, wie ein Tierstall, Olov.“

Olov wurde rot vor Scham und Hela brach in schallendes Gelächter aus. Er hatte seit über einem Mond nicht mehr die Gelegenheit bekommen, sich ausgiebig zu waschen. Das er einen nun langsam einen gewissen Körpergeruch verbreiten musste, war ihm deutlich bewusst. Er deutete in Richtung der Terrasse. “Badet ihr zuerst. Wenn ich dort hinein gehe, dann ist das Wasser ganz sicher nicht mehr so sauber.“

Hela grinste zustimmend und nickte. Dann sah sie ihn plötzlich auf eine merkwürdige Art an. “Erinnerst du dich an die Diskusionen, in der Heimat? Wegen unserem Mangel an Männern, in der Stadt? Baldur hatte den Vorschlag gemacht, jeder Mann in Asengard solle sich nicht nur eine Frau als Gefährtin nehmen, sondern besser zwei … Wie denkst du darüber?“

Olov wurde verlegen. “Das mag ja für den einen oder anderen Mann im ersten Moment ganz reizvoll klingen … aber hast du einmal daran gedacht, wie die Frauen darüber denken? Welche Frau würde ihren Gefährten mit einer anderen teilen. Möglicherweise sogar dabei zusehen, wie er sie bespringt … Ich kann mir nicht vorstellen, dass solch ein Vorschlag, durch den Rat, bekräftigt und unterstützt wird.“

Jasamin nickte zustimmend. “Das ist anzunehmen … Aber wie denkst du darüber? Würde es dir gefallen nicht nur eine Gefährtin zu haben, sondern gleich zwei? Es möglicherweise mit beiden gleichzeitig zu tun? Stelle dir vor, es würde ihnen sogar gefallen? Wie denkst du darüber?

Olov wurde rot im Gesicht, vor Verlegenheit. “So etwas sind die Träume von Männern, die noch nie zuvor eine Frau gefragt haben, was sie davon halten würde … Es hätte sicher einen gewissen Reiz aber es ist und bleibt nur ein Gedankenspiel. Er sah die beiden kurz an … Über sein Gesicht huschte ein Ausdruck, der sowohl plötzliches Verlangen, als auch Sorge widerspiegelte. “

Die beiden Frauen kicherten und gingen dann Richtung Terrasse. Olov schritt zu dem Raum, wo das Bett stand, welches er benutzen sollte. Dabei fiel sein Blick auf ein Regal mit dicken Handtüchern aus Leinen. Er nahm sich eines davon und griff, nach kurzem Zögern, zu zwei weiteren Tüchern. Jasamin und Hela würden sich darüber freuen. Er legte seine Kleidung an seinem Bett ab, wickelte sich ein Tuch um die Hüften und ging jetzt ebenfalls Richtung Terrasse. Die beiden anderen Tücher für die Frauen trug er unter dem Arm.

Auf der Terrasse war es angenehm. Ein Sonnensegel aus Leder schützte vor dem brennenden Sonnenlicht und der Hitze. Ein schwacher Wind brachte Kühlung, vom Fluss.Als er sich näherte sah er die beiden Frauen ausgelassen im Wasser planschen. Sie drehten sich ihm zu, als er jetzt etwas zögerte, dann die Handtücher auf eine der Bastliegen legte und dann schon fast eilig wieder ging.

Hela stupste ihre Freundin grinsend an. "Hast du seine Reaktion vorhin bemerkt? Ich glaube da ist ihm das eine oder andere durch den Kopf gegangen ... Seine Blicke eben waren auch sehr vielsagend."

Jasamin kicherte. "Ich bin mir sicher, er würde es gerne mit uns beiden zusammen tun. Er will aber verheimlichen, dass er uns beide bereits beschlafen hat. Er fürchtet wohl, wir könnten ihm grollen, wenn es herauskommt. Das ist eigentlich nicht verwunderlich ... Er will es sich mit keiner von uns beiden verderben ... und sehnt sich zugleich nach uns beiden. Ich denke, heute haben wir die Möglichkeit endlich Gewissheit zu bekommen. Eine solche Gelegenheit werden wir vor unserer Ankunft in Asengard nicht wieder bekommen."

Hela grinste verstohlen und strich sich gedankenlos mit einer Hand über ihre Schamlippen. "Das wäre gut. Es verlangt mich danach, dich endlich wieder vor Lust schreien zu hören ... Ihn dann dabei zu haben wäre der Gipfel der Träume. Götter! Was ich mich danach sehne, seinen Schwanz in mir zu fühlen und gleichzeitig mit dir die Lust zu teilen."

Nach einer Weile waren sie der Meinung, nun genug vom Wasser zu haben. Sie stiegen aus dem Becken, nahmen ihre Kleidung auf und gingen in Richtung Gästehaus, welches sich nur etwa dreißig Schritte vom Becken entfernt befand. Nackt und mit wiegenden Hüften gingen sie an Olov vorüber, dem es schwer fiel unbeteiligt zu schauen. Fast hastig wandte er seinen Kopf ab und spähte in Richtung eines alten Baumes, der seitlich der Terrasse wuchs. Als die beiden im Hausinnern verschwunden waren stand er Schnell auf, eilte zu dem Badebecken, ließ sein Handtuch fallen und stieg in das Wasser. Wohlig seufzte er, während er damit begann, sich gründlich zu waschen.

Jasamin stand in der dem breiten Bogengang, der den Zutritt zur Terrasse gewährte und spähte zu Olov hinüber. Hela stand grinsend dicht neben ihr. "Hast du das Gesicht von Olov gesehen, Hela? Er bemüht sich wirklich, sich nichts anmerken zu lassen." Die beiden kicherten. Hela wandte ihren Kopf. Ihre Augen suchten den mit Bast umwickelten Krug indem der Wein war. Sie eilte zu einem Tischen, neben der Eingangstür, holte den Krug und drei Becher. Dann kehrte sie zu Jasamin zurück, die noch immer Olov beim Baden zuschaute."

Hela stupste ihre Freundin an die Schulter. "Dann wollen wir mal schauen, wie lange er uns widerstehen kann, Jasamin … Ein Becher Wein wird uns gut tun … und abtrocknen müssen wir uns auch noch."

Jasamin nickte, mit gespielter Ernsthaftigkeit. "Da hast du Recht, Hela. Es ist wirklich wichtig sich abzutrocknen ..."

Die beiden schlenderten auf die Terrasse, stellten den Weinkrug und die Becher auf einen Tisch, der im Halbschatten stand. Mit leuchtenden Augen sah Jasamin auf die beiden Liegen, die nahe des Tisches standen. Sie leckte sich voller Vorfreude ihre Lippen. Mit langsamen Schritten gingen sie zum Badebecken, wo noch immer die Handtücher lagen, die Olov für sie mitgebracht hatte.

Olov bemühte sich sichtlich, die zwei nicht anzustarren, als sie sich nun am Beckenrand abtrockneten und ihm ihre Körper in aller Deutlichkeit präsentierten. Der Anblick von Hela, die ihm dann den Rücken zuwandte und sich, mit gespreizten Beinen weit bückte war alles andere als dazu angetan, Olov ruhiger werden zu lassen. In einer Entfernung von weniger als drei Schritten konnte er ihre Schamlippen erkennen, die sie ihm förmlich entgegenstreckte.

Endlich gingen die beiden zu den Liegen und dem Tischchen mit dem Weinkrug. Olov erlaubte sich ein tiefes Durchatmen. Seine Gefühle und sein Körper schrien geradezu danach, Hela oder Jasamin zu liebkosen. Es dauerte eine Weile, bis er sich traute das Badebecken zu verlassen. Er wandte den beiden dabei den Rücken zu und schlang sich dann hastig das Badetuch um seine Hüften, bevor er sich umdrehte und zu ihnen ging.

Jasamin und Hela hatten es sich auf einer der Liegen bequem gemacht. Sie saßen dich nebeneinander, lachten zusammen und tranken aus ihren Bechern. Beide schienen glänzender Laune zu sein. Was Olov jedoch etwas irritierte, war die Tatsache, dass sie ihre Badetücher abgelegt hatten und darauf saßen. Ihre nackten Körper hatten eine Wirkung auf ihn, der ihm fast den Atem nahm. Seine Männlichkeit meldete sich spürbar und er hoffte, dass dies den beiden verborgen blieb, da es ihm peinlich war.

Er setzte sich auf die freie Liege, nahm den letzten Becher, schenkte sich diesen Voll und stürzte ihn in einem Zug hinunter. Sogleich schenkte er sich erneut ein. Diesmal trank er jedoch nur einen kleinen Schluck und musterte die Frauen dabei unauffällig, aus den Augenwinkeln.

Hela kicherte leise, als sie ihn nach einer Weile ansprach und damit aus seinen Gedanken riss. “Du brauchst nicht so zu tun, als wenn wir nicht hier sind, Olov … Jasamin und ich sind Freundin … Wir haben keine Geheimnisse voreinander. Wir teilen uns nicht nur ihr Haus in Asengard. Wir wissen beide ganz genau, dass du nicht nur mit Jasamin die Lust geteilt hast, sondern auch mit mir. Wir akzeptieren das … und empfinden es als ausgesprochen anregend, wenn wir uns darüber unterhalten.“

Olov fühlte sich, als wenn er einen Hammerschlag auf die Stirn erhalten hätte. Sein schlimmster Alptraum wurde soeben wahr. Was würde nun in Zukunft geschehen? Würde er sie jetzt beide verlieren? Er selbst wusste nicht, auf wen er verzichten könnte. Jasamin war ihm genauso wichtig, wie Hela. Dies den beiden zu erklären, ohne dabei einer von ihnen Seelenschmerz zu bereiten, schien ihm völlig unmöglich … und nun kam heraus, dass die beiden bereits wussten, was er jeweils mit der anderen getan hatte … Sogar gern getan hatte und es immer wieder tun würde, wenn er die Gelegenheit dazu bekommen sollte.

Jasamin sah ihn grinsend an. “Hela und ich teilen weitaus mehr als nur mein Heim miteinander … und wir teilen gewisse Dinge mit wahrer Lust, könnte man sagen.“

Hela lachte leise, zwinkerte Olov fröhlich zu und ließ dabei ihre Finger über Schenkel und Bauch von Jasamin gleiten. Dann strich sie über die Brüste von Jasamin, die jetzt genießerisch ihre Augen schloss. Für einen Moment schien Jasamin die Liebkosungen nur still zu genießen. Dann öffnete sie ihre Augen, sah Olov an, wandte sich zu Hela und beugte ihren Kopf. Olovs Augen wurden groß, als er nun sah, wie Jasamin mit ihrer Zunge die Brustwarzen von Hela umspielte. Er war nicht in der Lage auch nur einen Ton von sich zugeben sondern starrte gebannt auf das, was sich in drei Schritt Abstand vor ihm abspielte. Das Badetuch um seine Hüften war nicht dazu geeignet, jetzt zu verbergen, wie sein Körper reagierte.

Olov realisiert, dass einiges anders ist, als erwartet

Jasamin ließ von Helas Brüsten ab. Die beiden Frauen küssten sich voller Inbrunst und ließen ihre Zungen miteinander tanzen. Dabei wanderten ihre Hände beständig über den Körper der anderen. Hela spreizte ihre Beine und sofort glitten die Finger von Jasamin zu den leicht geöffneten Schamlippen, von Hela, die bereits den einen oder anderen Tropfen der Lust zeigten. Olov konnte kaum glauben, was er sah. Seine Männlichkeit war steil aufgerichtet und pochte förmlich vor Verlangen.

Endlich, nach einer gefühlten Ewigkeit, ließen die Frauen voneinander ab. Hela sah Olov an und schmunzelte. "Wir sollten in das Innere des Hauses gehen. Dort ist es kühler. Olov trage bitte den Wein und die Becher … und stell sie dann neben dem Bett von Jasamin ab."

Wortlos stand Olov auf und kam der Aufforderung nach. Er war kaum in der Lage einen klaren Gedanken zu fassen. Sein Weltbild brach gerade haltlos zusammen und er wusste nicht, was er tun sollte. Die beiden Frauen folgten ihm und kicherten dabei leise vor sich hin.

Olov stellte den Wein und die Becher auf das Tischchen neben dem Bett und richtete sich dann auf. Er wandte sich langsam um und stand Hela gegenüber … Nicht mehr als vielleicht zwei Handspannen entfernt. Sie sah ihn an, lächelte sanft … und zog dann seinen Kopf zu sich, um ihn zu küssen. Wehrlos ergab er sich seinen Gefühlen, erwiderte den Kuss, der sanft und doch so fordernd war. Sie griff nach seinen Händen und legte diese auf ihre Brüste. Er fühlte ihre harten, aufgerichteten Brustwarzen an seinen Handflächen. Sie stand etwas seitlich versetzt von ihm, Küsste ihn jetzt mit einem Verlangen welches ihm fast die Sinne raubte. Olov strich mit seinen Fingern um die Brustwarzen. Sie stöhnte ihm leise ihr Wohlgefallen in den Mund, während sie sich weiterhin wild küssten. In diesem Moment bemerkte er, dass geschickte Hände sein Badetuch lösten und fühlte eine erste sanfte Berührung an seiner steifen, aufgerichteten Männlichkeit. Er ließ von Hela ab und realisierte, dass Jasamin vor ihm kniete. Einen Augenblick später Bewegte sie ihren Kopf vor und nahm seine Männlichkeit zwischen ihre herrlichen Lippen. Er stöhnte als sie damit begann ihre Zunge einzusetzen und sanft seine Hoden walkte.

Hela legte ihren Kopf neben sein Ohr, knabberte sanft an seinem Ohrläppchen. "Macht sie es gut? Gefällt dir das, Olov? Du kannst so viel mehr haben, als vorher … Du musst es nur zulassen. Jasamin und ich wollen das schon lange.“

Jasamin ließ von ihm ab und stand auf. Die beiden Frauen sahen sich an und lächelten … Ein Lächeln, dass tiefe Zuneigung, Verlangen und Lust vereinte. Hela küsste Olov noch einmal flüchtig auf den Mund. Dann legte sie sich auf das riesige Bett. Ihr Kopf zeigte zum Fußende und sie sah Olov verlangend an. Nur einen Wimpernschlag später krabbelte Jasamin hinterher, bewegte sich über sie. Der Unterleib von Jasamin war über dem Gesicht von Hela, ihr eigener Kopf hingegen über deren Unterleib, mit den bereits vor Feuchtigkeit glänzenden Schamlippen. Jasamin öffnete ihren Mund, streckte ihre Zunge heraus und leckte dann genussvoll über die Schamlippen von Hela. Diese stöhnte leise auf und schleckte jetzt ebenfalls an den leicht geöffneten Schamlippen ihrer Freundin, die direkt über ihrem Gesicht waren. Hela ließ ihre Zunge an der Lustperle von Jasamin kreisen. Die Augen von Hela jedoch wanderten zu Olov der, wie gebannt, vor dem Bett stand.

Jasamin keuchte, vor Lust und Hela sah Olov nun auffordernd an. Ihre Stimme war ein leises Flüstern, indem man die Lust fast greifbar hören konnte. “Komm endlich zu uns … siehst du nicht, dass wir dich hier brauchen? Knie dich hinter sie … Das Bett ist groß genug für uns … Wir haben so lange darauf gewartet, dich endlich zusammen erleben zu dürfen.“

Er stieg auf das Bett, kniete sich dicht hinter Jasamin. Hela, die seine harte Männlichkeit nun direkt über ihrem Gesicht sah schleckte verzückt daran. Jasamin wandte ihre Kopf zu ihm, sah ihn über ihre Schulter an. Sie keuchte fast, vor Lust und Verlangen. “Schiebe mir deinen Schwanz endlich hinein. Ich werde noch wahnsinnig, vor Vorfreude … Komm endlich, und stoß mich, Olov.“ Dann wandte sie ihren Kopf wieder zum Unterleib von Hela, setzte ihre Zungenarbeit fort und unterstützte ihre Bemühungen nun auch mit ihren Fingern, die sie tief in Hela hinein schob.

Jetzt endlich bewegte Olov, der die Zungenkünste von Hela genossen hatte, sich ein wenig nach vorne. Er setzte seine Eichel an den nassen Schamlippen an, sah dabei die Öffnung des Lustkanals und drang langsam in Jasamin ein. Sie stieß einen tiefen Laut der Lust aus und verstärkte die Fingerarbeit an Hela. Immer schneller ließ Jasamin ihre

Zunge über die Lustperle von Hela kreisen. Die Finger gingen schnell ein und aus, in dem triefend nassen Lustkanal von Hela, die hektisch atmete und Laute der ungezügelten Lust hören ließ.Langsam fing er an Jasamin zu stoßen. Hela, die unter ihm Lag und deren Augen direkt unter seiner Männlichkeit lagen, die nun kraftvoll in Jasamin stieß, verdrehte vor Lust ihre Augen. Immer wieder leckte sie über die Lustperle von Jasamin und den harten Schaft des stoßenden Schwanzes. Keuchend feuerte Hela jetzt Olov an. “Stoß sie schneller. Ich spüre, dass sie bald kommt … Stoß sie und spritz ihr deinen Saft in das Loch … Götter, ist das ein Anblick, dich zu sehen, wie du sie stößt.“

Jasamin stöhnte immer lauter, bockte ihren Unterleib den Stößen von Olov entgegen. Dabei vergaß sie jedoch nicht Hela, die nun immer hektischer atmete. Olov hatte seine Hände um die Hüften von Jasamin gelegt, hielt sich fest und stieß schnell und kraftvoll zu. Diese bislang unbekannte Stimulanz, der Dreisamkeit, erregte ihn immens … nicht anders erging es Jasamin und Hela, die beide jetzt unaufhörlich ihrem Höhepunkt entgegenstrebten und nicht mehr weit davon entfernt waren. Hela stieß einen spitzen Schrei aus, als der Orgasmus sie überrollte. Ein dünner Strahl klarer Flüssigkeit benetzte Finger, Hand und Gesicht von Jasamin, die nur einen Moment später ebenfalls die Klippe überstieg. Sie wurde von einem heftigen Orgasmus gepackt, der ihren Körper zum zittern brachte. Aufstöhnend ließ sie ihren Kopf auf den nassen Schoß von Hela sinken.

Olov machte noch zwei Stöße. Dann kam er ebenfalls, mit einem lauten Stöhnen zu seinem Orgasmus. Hela sah, wie seine Hoden sich nur wenige Fingerbreit vor ihrem Gesicht zusammenzogen und jetzt sein Schwanz, zur Gänze in Jasamin versunken, zu zucken begann.

Ein dünnes Rinnsal seines Samens quoll aus Jasamin hervor und wurde begeistert von ihr aufgeleckt. Jasamin stöhnte erneut auf. Wieder wurde ihr Körper von einem Zittern erschüttert.

Langsam zog Olov seine nun schlaffer werdende Männlichkeit aus Jasamin heraus. Fasziniert sah Hela, wie die Luströhre ihrer Freundin sich rhythmisch zusammenzog und ein Rinnsal des soeben von Olov verspritzten Samens aus ihr heraus tröpfelte … Es wurde ein langer Abend, an dessen Ende alle drei befriedigt und erschöpft einschliefen.

10.

Markt in Swenu

Am frühen Vormittag begaben sie sich zum Sklavenmarkt, der sich nahe dem Fluss befand. Eine niedrige Steinmauer umgab den Platz, doch das hielt die Neugierigen nicht davon ab, von den angrenzenden Gassen aus einen Blick auf die gehandelten Menschen zu werfen oder über den Markt selbst zu schlendern.

Sie erreichten einen Stand, wo die persönlichen Sklaven des toten Shadrach jetzt angeboten werden sollte. Im Gegensatz zu den Sklaven, die der Tote als Handelsware besessen hatte, wurden diese Sklaven nicht im Auftrag des Stadthalter verkauft, sondern von der Frau des Toten. Die Hitze des Tages lag schwer über dem Ort, als der Händler, mit lautstarker Stimme seine lebende Waren anpries. “Feine Arbeiter, kräftige Männer! Junge Frauen, geschult in den Künsten des Hauses! Sie alle standen im Dienste des Shadrach!“

Die ersten Sklaven wurden auf eine erhöhte Plattform geführt. Männer mit sehnigen Armen, Frauen mit gesenktem Blick. Ihre Haut war mit Staub und Schweiß bedeckt, doch es war die Angst in ihren Augen, die am meisten sprach. Jasamin und Hela hielten sich im Schatten eines Vordachs, beobachteten das Geschehen mit ausdrucksloser Miene. Olov, der neben ihnen stand, ballte unmerklich die Fäuste. Er verabscheute die Sklaverei noch mehr als die beiden Frauen, die er begleitete.

Die Sklaven, die jetzt schnell einen Käufer fanden waren zumeist ältere Männer oder Frauen. Hausbedienstete, die zwar von den hiesigen Leuten geschätzt wurden aber für die man in Asengard kaum Verwendung finden würde. Sie waren für die Menschen in Asengard ohne echten Wert, da sie keine besonderen Fähigkeiten besaßen.

Dann jedoch zog der Händler eine junge Frau in die Mitte des Podestes, die mit ihrem Aussehen sofort die Aufmerksamkeit von Olov, Hela und Jasamin erweckte. Die Frau mochte Anfang zwanzig sein, hatte einen schlanken Körper mit ansprechenden Rundungen und lange schwarze

Haare, die in der Sonne fast wie dunkles, altes Eisen schimmerten. Was jedoch auffiel waren ihre Gesichtszüge. Ihre Augen wirkten fast schon etwas geschlitzt und waren mandelförmig. Nicht eher rund, wie dies bei den meisten Menschen war, die Hela und Olov bislang gesehen hatten.

Der Händler hob seine Stimme. “Ein Juwel für jeden Mann. Jung und ausgebildet als Heilerin. Sie diente dem Shadrach als seine persönliche Sklavin … Eure Gebote, ihr Damen und Herren. Das Grundgebot liegt bei zwei Dariks.“

Rundum tuschelte die Menschenmenge. Zwei Goldmünzen waren viel. Jedoch war eine ausgebildete Heilerin deutlich mehr wert und erzielte für gewöhnlich weit höhere Preise. Es war deutlich zu erkennen, dass die persönlichen Sklaven des toten Shadrach geradezu verramscht wurden.

Jasamin sah Ephimos kurz an. “Eine zusätzliche Heilerin können wir gut gebrauchen … vor allem nicht nur eine angelernte, sondern eine ausgebildete. Ich bin mir sicher, dass Shadrach sie von guten Lehrern hat unterrichten lassen. Die Mächtigen wissen sich gerne gut versorgt.“

Jasamin blickte zu dem Podest und hob ihre Hand, um damit ihr Gebot anzuzeigen. Ein schmierig wirkender Mann erhöhte den Preis durch ein eigenes Gebot. Der Mann, anscheinend ein wohlhabender Händler, musterte die Frau auf dem Podest mit Blicken, die seine Gedanken jedem offenbarten. Langsam und unablässig stieg der Preis, war dann bald bei zwölf Goldmünzen angelangt. Olov ärgerte sich über den Mann. Er schob sich langsam durch die Menge und stellte sich direkt neben den Händler. “Die Dame Jasamin würde es zu schätzen wissen, wenn ihr verzichtet.“ Der Händler wandte seinen Kopf, um dem unbekannten einige scharfe Worte zu sagen, der neben ihn getreten war … Er blickte jedoch auf dessen breite Brust. Als er langsam den Blick hob schaute er in kalt wirkende Augen, die ihn musterten und nichts gutes verhießen. Der Händler schluckte krampfhaft und nickte dann hastig. Die Drohung, die von Olov ausging war fast greifbar.

Ephimos bezahlte den Händler, half der jungen Frau von dem Podest herab und zog sie dann an der dünnen Kette, die um ihre Handgelenke befestigt war, zu Jasamin und den beiden anderen. Dabei raunte er der jungen Frau zu, sie solle sich keine Sorgen machen sondern still sein und abwarten. Er erntete einen erstaunten Blick, von der Frau, die soeben als menschliche Ware verkauft worden war.

Die Luft auf dem Sklavenmarkt war schwer von Hitze, Staub und dem scharfen Geruch von Schweiß und Angst. Jasamin, Hela und Ephimos hatten ihren Kauf bereits getätigt, doch anstatt den Markt zu verlassen, ließ Hela ihren Blick noch einmal über das weitläufige Gelände schweifen. Die leisen Stimmen, das Murmeln und das gelegentliche Wehklagen der Verschleppten vermischten sich zu einem dumpfen Hintergrundrauschen ... bis plötzlich ein Laut an ihr Ohr drang, der sie augenblicklich erstarren ließ.

Es war ein Wort in einer Sprache, die sie kannte. Einer Sprache, die niemand in dieser Stadt, in dieser sengenden Hitze, sprechen sollte.

Hela drehte den Kopf, ihre Augen verengten sich. Ein umzäuntes Areal, abseits der anderen Verkaufsstände, fiel ihr ins Auge. Es war größer als die üblichen Gehege, doch noch deutlich weniger einladend. Kein schützendes Dach, keine Wassergefäße. Die Menschen darin saßen oder standen in kleinen Gruppen, einige mit gesenktem Kopf, jedoch alle mit finsteren Blicken. Ihre Haut war heller als die der anderen Sklaven auf dem Markt, ihre Staturen kräftig und wie meisten Männer und Frauen hatten das unverkennbare blonde oder rötliche Haar, welches Hela aus ihrer alten, fernen Heimat so gut kannte.

Hela fasste Jasamin unauffällig am Handgelenk und deutete mit einem kaum merklichen Nicken in die Richtung des Geheges. "Dort", flüsterte sie. "Sieh sie dir an. Sie gehören zu meiner Rasse."

Jasamin blickte zu dem Areal und war erstaunt, über die farbe der Haare, die diese Menschen von den hiesigen unterschied. Nach einem Moment verstand sie. "Nordmänner", murmelte sie. "Frauen sind auch darunter. Wo mögen sie herkommen und wie sind sie hierher gekommen?"

Ohne zu zögern, straffte sie ihre Haltung und marschierte mit derselben selbstsicheren Eleganz, mit der sie zuvor den Stadthalter Swenus überzeugt hatte, auf das umzäunte Gelände zu. Hela folgte ihr, während Ephimos und Olov leicht zurückblieben, aufmerksam, aber unauffällig.

Der Händler, ein breitschultriger Mann mit einem groben Gesicht und einer Vielzahl an Goldketten um den Hals, bemerkte sie sofort. “Meine Dame“, begann er mit falscher Freundlichkeit, und verbeugte sich. “Habt Ihr Interesse an starker, zuverlässiger Ware? Diese hier sind zwar etwas teurer, aber von außergewöhnlicher Qualität.“

Jasamin verschränkte die Arme und ließ ihren Blick abschätzend und kühl über die Gefangenen schweifen. “Wo kommen sie her?“

“Aus dem Norden“, antwortete der Händler beiläufig, während er eine Dattel in den Mund steckte. “Söldner, die zur falschen Zeit am falschen Ort waren. Sie dienten einer Stadt tief im Perserreich ... eine dumme Entscheidung, wie sich herausstellte. Die Stadt hat rebelliert, wurde zerstört, und der Großkönig hat verfügt, dass die Überlebenden verkauft werden. Einst gehörten diese Sklaven Shadrach. Jetzt verkaufe ich sie im Namen des Stadthalters.“

Hela spürte, wie ihr Magen sich zusammenzog. Sie wusste, dass immer wieder einige Nordmänner sich als Söldner verdingten. Schließlich war es für viele die einzige Möglichkeit, in fremden Ländern Reichtum und Ruhm zu erlangen. Doch sie wusste auch, was es bedeutete, wenn ein König eine Stadt niederbrennen ließ, die rebelliert hatte. Es bedeutete Blut, Tod und Verderben.

Jasamin musterte den Händler ausdruckslos. “Wie viele sind es?“

“Hundertfünfundzwanzig. Zwanzig Frauen darunter. Dazu kommen noch fünfzehn von Bewohnern dieser Rebellenstadt, darunter fünf Frauen. Der Stadthalter würde sie am liebsten alle auf einmal verkaufen, damit er sie los ist. Für Kriegsgefangene haben wir hier keinen Bedarf.“

“Kämpfer oder Handwerker“

“Natürlich. Viele von ihnen, ja. Die Nordmänner alle. Die Männer sind starke Krieger, aber sehr widerspenstig. Die Frauen ebenso. Man wird sie brechen müssen, wenn sie gute Sklaven sein sollen ... Die Leute aus der Rebellenstadt sind wohl Handwerker, soviel ich weis.“ Er zuckte mit den Schultern.

Jasamin lächelte dünn. “Ich benötige Arbeitskräfte für die Minen. Ich brauche Männer, die hart arbeiten können und Frauen, die nicht brechen, sondern durchhalten. Handwerker werden in einer Mine stets benötigt.“

Der Händler hob interessiert die Augenbrauen. “Minenarbeit, sagt Ihr? Nun, das ändert die Sache. Sie sind stark, ohne Frage. Doch für so viele werdet Ihr tief in Eure Taschen greifen müssen.“

Jasamin ließ ein kaltes und abweisendes Lächeln sehen. Dann drehte sie sich um und winkte den Beamten des Stadthalters herbei, der sie auch heute begleitete. “Nennt dem Beamten euren Preis. Er wird es notieren. Der Stadthalter wird erfreut sein … Ich speise nachher mit ihm.“

Der Händler wurde blass, verbeugte sich hastig und tief. “Edle Dame, ich danke euch. Ihr dürft versichert sein, dass ich einen marktüblichen Preis ansetzen werde.“

Jasamin nickte ihm wohlwollend zu. “Sorgt dafür, dass diese Sklaven zu dem Lager meiner Gruppe gebracht werden, welches vor den Stadttoren liegt. Der Bedienstete des Stadthalters wird euch den Weg weisen.“

Der Bedienstete, der sich im Hintergrund gehalten hatte, verbeugte sich tief. “Ich höre und gehorche, Herrin.“ Erreichte Ephimos den Beutel mit gemünztem Gold und schritt zu dem Areal, wo die Gefangenen noch immer auf dem harten, staubigen Boden saßen. Jasamin würdigte die Gefangenen jetzt keines Blickes mehr.

Die schweren Ketten klirrten, während sich die Gruppe der Nordmänner langsam formierte. Ihre Gesichter waren ausdruckslos, obwohl die Augen des einen oder anderen wütend funkelten. Die anderen Gefangenen, die aus der besiegten Stadt stammten, folgten etwas langsamer und hielten ihre Köpfe gesenkt.

Jasamin und Hela hielten sich im Hintergrund, während die Wächter, die für den Transport zuständig waren, die Befehle brüllten. Ein Mann mit einer Peitsche trieb jene an, die sich zu langsam bewegten. Ein anderer, mit einem krummen Säbel an der Hüfte, überwachte den Marsch aus der hinteren Reihe.

Olov, der sich neben Ephimos hielt, ballte die Fäuste. Er sah die Art, wie die Peitsche durch die Luft schnitt, hörte das scharfe Zischen, gefolgt von einem schmerzhaften Aufstöhnen. Doch er sagte nichts.

Dann geschah es. Einer der Nordmänner, ein hochgewachsener, junger Krieger mit strähnigem, sonnengebleichtem Haar, riss sich plötzlich los.

Mit einem schnellen, entschlossenen Ruck befreite er sich aus dem Griff eines der Wächter, stieß einen zweiten mit seinem bloßen Körper zurück und sprintete los.

Gefangene Nordmänner

Sein Ziel war eindeutig ... die engen Gassen von Swenu, die sich jenseits des Marktes erstreckten. Wenn er dort ankam, konnte er vielleicht entkommen. Die Rufe der Wächter hallten durch die heiße Luft. Einer zog sein Schwert, ein anderer hob bereits die Lanze, um den Flüchtigen niederzustrecken. Doch bevor eine Klinge den Mann erreichte, trat Hela vor.

“Halt!“ Ihre Stimme war scharf wie ein Messer, laut genug, dass selbst der Flüchtende innehalten musste. Er drehte sich zu ihr. Seine Brust hob und senkte sich heftig von der Anstrengung. Sein Blick war wachsam, sein Körper angespannt, bereit zum Kampf oder zur weiteren Flucht.

Hela machte einen Schritt auf ihn zu. Dann, mit ruhiger, fester Stimme, sprach sie ihn in seiner Muttersprache an. “Halt ein, Bruder. Dein Kampf ist noch nicht verloren.“

Der Mann blinzelte erstaunt. Seine hellen Augen, soeben noch voller Entschlossenheit aber auch Verzweiflung, weiteten sich vor Erstaunen. Er ließ den Blick über Hela gleiten, doch diese trug einen weiten, langen Umhang mit Kapuze und hatte diese tief ins Gesicht gezogen.

“Du sprichst…“ Er zögerte. “Du sprichst unsere Zunge?“ dann sah er ihre Haare, von denen sich eine Strähne gelöst hatte und ihr in die Stirn fiel. Er sah auch ihre Augen, die fast die Farbe seiner eigenen besaßen. Verzweifelte Hoffnung keimte in seinem Blick auf.

“Ich bin eine von euch“, antwortete Hela ruhig. “Und ich sage dir, lauf nicht. Nicht jetzt. Du würdest sterben, und dein Tod würde nichts ändern. Doch wenn du uns folgst, könnte sich das Blatt noch wenden.“

Der Mann schwieg. Die Wächter standen noch immer bereit, gespannt, lauernd. Einer der Peitschenschwinger trat einen Schritt näher an Hela heran. “Diese Hunde verstehen nichts als Gewalt“, knurrte er. “Wenn Ihr wollt, dass er folgt, dann lasst mich …“

“Nein.“ Jasamin trat nun vor, ihre Haltung war aufrecht, ihre Miene kalt und unnachgiebig. “Wir haben für sie bezahlt. Sie sind unser Besitz. Ihr werdet keinen Finger an sie legen. Ich brauche keine verletzte Ware. Sie sollen für mich in den Minen arbeiten. Sie werden von jetzt an folgsam sein … Sonst spüren sie meinen Zorn, der weitaus schmerzhafter sein wird als die Peitsche.“

Die Wächter zögerten. Dann senkte der Mann mit der Peitsche den Blick und trat zurück. “Euer Wort sein mein Befehl, edle Dame.“

Hela wandte sich erneut an den Nordmann. “Wie ist dein Name?“

Er zögerte einen Moment, bevor er antwortete: “Sigvard.“

Hela senkte ihre Stimme zu einem Flüstern. “Dann, Sigvard… folge uns. Und warte ab. Vielleicht ist dies nicht das Ende eures Weges, sondern erst der Anfang. Sage deinen Gefährten, sie sollen sich zahm wie Schafe geben. Ihr werdet Antworten erhalten, wenn wir im Lager sind und die Wachen uns wieder verlassen haben.“

Langsam, mit sichtbarer Vorsicht, trat der Mann zurück in die Reihen seiner Gefährten. Nicht wenige von ihnen hatten das kurze Schauspiel aufmerksam beobachtet. Ihre Blicke ruhten auf der vermummten Hela, deren Maske sie aus der Entfernung nicht zu durchschauen vermochten. Einzig das Gesicht von Sigvard, welches nun ganz plötzlich auffällig entspannt erschien, ließ sie ruhig bleiben.

Geflüsterte Fragen von seinen Gefährten beantwortete er nur mit einem Kopfschütteln, Allerdings grinste er dabei wie ein hungriges Raubtier und hatte ein Funkeln in den Augen, dass seine Gefährten schon lange nicht mehr bei ihm gesehen hatten.

Im Lager angekommen wurden die Sklaven in den hinteren Bereich geführt. Man bedeutete ihnen, sie sollen sich setzen. Rund zwanzig der völlig vermummten Asenkrieger bildeten einen lockeren Kreis um die Sklaven, die sich unsicher umsahen. Ephimos trat vor sie und wartete, bis die Wachen des Sklavenhändlers völlig außer Sicht waren. Hela und Olov standen direkt neben ihm. Tiefes schweigen machte sich breit, nur vereinzelt von leisem Gemurmel unterbrochen, welches schnell wieder verstummte. Dann hob Ephimos seine Hand, um die Aufmerksamkeit auf ihn zu richten. Seine Stimme war leise aber deutlich verständlich. “Ich bin mir bewusst, dass ihr verunsichert seid. Doch lasst euch sagen, ihr habt nichts zu befürchten … Ganz im Gegenteil, denn ihr seid unter Freunden.“

Leises Gelächter erscholl und die Sklaven sahen ihn belustigt an. Immer wieder warfen sie unsichere Blicke, zu den bis zur Unkenntlichkeit vermummten Asenkriegern, die sie schweigend umringt hatten. Wieder hob Ephimos seine Hand. “Ihr wollt einen Beweis? Das lässt sich wohl einrichten … Hela, Olov … Zeigt ihnen, wer ihr seid.“

Hela und Olov streiften ihre Kaputzen an und nahmen die Tücher von ihren Gesichtern, mit denen sie ihre Züge verborgen gehalten hatten, wie es bei den Wüstenbewohnern nicht unüblich war. Einen Moment lang war es still, wie in einem alten Pharaonengrab. Einige der Asen, die als Wachen die Sklaven umstanden traten näher und taten es Olov und Hela gleich. Dann erklang ein erschrockenes Keuchen, von den nahezu erstarrten Sklaven. Eine leise Stimme war von einem der Sklaven zu hören. "Bei den Göttern! … ASEN … Ich habe das immer für einen Mythos gehalten. Für Geschichten, die von den alten erzählt wurden, um Angst bei den Kindern zu verbreiten, damit diese ihren Eltern gehorchen. Nie hätte ich es als Wahrheit angesehen … Bis jetzt. Es gibt sie also wirklich … Aber warum hier? So fern von unserer Heimat? Die alten Geschichten erzählen davon, dass sie weit im Norden leben. Umgeben von Bergen, Eis und Schnee ..."

Olov nickte zustimmend. "Wir sind hier, weil die Götter es in ihrem Willen so eingerichtet haben … Sage mir, wie ist dein Name und was berichten eure Geschichten und Legenden, von uns Asen?"

Der Krieger sah Olov erst verschüchtert an, straffte dann jedoch seine Schultern, als er antwortete. "Die Legenden erzählen davon, dass die Asen wilde Krieger sind … Berserker in der Schlacht. Unaufhaltsam und ohne Gnade für ihre Feinde. Die Legenden sagen aber auch, dass ihr bei euren Raubzügen niemals Sklaven nehmt, weil das gegen die Gesetze der Götter verstößt, die euch entsenden, wenn ein Clan oder ein Stamm für einen Frevel bestraft werden soll ..."

Hela nickte und zeigte dabei ein spöttisches Grinsen. Die umstehenden Krieger der Asen lachten leise. "Das ist wohl wahr … Wir verabscheuen die Sklaverei. Bei uns sind alle Menschen frei … Wenn ihr uns folgt, dann geben wir euch ein neues Zuhause und die Möglichkeit so zu leben, wie ihr es wollt, solange ihr unsere Gesetze achtet. Wer die Gesetze bricht, für den kennen wir keine Gnade. Das sollte euch stets bewusst sein."

Zustimmendes Gemurmel antwortete ihr und Hela schaute prüfend über die Menge. "Wer führt euch an? Er trete vor und erzähle eure Geschichte. Wir sind selbst etwas überrascht, hier nordisches Blut anzutreffen."

Schweigen antwortete ihr. Dann erhob sich eine junge Frau. "Mein Name ist Skadi. Mein ermordeter Vater war unser Kriegsführer … und Zuhause der Häuptling unseres Clans. Die anderen sehen mich als ihre Führerin an, da ich dieses Amt von meinem Vater geerbt habe, wie es bei uns seit vielen Generationen Sitte ist.“ Sie sah Olov und Hela kurz an. Dann straffte sie ihre Schultern. “Mein Vater führte unseren Clan und zwei benachbarte Clans in die Ferne. Wir wollten Ruhm und Gold erringen. Lange wanderten wir und erreichten Länder, von denen wir zuvor nie gehört hatten … Wir erreichten eine kleine Stadt, tief im Reich der Perser und mein Vater beschloss, zusammen mit den anderen Führern der Clans, den Reichen und mächtigen dieser Stadt unsere Dienste anzubieten, da wir erschöpft waren, von unserem langen Weg, der uns viele Jahreszeiten von unserer Heimat hinweg geführt hatte. Dort wollten wir für eine Weile bleiben, Gold anhäufen und dann den Heimweg antreten … Doch es kam anders, als wir es uns dachten.“

Sie senkte kurz ihren Kopf und sprach dann weiter. Verbitterung und Wut lagen jetzt in ihrer Stimme. “Die Stadt rebellierte, gegen die gierigen Steuereintreiber des Großkönigs. Dieser entsandte eine starke Truppe, um die Stadt an ihre Pflichten zu erinnern und die Schuldigen hart zu strafen. Die mächtigen der Stadt fühlten sich sicher, weil sie uns an ihrer Seite wussten. Es kam zu einer Schlacht und wir vernichteten die Truppe, die gegen die Stadt entsendet worden war … Daraufhin entsandte der Großkönig erneut Truppen. Diesmal jedoch deutlich mehr Soldaten, als zuvor. Es kam erneut zu einem Kampf und es gelang uns ein Unentschieden zu erzielen. Der Heerführer des Perserkönigs entsendete Unterhändler in die Stadt … und kam mit den dort lebenden Reichen und Mächtigen zu einer Übereinkunft. Es wurde ein Frieden geschlossen und die Leute aus der Stadt übergaben dem Heerführer der Perser eine gewisse Anzahl von Leuten, von denen sie behaupteten, diese seien verantwortlich für die Revolte … Am Abend wurde ein rauschendes Fest gefeiert. Wir wussten jedoch nicht, dass unsere Speisen und Getränke vergiftet waren. Wir wurden betäubt und als wir erwachten, lagen wir in Ketten. Mein Vater und die anderen Führer waren hingerichtet worden. Man hatte sie erhängt … und die Stadt stand in Flammen. Der Heerführer der Perser verschonte aus der Stadt weder Mann, Frau, Greis noch Kind. Selbst die Tiere wurden getötet.“

Sie deutete hinter sich. “Das, was ihr hier seht, ist der Rest von fast fünfhundert Kriegern und Schildmaiden. Die ganze Kriegsmacht von drei

Clans, die auszogen um Ruhm und Gold zu erringen … Die anderen Sklaven, die ihr zusammen mit uns in der Stadt gekauft habt sind Bauern, Handwerker und einfache Leute, die geopfert wurden, um den Persischen Heerführer zu besänftigen … Der Plan der Stadt ging nicht auf. Mögen er in der Unterwelt verrotten und niemals Ruhe finden, für seinen Verrat.“

Schweigen senkte sich über die Menge. Ephimos seufzte laut. “Wir werden uns etwas einfallen lassen … Das müssen wir, denn wir werden viel mehr Trinkwasser mitführen müssen, als gedacht.“ Er hob seinen Kopf und sah sich zuversichtlich um. “Doch nichts und niemand wird uns daran hindern, Asengard zu erreichen. Das Schwöre ich hier, bei den Göttern.“

Skadi sah ihn fragend an. “Asengard?“

Ephimos lächelte. “Unsere Stadt … unsere Heimat. Wenn wir dort ankommen, und ihr dann die Mauern von Asengard zum ersten mal seht, dann werdet ihr alles verstehen.“

Ephimos blickte kurz über die vor ihm sitzenden Menschen. “Diejenigen, die sich uns nicht aus freien Stücken anschließen wollen, können uns verlassen, wenn wir einen Tagesmarsch von Swenu entfernt sind. Sie werden Wasser und Nahrung für vier Tage erhalten und unsere besten Wünsche werden sie begleiten. Ich will aber darauf hinweisen, dass es ein Risiko ist, hier durch die Lande zu ziehen. Ehemalige Sklaven werden hier nicht sehr geschätzt und es ist angebracht, die Umgebung von Swenu weit hinter sich zu lassen … Alle anderen werden ihre Freiheit erhalten. Wir nehmen euch die Ketten ab, sobald wir außer Sichtweite von Swenu sind. Wer sich uns anschließt, der wird Mitglied im Clan der Asen … und unserem Volk, welches nicht nur aus Asen besteht, wie ihr selbst schon bemerkt haben dürftet. Die Entscheidung liegt bei euch.“

Ephimos wandte sich um und ging. Olov und Hela folgten ihm langsam. Wie Ephimos bereits klar festgestellt hatte, besaßen sie jetzt ein echtes Transportproblem. Während sie sich leise unterhielten und diskutierten, trat aus der Gruppe der Sklaven ein Mann an sie heran und räusperte sich schüchtern. Die drei richteten fragend ihren Blick auf ihn. Der Mann neigte seinen Kopf vor ihnen. “Verzeiht mir, wenn ich stören sollte. Ich denke, ich könnte euch eine mögliche Lösung für die Transportkapazität anbieten … Mein Name ist Helion. Ich war einst ein einigermaßen erfolgreicher Händler in meiner alten Heimatstadt. Ich habe von den wachen, auf dem Sklavenmarkt das Gerücht aufgeschnappt, dass der hiesige Stadthalter alle Besitztümer des Shadrach verkaufen lässt. Ich habe gesehen, dass Shadrach Eigentümer von mehreren Streitwagen gewesen ist, wie die Pharaonen sie genutzt haben. Diese leichten Wagen sollten sich dorch vielleicht erwerben lassen … Ich sehe, ihr benutzt ähnliche Wagen und vermute aufgrund deren Aussehens, dass ihr große Mengen an Ware durch ein Gelände transportieren wollt, welches wohl anscheinend auch aus Wüste besteht … Wenn man von den Streitwagen einen Teil der Wagenumrandung entfernt, so kann man diese gut nutzen, um Waren zu transportieren. Meine, zugegeben sehr bescheidenen, Karawanen haben das in der Vergangenheit auch schon so gehandhabt, nachdem ich damals vier derartige Wagen erwerben konnte.“

Ephimos sah den schon etwas älteren Mann nachdenklich an, dem man ansah, dass er Vorfahren aus dem Land der Griechen besitzen musste. “Du bist Händler gewesen? Hast du viel Erfahrung mit der Organisation von Handelsgruppen?“

Helion lächelte schüchtern. “Sagen wir, ich habe meine Erfahrungen gemacht. Anfangs war ich Weinbauer und habe erst spät mit dem Handel begonnen, da die Preise für Wein in meiner alten Heimatstadt wirklich erbärmlich waren. Den kleinen Weinberg habe ich von meinem Vater geerbt … Jetzt ist dort alles nur noch Asche. Die Perser haben ganze Arbeit geleistet, als sie die rebellierende Stadt bestraft haben … Meine größten Konkurrenten saßen damals im Rat der Stadt. Ich war ihnen schon immer ein Dorn im Auge gewesen. Deshalb lieferten sie mich als angeblichen Verschwörer und Aufwiegler an die Perser aus … Jetzt sind diese einst Mächtigen und Reichen Leute alle tot. Letztlich habe ich sie also überlebt und sehe hier die Möglichkeit, mich nützlich zu machen. Das ist das mindeste, was ich tun kann, um euch als meinen Rettern den Dank zu zeigen, den ihr erwarten dürft.“

Ephimos grinste. “Weinbauer? Dann hast du also wohl einige Erfahrung mit Rebstöcken und der Herstellung von Wein … Wir beiden werden uns gleich unterhalten. Vorerst habe ich noch etwas zu erledigen. Ich suche dich bald auf, Helion. Dir wird gefallen, was ich im Sinn habe. Da bin ich mir ganz sicher.“ Ephimos schaute Helion noch eine Weile hinterher, als dieser zu den anderen Sklaven zurückging. Ein Lächeln lag über dem Gesicht von Ephimos. “Dank sei den Göttern, für diese Güte und Gnade.“ Sein Murmeln war kaum zu verstehen, als er diesen Satz leise aussprach und dabei zum Himmel schaute.

Ephimos wandte sich zu Hela. “Ich wollte noch einen Blick auf unsere Karten werfen, die in meinem Zelt liegen … und dann sollte ich mit Jasamin die junge Sklavin befragen, die wir auf dem Sklavenmarkt gekauft haben. Wenn sie eine ausgebildete Heilerin ist, dann kann sie uns von großem Nutzen sein. Jasamin ist in der Lage das weitaus besser zu beurteilen, als ich. Sie ist auf ihrem Fachgebiet die Beste, von uns allen und wird sich schnell ein Urteil bilden können.“

Mailin saß auf dem Boden des Zeltes, das Ephimos bewohnte und starrte mit ausdruckslosem Gesicht gegen die Zeltwand. Beim Erscheinen von Ephimos und Jasamin stand sie verschüchtert auf und senkte ihren Kopf, wie es Sklaven taten, wenn ihre Herren anwesend waren.

Ephimos sah die junge Frau einen Moment prüfend an, während Jasamin schweigend neben ihm stand. Sie war schlank, doch wohl gerundet, mit stattlichen Brüsten. Ihre Augenpartie wirkte fast fremdartig aber er hatte ähnliches bereits gesehen, als er noch am Hofe des Großkönigs geweilt hatte. Ihre Hautfarbe war hell, jedoch mit einem unterschwelligen Farbton, der davon kündete, dass zumindest eines ihrer Elternteile dunklere Haut gehabt haben musste. Das Gesicht wirkte dabei fast so, als hätte ein begabter Künstler es aus altem Elfenbein gefertigt.

Jasamin setzte sich auf den Boden und Ephimos ließ sich ebenfalls nieder. Ein letztes mal musterte Ephimos die junge Frau, bevor er sie ansprach. “Du brauchst keine Furcht zu haben. Niemand hier wird dir etwas tun … Bitte erzähle uns, wie dein Name ist, was du im Haushalt von Shadrach getan hast und warum du als Sklavin verkauft worden bist. Es wundert mich, dass der Stadthalter dich nicht selbst als Sklavin für sich genommen hat … Bei deiner Schönheit ist das mehr als nur etwas ungewöhnlich. Du scheinst von weit entfernt zu stammen. Bitte erzähle uns, wie es dich als Sklavin zu Shadrach verschlagen hat.“

Die junge Frau hob stolz ihren Kopf. Für einen winzigen Moment lag so etwas wie Trotz in ihren Augen. “Mein Name ist Mailin … Shadrach war mein Vater. Meine Mutter war seine Sklavin, die er auf einem Feldzug als Beute beansprucht hat. Das liegt nun etwa zwanzig Sommer zurück. Ich bin das Resultat ihrer Liebe. Kurz nachdem Shadrach in das Land der Pyramiden entsendet wurde verstarb meine Mutter. Shadrach nahm mich unter seinen ganz besonderen Schutz. Er sorgte dafür, dass mich niemand belästigte und ließ mich von den Besten Heilern und Kräuterkundigen als Heilerin ausbilden … Seine Frau hasste mich zutiefst und nutzte nun die Gunst der Stunde, um mich in die Sklaverei zu verkaufen, da ich vom Gesetz her eine Sklavin bin, weil meine Mutter eine war. Shadrach hat meine Existenz stets als Geheimnis betrachtet und mich immer fern von seinen Besuchern gehalten. Nahezu niemand hat Kenntnis von meiner Existenz … Meine Mutter hat mir erzählt, sie stamme aus einem Land weit hinter dem Dach der Welt. Was sie damit genau gemeint hat kann ich jedoch nicht sagen. Mein Vater hat mich stets so behandelt, wie ein Mann seine Tochter behandeln würde. Seine Frau hat mich stets gehasst, weil sie selbst keine Kinder bekommen kann … das hat sie auch ausgenutzt, um ihr eigenes Leben so zu gestalten, wie sie es wollte. Sie hat unzählige Liebschaften gehabt. Shadrach war das egal. Er konnte sich von ihr jedoch nicht trennen, da der Großkönig selbst sie ihm als Gefährtin gegeben hat. Sich von ihr zu trennen wäre also eine direkte Beleidigung gegenüber dem Großkönig gewesen … Dessen war mein Vater sich bewusst.“

Ephimos hatte aufmerksam zugehört. Jasamin hingegen hatte ihre Hände vors Gesicht geschlagen. Sie konnte die Verzweiflung und den Schmerz der jungen Frau nicht nur in ihrer Stimme sondern auch in ihrem Gesicht erkennen … und sie fühlte mit der jungen Frau, die derart aus ihrem alten Leben heraus gerissen worden war.

Schweigen legte sich über das Zelt, bis Jasamin sich räusperte und die junge Frau über Kräuter und deren Wirkungen, Heilmethoden und den Symptomen von Krankheiten auszufragen begann. Mailin beantwortete alle Fragen zur Zufriedenheit von Jasamin. Sie zeigte dabei auch ein tiefes Wissen über die Zusammenhänge von vielen Krankheiten, deren Behandlung und Heilung. Nach einer Weile beendete Jasamin zufrieden ihre Befragung. Mailin war zweifellos gut ausgebildet worden.

Ephimos hatte schweigend zugehört. Nun sah er Mailin nachdenklich an. “Wenn die Frau von Shadrach dich derart gehasst hat … warum hat sie dich dann nicht einfach umbringen lassen? Warum erst der umständliche Verkauf als Sklavin … Nachdem was ich erfahren habe, kann es der Frau dabei nicht wirklich um das Geld gegangen sein.“

Mailin wurde schamrot und blickte auf den Boden. Lange zeit schwieg sie. Dann jedoch blickte sie auf und jetzt klang ihre sehr leise Stimme von Scham erfüllt, ängstlich und unsicher. “Sie hatte Angst vor der Rache der Götter, wenn sie Hand an mich legen würde … oder es jemandem befehlen sollte. Sonst würde ich jetzt schon, mit durchschnittener Kehle, irgendwo verscharrt worden sein.“

Jasamin sah sie erstaunt an. “Die Rache der Götter? Das verstehe ich nicht. Warum sollten die Götter erzürnt werden wenn die Frau eine Sklavin töten lässt? So etwas geschieht täglich auf der Welt. Erkläre uns das.“

Erneut errötete Mailin. Dann hob sie ihre knielange Tunika empor und löste ihr Lendentuch. Jasamin riss ihre Augen auf. Ephimos war erstarrt und blickte auf den Unterleib der jungen Frau … War es überhaupt eine Frau, fragte Jasamin sich, in diesem Moment. Ephimos überwand sein Erstaunen als erster. Seine Stimme war sehr leise und fast ehrfürchtig. “Hermaphrodite!“ Er sah Jasamin an, die ihn verständnislos anschaute und immer wieder, gebannt und verblüfft, zu Mailin hinüber blickte.

Mailin hatte nicht nur die deutlich erkennbaren Schamlippen einer Frau, sondern auch einen stattlichen, gut gewachsenen Penis, der etwas oberhalb der Schamlippen, dem Körper von Mailin entsprang und nun herab baumelte. Die Hoden, die ein Mann besessen hätte fehlten jedoch bei Mailin.

Jasamin sah Ephimos fragen an. “ Herm… wie war das, Ephimos? Was soll das sein? Was ist das dort, was hier vor uns steht?“

Ephimos hatte sich wieder gefangen. “Bitte bekleide dich wieder, Mailin. Es ist nicht notwendig, dass du dich vor uns entblößt.“

Dann wandte er sich Jasamin zu. “Hermaphrodite … Ich habe davon gehört aber niemals zuvor eine gesehen. In meiner alten Geburtsheimat, im Lande der Griechen, gelten solche Menschen als von den Göttern berührt. Sie gelten, in Griechenland, als unantastbar, weil die Götter sie mit einer besonderen Gunst und Bürde belegt haben … Dafür haben sie diese Menschen dann auch gezeichnet, damit die Menschen sie erkennen können ... So, wie wir es hier gerade gesehen haben, Jasamin."

Er wandte seine Augen kurz zu Mailin und sah dann wieder Jasamin an. "Dieser Name setzt sich zusammen aus den Götternamen Hermes und Aphrodite. Diese beiden Götter sind angeblich dafür verantwortlich, wenn ein Mensch derart gezeichnet auf unsere Welt kommt … Es ist selten. Sehr selten sogar. Sogar die Geburt von Fünflingen soll angeblich häufiger vorkommen ... und diese Menschen werden zumeist in den Tempeln der Götter, hinter fest verschlossenen Türen, den Blicken der normalen Menschen entzogen."

Jasamin hatte sich wieder gefangen und nickte langsam. Dabei hatte sie ein sehr nachdenkliches Gesicht, als sie Mailin nun anschaute. "Ich bin mir fast sicher, ich habe von derartigen Menschen bereits gehört. Aber hören und selbst sehen sind zwei Dinge, die sich nicht vergleichen lassen. Sage mir Mailin … Ist das alles funktionsfähig, bei dir? Ich frage dich das als Heilerin, weil mich das beruflich interessiert."

Mailin, die sich zwischenzeitlich wieder angekleidet hatte nickte nun. Ein leichtes Grinsen zog über ihr Gesicht. "Ja, das funktioniert bei mir alles. Allerdings werde ich wohl keine eigenen Kinder bekommen können. So zumindest damals die Meinung des obersten Heilers von Babylon, eines wirklich weisen, alten Mannes von großem Ruf, in der prächtigen Stadt des Großkönigs, wo ich geboren worden bin."

Sie zögerte einen kurzen Moment und errötete erneut. "Ich kann euch versichern, dass alles funktioniert … Allerdings habe ich mir nur selbst Erleichterung verschafft, wie es eine einsame Frau oder ein einsamer Mann tun würden. Ich bin noch nie mit einer Frau oder einem Mann zusammen gekommen. Mein Vater hat mir dies streng verboten, um mein Geheimnis zu bewahren. So viel ich weis, ist die Frau meines ermordeten Vaters der einzige lebende Mensch, der mein Geheimnis kennt. Sie hat aber geradezu panische Angst davor, von den Göttern gestraft zu werden, wenn sie dieses Geheimnis irgendwem erzählt … Mein späterer Besitzer hätte es irgendwann alleine herausgefunden."

Jasamin erhob sich und legte Mailin die Hand auf die Schulter. “Hab keine Furcht. Bei uns bist du sicher. In Asengard werden wir dann einen Weg für dich finden … oder du findest ihn selbst. Du brauchst wirklich keine Angst haben. Alle Asen werden dich schützen, denn du bist jetzt eine von uns, Mailin.“

Jasamin und Ephimos suchten den Stadthalter auf, um die gekauften Sklaven zu bezahlen. Als Währung dafür sollten Edelsteine dienen und Jasamin plante, dem Stadthalter genug weitere Edelsteine zu verkaufen, um mehrere schwere Beutel zu erhalten, die mit glänzenden Dariks gefüllt waren. Mit diesen Goldmünzen konnten sie danach die waren erwerben, die sie jetzt noch benötigten. Vier vermummte und schwer bewaffnete Nordmänner begleiteten die beiden als Wachen. Ephimos hatte sich dazu entschieden für diesen Zweck Sigvard und drei seiner Gefährten zu nutzen. Diese würden weit weniger auffallen, als Asen, die von der Körpergröße unmöglich zu übersehen waren. Jedoch auch die vier Nordmänner erregten mit ihrer Größe aufsehen, da die hiesige Bevölkerung deutlich kleiner war, als die Menschen aus dem Norden. Helion begleitete sie ebenfalls und hatte die Rolle eines Dieners übernommen, der sich im Hintergrund hielt und für seine Herren alle erforderlichen Dienste übernahm, wie Diener dies taten. Jasamin hatte entschieden, dass Mailin sie ebenfalls begleiten sollte. Vermummt und mit einem langen Kapuzenumhang würde niemand sie erkennen. Jasamin wollte noch Kräuter und Tinkturen erwerben und dabei wollte sie das Wissen von Mailin testen.

Der Stadthalter war ausgesprochen erfreut, als Jasamin ihn mit ihrer Begleitung erneut aufsuchte. Voller Vorfreude rieb er sich die Hände, als er Jasamin den Preis nannte, den er nun erhalten sollte. Jasamin lächelte nur. Sie hatte in den vergangenen Tagen auf dem Markt von Swenu erfahren, was man hier für gute Edelsteine zahlen musste. Deshalb war sie trotz der geradezu schmerzhaft hohen Summe jetzt guter Dinge. Die Edelsteine, die sie aus Asengard mitgebracht hatten, würden weit mehr als ausreichen. Jasamin rechnete damit, dass sie noch nicht einmal die Hälfte der kostbaren Steine verkaufen mussten, um ihre Schulden bei dem Stadthalter zu bezahlen und darüber hinaus genügend Gold zu erhalten, um wirklich alles notwendige oder begehrte zu erwerben. Irgendwann war eine Grenze dessen erreicht, was sie transportieren konnten. Fast beiläufig erkundigte sie sich nach den Streitwagen, die sich im Besitz von Shadrach befunden hatten. Der Stadthalter lachte etwas verächtlich. “Diese Streitwagen sind doch unnütz. Wir Perser nutzen unsere Reiterei. Die Reiter sind wendiger und besser einzusetzen in der Schlacht. Nur die Götter mögen wissen, warum Shadrach sich diese Streitwagen einst hat bauen lassen. Ich nehme an, er wollte sie für die Jagd nutzen. Einen anderen Hintergedanken kann ich mir bei Shadrach nicht vorstellen, zumal er selbst viele Jahre Anführer von Reitertruppen gewesen ist … Wenn ihr diese unnützen Wagen kaufen wollt, so kann ich euch alle acht Stück für ein einziges Goldstück überlassen. Immerhin haben sie einen gewissen Materialwert und ich muss zugeben, die Handwerksarbeit ist wirklich hervorragend.“

Jasamin warf dem Stadthalter ein dankbares Lächeln zu und legte ihm eine goldene Münze auf den Tisch. “Das ist sehr großzügig von euch, Stadthalter. Ich wäre euch sehr dankbar, wenn ihr euren Dienern die Anweisung gebt, diese Wagen so schnell wie möglich in mein Lager bringen zu lassen.“

Kurze Zeit später verließen sie den Stadthalter. Die vier Nordmänner trugen die schweren Beutel, mit den klimpernden Goldmünzen, an ihren Gürteln. Ephimos grinste zufrieden. “Jetzt müssen wir nur noch den Markt aufsuchen und all das erwerben, was wir noch benötigen. Ich danke den Göttern, dass sie unsere Reise bislang derart begünstigen.“

Es dauerte nicht lange, bis sie auf dem Teil des großen Marktes angelangten, auf dem Landwirtschaftsprodukte, Speisen Getränke und Pflanzen angeboten wurden. Ephimos sprach leise mit Helion, über den geplanten kauf der Rebstöcke und welche Menge man wohl erwerben konnte um sie auch noch transportieren zu können. Helion grinste. “Ich denke, die Rebstöcke werden einzeln in Tontöpfen gepflanzt worden sein. Das erleichtert den Käufern den Transport. Wir müssen nur darauf achten, ausschließlich gesunde Pflanzen zu erwerben. Wenn wir auf der reise sind, dann müssen die Pflanzen regelmäßig Wasser erhalten … das ist sehr wichtig, denn sonst gehen sie ein, Ephimos. Im Prinzip sehe ich das Wasser als das größte Problem bei dem Transport an. Wie lange werden wir reisen müssen? Ich müsste den Bedarf an Wasser abschätzen können.“

Ephimos schmunzelte. "Einige Monde werden wir unterwegs sein. Dabei dürfte entscheidend sein, dass wir auf unserem Weg auch einen Teil der Wüste durchqueren müssen. Wir sind darauf angewiesen drei Etappen zurückzulegen, auf der es keine Wasserstellen gibt. Diese Etappen sind jeweils etwa einen halben bis einen Mond lang."

Helion senkte erschüttert seinen Kopf. "Götter, worauf habe ich mich da eingelassen … Das ist Wahnsinn." Er sah Ephimos nachdenklich an. "Ich habe gehört, es sollen noch Rinder gekauft werden … wenn wir denen Lastensättel auf den Rücken legen, dann können wir so eine erheblich größere Menge an Wasser transportieren. Die Wagen des Shadrach werden wir für die Pflanzen benötigen … und ein luftiges Sonnensegel sollte ebenfalls an diesen Wagen angebracht werden. Das tut den Pflanzen besser, als wenn sie der direkten Sonne in der Wüste ausgeliefert sind."

Sie besuchten einen Verkaufsstand, der Rebstöcke anbot aber Helion schüttelte nur ablehnend seinen Kopf. Die drei anderen Händler, die sie danach aufsuchten hatten Rebstöcke im Angebot, die Helion nahezu begeistert ansah. Das Feilschen um den Preis war ein hartes Stück Arbeit und Jasamin fühlte sich danach fast ausgelaugt.

Der Kauf der Pferde, die sie für die neuen Wagen benötigten ging reibungslos von statten. Ephimos wollte keine ausgebildeten Kriegsrösser oder Rennpferde erwerben sondern robuste Tiere, die in der lage waren nicht nur die Wagen zu ziehen sondern in Asengard auch zur Feldarbeit eingesetzt zu werden. Derartige Pferde waren deutlich günstiger, was Jasamin aufatmen ließ, die ihre Goldbestände beständig durchrechnete. Ephimos plante für jeden der neuen Wagen zwei Pferde ein und kaufte vier weitere, falls auf der Reise das eine oder andere Tier verenden sollte. Auch der Erwerb von dreißig Rindern geschah problemlos. Man hatte auf dem Markt erfahren, dass die Dame Jasamin in der besonderen Gunst des Stadthalters stand. Keiner der Händler wollte es sich mit dem Stadthalter verscherzen.

Als sie an einem Pferch mit Schweinen vorüber kamen seufzte Ephimos entsagungsvoll. "Was würde ich dafür geben, irgendwann wieder ein Schwein vom Grill genießen zu können … oder eine geröstete Gans. Die Asen denken übrigens ähnlich darüber."

Helion sah ihn verwundert an. “Gibt es denn so etwas in Asengard nicht? Warum kaufen wir dann nicht einige Tiere.“

Ephimos lachte kurz. “Wie stellst du dir das vor, Helion? Wer soll denn die Gänse und Schweine die ganze Zeit bewachen … oder sie treiben? Wenn wir die Wüste hinter uns gelassen haben müssen wir durch eine weite Strecke Savanne ziehen … und letztlich noch durch den Urwald. Nein, das wäre unsinnig. Die Tiere können wir nicht beisammen halten und wir können auch nicht ständig Leute aussenden, die vermisste Tiere wieder aufspüren und zurücktreiben … Obwohl es mich nach Schweinebraten gelüstet und ich mich geradezu unbändig nach einem gerösteten Gänseschenkel sehne muss ich mir eingestehen, dass dieses Unterfangen unmöglich ist.“

Helion sah Ephimos erstaunt an und fing dann an zu grinsen. “Wenn ich es richtig kalkuliert habe, dann benötigen wir für die Rebstöcke sechs Wagen … wir hätten also noch zwei Wagen frei.“ Er kicherte leise. “Ihr habt anscheinend nie gesehen, wie Schweine oder Gänse von einer Stadt zur anderen transportiert werden, Ephimos. Man nimmt keine ausgewachsenen Tiere, sondern Jungtiere … Ferkel und Küken. Die steckt man in Käfige und kann sie dann spielend in größerer Anzahl transportieren. Zumeist wird das auf zweiachsigen Wagen getan aber ich sehe keinen Grund, warum wir nicht die Streitwagen von Shadrach dafür nutzen sollten. Wir müssen lediglich sicherstellen, dass die Tiere dem direkten Sonnenlicht nicht ausgesetzt werden, wenn wir in der Wüste oder der Savanne sind … Hinzu kommen einige Säcke mit Futter für die Tiere und natürlich Wasser. Die Käfige sind günstig und zumeist werden die Tiere mit diesen verkauft, weil kein Händler gerne leere Käfige zu seiner Heimatstadt oder zu seinem Heimatdorf transportiert. Das ist zu umständlich. Lieber lässt man neue anfertigen, die billig und schnell aus Holz hergestellt werden.“

Ephimos stockte im Schritt und sah Helion erstaunt an. Dann schlug er sich mit der flachen Hand gegen seine Stirn. “Warum in aller Götter Namen bin ich nicht selbst darauf gekommen … Helion, komm mit, wir müssen jetzt noch Schweine und Gänse kaufen. Ich kann den Jubel in Asengard schon jetzt hören, wenn wir dort eintreffen. Schon der Gedanke an ein Festmal mit Schweinebraten und Gänsebraten ist göttlich. Wenn ich mir das Gesicht von Baldur vorstelle, wenn er nach langer Zeit zum ersten male wieder an einem saftigen Schweinebraten kauen kann … Das ist einfach unbezahlbar.“ Jasamin lachte leise. Sie ging einige Schritte hinter den beiden Männern, die es jetzt plötzlich sehr eilig hatten. Sie schüttelte ihren Kopf. “Männer! Manchmal benehmen sie sich wie kleine Kinder, die ein neues Spielzeug entdeckt haben.“ Mailin, die nur einige Schritte hinter Jasamin ging, ließ ein leises Lachen hören, welches sie vergeblich zu unterdrücken versuchte.

Jasamin wandte sich an Mailin und winkte einen der sie begleitenden Wächter herbei. “Wir drei werden einen anderen Teil des Marktes aufsuchen. Ich benötige noch einiges und ihr beiden werdet mich dabei begleiten.“

Die heiße Sonne stand hoch am Himmel von Swenu, als Jasamin und Mailin sich durch die geschäftigen Gassen des Marktes bewegten. Wie ein schweigsamer Schatten folgte ihnen der vermummte Krieger, der sie nicht nur bewachte, sondern an seinem breiten Gürtel auch einen großen Beutel mit glänzenden Goldstücken trug. Die Dariks klimperten leise bei seinen Schritten. Sie stellten einen Wert da, der weit oberhalb dessen lag, was Jasamin benötigen würde, um den halben Kräutermarkt leer zu kaufen. Der Duft von exotischen Gewürzen, getrockneten Kräutern und geräuchertem oder gebratenem Fleisch lag in der Luft ... vermischt mit den weniger angenehmen Gerüchen der Stadt. Händler riefen lautstark ihre Waren aus, feilschten mit Kunden und priesen die Vorzüge ihrer Tinkturen, Stoffe und Werkzeuge an.

Während sie einen Stand mit Kräuterbündeln durchstöberten, zog Mailin plötzlich leicht an Jasamins Ärmel. “Sieh dort drüben“, flüsterte sie und deutete mit einer kaum merklichen Kopfbewegung zu einem abseits gelegenen Teil des Marktes, wo die ersten Stände des Sklavenmarktes begannen.

Jasamin folgte ihrem Blick und bemerkte eine kleine, erhöhte Plattform aus groben Holzbalken, auf der mehrere Männer und Frauen standen. Sklaven, die zum Verkauf angeboten wurden. Ein hagerer Mann mit strenger Miene schritt vor ihnen auf und ab, während er lautstark die Vorzüge derjenigen anpries, die als nächstes versteigert werden sollten.

Doch Mailins Aufmerksamkeit galt nur einem von ihnen ... einem älteren Mann mit breiten Schultern und ergrautem Haar, der mit gesenktem Kopf dastand. Sein Gesicht war von Sonne und Zeit gezeichnet, doch sein Blick wirkte ruhig und gelassen, so als wenn er sich mit seinem Schicksal abgefunden hätte.

“Das ist Balu“, sagte Mailin leise. “Ich kenne ihn. Er diente in Shadrachs Haushalt. Er war für alle Tiere verantwortlich ... Ihre Pflege, ihre Ausbildung und Abrichtung, ihre Heilung, wenn sie verletzt oder krank waren. Ich erinnere mich, dass er immer mit den Pferden sprach, als wären sie seine Kinder. Er ist meist verschlossen und wortkarg. Er ist aber auch jemand, zu dem Shadrach volles Vertrauen besaß. Die Frau von Shadrach mochte ihn nicht, weil er sie einmal kritisierte, als sie ein Pferd prügelte, weil es ihr zu langsam lief. Das hat sie ihm nie verziehen, zumal Shadrach damals Balu zustimmte … und hier ist ihre Rache. Sie verkauft Balu wie ein altes Möbelstück.“

Jasamin musterte den Mann nachdenklich, der wohl bereits mehr als die Hälfte seines Lebens hinter sich haben mochte. Trotzdem wäre er wohl nützlich, wenn man ihm vertrauen konnte und er seine Kenntnisse für Asengard einsetzte … Ein erfahrener Tierpfleger konnte zudem auf ihrer langen Reise von unschätzbarem Wert sein. Sie zögerte nicht lange, sondern schritt zu dem Podest hinüber und machte dem Sklavenhändler ein Angebot, welches dieser sofort akzeptierte.

Die Nacht war warm und still, als Jasamin und Balu am Rand ihres Lagers saßen. Das Feuer brannte niedrig, und die Pferde schnaubten leise in der Dunkelheit. Die anderen Reisenden schliefen bereits oder ruhten sich aus, während die Wachen in der Ferne patrouillierten. Jasamin sah zu dem alten Mann neben sich. Sein Gesicht war von tiefen Linien durchzogen, die von einem Leben voller Strapazen erzählten, doch seine Augen waren ruhig und voller Wissen. Er war zuerst überrascht gewesen, als Mailin sich ihm zu erkennen gab. Dann jedoch war so etwas wir Freude und Hoffnung über sein Gesicht gehuscht.

“Du bist weit gereist, Balu“, sagte sie leise. “Man sieht, du kommst aus einer anderen Region der Welt. Erzähl mir von deiner Heimat.“

Balu schürzte die Lippen, während er in die flackernden Flammen starrte.

Dann seufzte er. “Mein Leben begann in einem Land, das du sicherlich nicht kennst, Dame Jasamin. Magadha, ein fruchtbares Reich mit weiten Feldern, mächtigen Flüssen, dichten Wäldern und Städten aus Stein. Ich wurde dort geboren und verbrachte meine ersten zwanzig Jahre unter der Sonne meiner Heimat.“

Er holte tief Luft, als würden die Erinnerungen ihn für einen Moment in eine andere Zeit zurückziehen.

“Mein Vater war ein einfacher Mann, ein Pferdezüchter. Unsere Familie besaß nicht viel, aber wir waren geachtet, denn die Pferde aus Magadha waren stark und ausdauernd. Ich wuchs zwischen ihnen auf, lernte ihre Sprache, ihre Gewohnheiten. Schon als Kind wusste ich, wie man ein nervöses Fohlen beruhigt oder eine Wunde versorgt. Mein Vater sorgte schon früh dafür, dass ich auch mit der Ausbildung, Aufzucht und Pflege anderer Tiere vertraut wurde. Nur sehr wenige kamen meinem Wissen und Geschick gleich, wie ich mich rühmen darf.“

Ein Hauch von Wehmut lag in seiner Stimme, als er fortfuhr: “Doch ich war ein junger Mann mit heißem Blut. Ich verliebte mich in eine Frau, deren Name heute völlig unwichtig ist. Sie war klug, stolz und schöner als der aufgehende Mond. Doch es gab einen anderen, einen Mann von Rang, der dieselbe Frau begehrte. Ich war töricht genug, mich mit ihm anzulegen. Unsere Feindschaft wuchs, und eines Nachts kam es zum Zweikampf mit Messern, als wir uns in einer der Schenken meiner Heimatstadt begegneten. Ich verletzte ihn schwer ... zu schwer. Er starb noch in dieser Nacht. Seine Familie forderte Rache.“

Jasamin sagte nichts, sondern ließ ihn erzählen.

“Ich hatte keine Wahl“, fuhr er fort. “Ich floh aus meiner Heimat, floh vor meinem eigenen Schicksal. Acht Jahreszeiten lang wanderte ich ruhelos durch fremde Länder, ohne Ziel, ohne Heimat. Ich sah die schneebedeckten Gipfel von himmelhohen Bergen und die endlosen Steppen des Westens. Ich zog durch heiße Wüsten, durch reiche Städte, begegnete Bettlern und Königen. Doch nirgends fand ich Frieden.“

Er fuhr sich mit der Hand durch das graue Haar, als würde er die Geister der Vergangenheit verscheuchen. “Schließlich gelangte ich in das Land des persischen Großkönigs. Dort herrschten Reichtum und Ordnung, aber auch harte Gesetze. Ohne Silber oder Schutz war ich nichts weiter als ein Fremder, den die Welt vergessen hatte. In meiner Verzweiflung schloss ich mich einer Bande von Räubern an."

Jasamin hob überrascht die Augenbrauen. "Du wurdest ein Räuber?"

Balu nickte langsam. "Es war keine Wahl aus Gier, sondern aus Not. Wir stahlen, um zu überleben. Wir durchstreiften die Landstraßen, lauerten Kaufleuten und Karawanen auf. Doch das Glück eines Räubers währt meist nicht lange."

Er rieb sich über das Kinn, während seine Stimme leiser wurde. "Eines Tages gerieten wir an die Reitertruppen des Shadrach. Sie waren uns überlegen ... schneller, besser bewaffnet und vor allem überragend geführt. Sie waren auf der Suche nach Räuberbanden, denn wir waren nicht die einzigen, die dort den Kaufleuten auflauerten. Sie kamen bei Sonnenuntergang. Sie überfielen uns mit einer Wucht, die uns keine Chance ließ. Viele meiner Gefährten starben in jenem Kampf. Ich hätte ihr Schicksal geteilt, doch das Pferd des Shadrach wurde verletzt. Ein prachtvolles Tier, ein Rappe mit Feuer in den Augen."

Er schüttelte den Kopf. "Ich wusste, dass Räuber für gewöhnlich dem Schwert überantwortet wurden. Aber als ich das verletzte Pferd sah, da wusste ich, dass es eine Möglichkeit gab, zu überleben. Ich trat vor, noch bevor man mich töten konnte und rief, dass ich das Tier heilen könnte."

"Und Shadrach ließ dich gewähren?" fragte Jasamin.

Balu lächelte bitter. "Er war misstrauisch aber er liebte dieses Tier. Doch ich hatte nichts zu verlieren. Ich kniete mich vor dem Tier nieder, untersuchte seine Wunde, flüsterte ihm beruhigende Worte zu. Und dann sagte ich dem Shadrach, dass ich das Pferd gesundpflegen könne, wenn man mir die Zeit dazu gäbe."

Er sah Jasamin direkt in die Augen. "Er ließ mir diese Zeit. Ich heilte das Pferd und als es wieder laufen konnte, nahm er mich nicht als freien Mann in seinen Dienst, sondern als Sklaven. Doch das war besser als der Tod, denn all meine alten Gefährten, die Räuber, wurden von seinen Soldaten damals getötet … noch in der Nacht, als wir besiegt wurden. Die Götter haben mir eine zweite Chance gegeben."

Die Nacht unter dem Sternenhimmel war nun schon fast zur Hälfte vergangen, doch weder Jasamin noch Balu verspürten Müdigkeit. Das Feuer vor ihnen war heruntergebrannt, und nur noch rötliche Glutreste tauchten ihre Gesichter in ein sanftes Licht. Über ihnen erstreckte sich der Himmel, dunkel und unergründlich, mit unzähligen Sternen, die wie silberne Nadelstiche funkelten.

Jasamin lehnte sich ein wenig zurück, stützte sich mit einer Hand auf den trockenen Boden und musterte Balu. Der alte Mann wirkte nachdenklich, sein Blick war in die Ferne gerichtet, als sähe er die alten Bilder seiner Vergangenheit direkt vor sich.

"In Asengard werden die Pferde für vieles eingesetzt", begann sie schließlich. "Sie helfen uns bei der Feldarbeit, ziehen schwere Lasten, transportieren Holzstämme und Nahrung. Ohne sie wäre manches um ein Vielfaches schwieriger. Ich hoffe, du könntest dich dort um unsere Tiere kümmern … Wir besitzen nicht viele Leute, die sich wirklich gut mit Tieren auskennen. Wenn du dein Wissen an andere weitergeben könntest, wie würdest du darüber denken? Lehre unsere jungen Leute den richtigen Umgang mit den Tieren. Helfe uns … und erschaffe dir selbst ein neues Leben, als geachteter, freier Mann."

Balu hob leicht den Kopf, seine Stirn legte sich in Falten. Dann räusperte er sich, fast so, als zögerte er, seine nächste Frage zu stellen. Schließlich wagte er es doch. "Und… wie ist das Land dort?", fragte er leise. "Wo genau liegt Asengard?"

Jasamin sah ihn kurz an. Für sie war Asengard ihre Heimat, der Ort, an den sie selbstverständlich zurückkehren würde. Doch für Balu, der sein Leben in den Weiten Magadhas begonnen und sich dann durch zahllose fremde Länder geschlagen hatte, musste es ein fernes, unbekanntes Ziel sein.

"Asengard liegt tief in den Wäldern", sagte sie dann. "Der Urwald ist dort dicht und endlos. Es gibt riesige Bäume mit Stämmen so breit, dass drei Männer sie nicht umfassen könnten. In der Regenzeit dampft der Boden und die Pflanzen wachsen so schnell, dass sie die Wege, die man mühsam freigeschnitten hat, schon beim nächsten Mond wieder verschlungen haben."

Sie lächelte leicht, als sie an ihre Heimat dachte. "Dort ist es warm, oft schwül. Und überall gibt es Leben. In den Bäumen schwingen Affen von Ast zu Ast, Raubkatzen streifen durch das Unterholz und die Flüsse sind voller Fische. Es ist ein Land, das dich immer herausfordert ... aber wenn du es verstehst, gibt es dir alles, was du brauchst."

Balu runzelte die Stirn und kratzte sich nachdenklich am Kinn. Dann schüttelte er leicht den Kopf.

"Und ihr benutzt für die schwere Arbeit… Pferde?", fragte er zögernd.

Jasamin hob ihre Augenbrauen und sah ihn etwas erstaunt an. "Natürlich, arbeiten wir mit Pferden. Womit denn sonst? Etwa mit Rindern?"

Balu sah sie nachdenklich an. "Warum keine Elefanten?"

Jasamin blinzelte und lachte dann kurz auf. "Elefanten?"

Balu nickte langsam. "Ja ... In Magadha verwenden wir Elefanten für solche Aufgaben. Sie ziehen gefällte Bäume aus dem Wald, tragen Lasten, pflügen sogar Felder, wenn es nötig ist. Sie sind stärker als jedes Pferd und in dichten Wäldern sogar wendiger als ein Wagen."

Jasamin schwieg einen Moment. Der Gedanke war ihr noch nie gekommen. Natürlich kannte sie Geschichten über die riesigen Tiere, aber in Asengard gab es keine Elefanten. Sie waren ein fremder Gedanke, ein Bild aus fernen Ländern, das in ihrer Heimat keine Rolle spielte.

"Ihr habt Elefanten für die Feldarbeit benutzt?", fragte sie schließlich.

Balu lächelte leicht. "Ich selbst wurde als Elefantenpfleger ausgebildet", sagte er mit einem Hauch von Stolz in der Stimme. "Schon als Kind lernte ich, mich um sie zu kümmern. Ich habe gelernt, wie man ihre Launen versteht, wie man mit ihnen spricht. Ein guter Mahout ... ein Elefantenführer ... kennt sein Tier, als wäre es sein eigener Bruder."

Jasamin beugte sich ein wenig vor. "Und… du weißt auch, wie man sie ausbildet?"

Balu nickte. "Ja. Elefanten sind klug. Klüger als die meisten Menschen glauben. Man muss sie nicht zwingen ... sie lernen freiwillig, wenn man sie richtig behandelt. Sie verstehen Befehle, sie erinnern sich an Wege, an Gesichter, sogar an Gerüche. Ein gut ausgebildeter Arbeitselefant kann weit mehr leisten als zehn Männer. Man benötigt aber für jeden Elefanten seinen eigenen Elefantenführer. Das ist wichtig. Die Ausbildung braucht ihre Zeit und viel Geduld … aber es lohnt sich."

Jasamin war fasziniert. In Asengard kämpften sie ständig gegen die Natur an. Gegen den Urwald, der alles zurückzuerobern versuchte, gegen die schweren Baumstämme, die mühselig transportiert werden mussten. Sie dachte kurz an die mühseligen Bauarbeiten, den notwendigen Transport von Steinen und Balken. Elefanten könnten vieles erleichtern. Sie sah Balu nachdenklich an. Vielleicht war er mehr als nur ein Tierpfleger. Vielleicht war er der Schlüssel zu etwas viel Größerem. Sie grinste zufrieden und dankte den Göttern, die es anscheinend gut mit Asengard und seinen Bewohnern meinte.

Sie gähnte und beschloss ihr Zelt aufzusuchen, um zu schlafen. Hela und Olov waren heute alleine in der Unterkunft die der Stadthalter gestellt hatte. Olov hatte den Wunsch geäußert eine Nacht mit Hela alleine sein zu können … Jasamin verstand ihn. Die Dreisamkeit war zwar für alle Beteiligten ausgesprochen lustvoll gewesen aber auf Dauer gesehen tendierte Jasamin genauso wie Hela dazu, nur einen Partner bei sich zu haben. Olov war da nicht anders. Jasamin seufzte müde. Morgen würden sie die restlichen Dinge kaufen, die sie noch transportieren konnten und die Abreise vorbereiten. Am Abend stand dann noch ein gemeinsames Treffen mit dem Stadthalter für Jasamin auf dem Plan. Olov sollte sie, als Leibwache, begleiten und danach würde sie ihn noch einmal genießen können, solange sie hier in der Stadt noch verweilten. Übermorgen, bei Sonnenaufgang, würden sie Swenu verlassen, um dann endlich wieder in Richtung Heimat zu ziehen.

Die Sonne war kaum aufgegangen, als jasamin ihr Zelt verließ. Im lager herrschte bereits reges Treiben. Sie sah Ephimos neben den Wagen stehen und mit Balu sprechen, der ein missmutiges Gesicht aufgesetzt hatte und nachdrücklich seinen Kopf schüttelte. Ephimos machte einen zusehends verzweifelten Eindruck und Jasamin entschloss sich zu den zwei Männern zu gehen, um sich zu erkundigen, was denn los sein. Kaum war sie heran, da wandte Ephimos sich ihr zu. Er wirkte etwas niedergeschlagen. "Einen schönen Tag für dich Jasamin … Balu hat mir eben erklärt, dass ich einen Fehler gemacht habe, als ich die Tiere auf dem Markt gekauft habe. Ich habe nur an den Moment gedacht und dabei außer Acht gelassen, dass wir einige Zeit unterwegs sein werden. Es ist mir peinlich, aber er hat absolut Recht und ich erkenne dies jetzt auch, wenn ich darüber nachdenke.“

Jasamin runzelte ihre Augenbrauen und blickte Balu an. “Erkläre es mir, Balu. Was haben wir übersehen?“

Dieser deutete auf die Käfige, die nebeneinander auf dem Boden des Wagens standen. “Ihr habt übersehen, dass die Tiere wachsen werden, während wir unterwegs sind. Natürlich werden einige die Reise nicht überleben … Aber derzeit Prophezeie ich, dass weit mehr als die Hälfte sterben würden. Der Platz ist zu gering. Sehe dir die Gänseküken an. Noch sind sie nicht viel größer als eine Faust. Das wird sich aber schnell ändern. Bei den Ferkeln ist es ähnlich … Es bedarf mehr Käfigen. Ich würde vorschlagen, die Zahl der Käfige zu verdreifachen. Diese werden dann übereinander gestapelt und mit Lederriemen an den Seiten des Wagens befestigt. Zwischen den einzelnen Lagen der Käfige benötigen wir wasserdichte Schichten aus geöltem und gewachsten Leder, weil die unteren Tiere sonst von den Exkrementen aus den oberen Käfige langsam vergiftet werden … Käfige sollten jedoch für kleines Geld auf dem Markt zu erstehen sein. Auch die Lederplanen sind problemlos zu bekommen.“

Eine Weile später waren Ephimos und Balu, mit vier Wachen zusammen auf dem Weg zum Markt, um dort die Käfige und Lederplanen zu kaufen. Jasamin hatte ein Gefolge von vier kichernden Frauen der Gomuna um sich versammelt, zusammen mit sechs Wachen und Mailin. Heute würde sie die restlichen Dinge kaufen, die sie noch benötigen könnten und vor allem, die sie auch transportieren konnten. Jasamin war dankbar über die Wagen, die einst Shadrach gehört hatten. Ohne diese Wagen wäre es wohl problematisch geworden. Die Rebstöcke und die Tierkäfige hatten ihren Platz auf diesen wagen gefunden und auf denjenigen, die sie aus Asengard mitgebracht hatten türmten sich die Waren bereits. Ephimos war es am Vortag gelungen, ihr gesamtes Elfenbein für einen guten Preis zu verkaufen. Jetzt, wo die wichtigen Dinge besorgt worden waren, ging es darum den Luxus zu erwerben, den Frauen für lebenswichtig hielten. Noch mehr Stoffe, in schweren Ballen waren gefragt. Überwiegend handelte es sich um festen Leinenstoff aber es gelang Jasamin auch, einige Ballen mit der teuren und geschätzten Seide zu erstehen. Der Preis, den der Händler dafür verlangte, brachte Jasamin beinahe dazu, auf den Kauf zu verzichten. Die Stoffballen würden, eingeschlagen in geölte und gewachste Lederhüllen, den Weg als Traglasten auf dem Rücken von Rindern oder Pferden zurücklegen. Duftöle für die Frauen in Asengard und auch einige Krüge mit Lampenöl, Amphoren mit Wein und weitere Erzbarren sollten ebenfalls noch erworben werden. Noch war Platz, wenn auch dieser sich jetzt spürbar dem Ende neigte. Ephimos hatte angeraten, Waffen für die Nordmänner zu erwerben. Denn was nutzten diese Krieger ihnen, wenn es zu einem Kampf kam und sie nicht ausreichend bewaffnet werden konnten? Eine Vielzahl von schweren Säcken mit Tierfutter und große Wasserbeutel waren bereits am Vortag auf dem Markt gekauft worden … Zusammen mit einer nahezu riesigen Menge an gedörrtem Fleisch. Nur so würden sie den langen Weg zurücklegen können, auf dem sie oftmals nicht die Möglichkeit haben würden, auf die Jagd zu gehen.

Kurz vor Sonnenuntergang verließ Jasamin das lager. Olov folgte ihr, wie ein schweigsamer Schatten … ganz in seiner Rolle, als ihr wortkarger Leibwächter. Die Menschen im Lager würden heute Mastochsen vom Spieß essen. Ephimos hatte zwei Tiere erstanden, um den letzten Abend vor der Abreise zu feiern. Auch einige Amphoren mit Wein hatte er dabei nicht vergessen.

Jasamin hingegen würde voraussichtlich beim Stadthalter bewirtet werden, der sich sehr erfreut gezeigt hatte, dass die Dame Jasamin ihn an ihrem letzten Abend in Swenu nochmals beehrte. Sie hatte beschlossen, nicht übermäßig viel Zeit beim Stadthalter zu verbringen. Schon bevor sie damals in die Sklaverei verkauft worden war hatte sie derlei Anlässe niemals wirklich gerne gemocht. Man musste sich jedoch an die üblichen Gegebenheiten anpassen … und dabei freundlich Lächeln.

Die Sterne standen am Himmel und leuchteten, wie Edelsteine. Jasamin und Olov hatten das Gästehaus des Stadthalters erreicht. Mit einem Seufzer ließ Jasamin sich auf das breite Bett fallen, während Olov schnell die Räume kontrollierte. Wie nicht anders zu erwarten, waren sie alleine. Kein Bewohner der Stadt würde es wagen, hier einquartierte Gäste zu behelligen. Es war bekannt, dass der sonst eher ruhige Stadthalter sehr unangenehm werden konnte, wenn er irgendwie gedemütigt wurde.

Jasamin sah Olov kurz an und warf dann ihre Kleidung achtlos auf den Boden. “Sage, Olov, ist dir aufgefallen, wie bemüht der Stadthalter gewesen ist sich in ein gutes Licht zu stellen? Er hofft wohl, das die Dame Jasamin ihn lobend in ihren Berichten an den Großkönig erwähnt. Obwohl er hier alle Freiheiten besitzt und anscheinend auch bei seinen Vorgesetzten in Men-Nefer geschätzt wird, so scheint es doch so, als wenn man am Hofe des Großkönigs momentan misstrauisch gegenüber den weit entfernten Stadthaltern geworden ist. Es könnte sein, dass der Großkönig seine Politik gegenüber den Stadthaltern in den eroberten Gebieten verschärft … Dafür wird es sicherlich gute Gründe geben. Man scheint nervös geworden zu sein, im Reich der Perser.“

Olov legte ebenfalls seine Kleidung ab und stieg dann zu Jasamin auf das Bett. “Jasamin, du kennst dich weit besser am Hof des Großkönigs aus, als ich. Was denkst du wird der Grund sein?“

Sie zuckte mit den Schultern und kuschelte sich dann in seinen Arm. “Wer mag das hier wohl genau wissen. Es könnte sein, dass es vermehrt Aufstände gegeben hat … oder aber Kriege entlang der Grenzen des Perserreiches. Es ist alles sehr nebulös und auch der Stadthalter schien nichts genaues zu wissen. Er hat mehrfach sehr vorsichtig zu erfahren versucht, ob ich wohl entsprechende Informationen besitze, die von den angeblich beständig pendelnden Kurieren zwischen meiner vorgeblichen Minensiedlung und dem Hof des Großkönigs ausgetauscht werden … Ich denke, bei unserer nächsten Handelsreise nach Swenu werden wir mehr erfahren. Allerdings sind das dann Neuigkeiten, die schon viele Monde alt sind und uns wohl keineswegs betreffen.“

Er küsste sie sanft auf ihre Stirn. Lächelnd fühlte sie, wie seine Hände über ihren Körper strichen. Sie hob den Kopf und sah in an. “Nicht heute, Olov … Ich bin einfach zu müde. Ich möchte mich heute nur an dich ankuscheln und in deinem Arm einschlafen.“

Er nickte. Bald darauf zeugte ein leises Schnarchen davon, dass Jasamin eingeschlafen war. Olov jedoch lag noch lange wach und dachte nach. Er hatte ein unbestimmtes Gefühl, der Gefahr. Etwas, das er nicht klar beschreiben konnte … Eine Vorahnung. Trotz all der Dinge, die er zuhause in Asengard als selbstverständlich ansah war er noch immer sehr naturverbunden. Den Asen wurde seit Urzeiten nachgesagt, sie würden mit den Geistern der Toten und mit den Götter sprechen können ... oder zumindest bisweilen Nachrichten von ihnen erhalten. Die Interpretation dieser Nachrichten war jedoch Auslegungssache. Trotzdem beschloss er in der Zukunft sehr wachsam zu sein. Irgendetwas bahnte sich an oder geschah bereits. Er fühlte es irgendwie.

Olov wurde wach, als Jasamin sich neben ihm langsam regte, dann jedoch wieder einschlummerte. Er öffnete schläfrig seine Augen und sah aus der Fensteröffnung. Bis zum Morgengrauen war es nicht mehr weit hin. Sie würden bald aufstehen müssen. Er sah auf die schlafende Frau, neben sich, die ihm den Rücken zuwandte. Für einen Moment dachte er an Asengard. Dort hatte es einen ähnlichen Morgen gegeben. Er grinste.

Jasamin regte sich kurz. Ein zufriedenes Lächeln umspielte ihre Lippen. Sie genoss die sanften Küsse, die Olov ihr auf ihren Nacken und die Schultern gab. Sie liebte diese Zärtlichkeit am frühen Morgen, zumal sie dann meistens sehr empfänglich und empfindsam für alles war, was mit Lust und Leidenschaft umherging. Seufzend fühlte sie, wie er bei seinen sanften Küssen immer wieder seine Zungenspitze über den Fleck strich, den er soeben mit seinen Lippen geküsst hatte. Seine Fingerspitzen strichen sanft über ihre Rippen, wanderten dann nach vorne und suchten ihre Brüste. Als er ihre Brustwarzen sanft umspielte tobte geradezu eine Welle der Lust durch ihren Körper, die sich von ihrem Schoß her ausbreitete. Jasamin stöhnte ungehemmt, gab sich ganz den Gefühlen hin, die in ihr aufstiegen. Er rückte näher an sie heran und sie spürte seine harte Männlichkeit an ihrem Hintern. Jasamin hob ihr linkes Bein leicht an und stupste ihn mit ihrem Po leicht an. Olov verstand diese wortlose Aufforderung Einen Moment später fühlte Jasamin, wie er mit seiner harten Männlichkeit zwischen ihre Schamlippen glitt und dann sanft und langsam in sie eindrang. Sie keuchte, als er gänzlich in sie eindrang und dann mit langsamen, unendlich sanften, Stoßbewegungen anfing. Er ließ sich Zeit, war sanft, zärtlich und bemühte sich völlig auf sie einzugehen. Als er bemerkte, dass Jasamin sich einem Höhepunkt näherte bedurfte es keiner Worte. Olov stieß nun kräftiger und schneller zu. Er hielt sie an ihren Hüften fest, hörte ihr immer lauter werdendes Stöhnen und spürte dann, wie sich ihr Körper kurz verkrampfte, bevor sie sich krümmte und ihre Lust, laut und ungezügelt, in das Kissen schrie.

Er verharrte in ihr, bewegte sich nur noch sehr langsam, während der Höhepunkt von Jasamin langsam abklang. Sie wandte ihren Kopf, sah ihn über die Schulter hinweg an. Er lächelte ihr liebevoll zu, zog sich dann aus ihr zurück. Jasamin drehte sich zu ihm. Sanft und zart küssten sie sich. Ein Moment der ungeteilten Intimität und Zuneigung.

Jasamin tastete sich an ihm herab, fand seine noch immer harte Männlichkeit und begann den Schaft zu reiben, während sie sich wortlos küssten und ihre Zungen ein langsames Spiel trieben. Es dauerte nicht lange und sein Atem wurde hektischer. Sie rieb umfasste ihn fester, rieb ihn schneller und nur wenige Momente darauf stöhnte Olov ihr seinen Orgasmus in ihren Mund. Sie spürte seine Männlichkeit in ihrer Hand zucken, fühlte, wie er seinen Samen auf ihren Bauch spritzte und sich dabei an ihrer Schulter festhielt.

Jasamin legte ihren Kopf an seine breite Brust. Genoss seine Nähe und die Stille, die sie beide umgab. Bald schon würde es hell werden. Dann wäre es Zeit, um sich darauf vorzubereiten Swenu zu verlassen. Jasamin wäre gerne noch einige Tage hier geblieben. Hätte gerne noch einige Tage mit Olov, Hela oder beiden in diesem Gästehaus genossen. Sie seufzte unhörbar. Einiges ließ sich nicht ändern. Sie mussten die Stadt verlassen, denn der Heimweg war lang und es wäre unsinnig gewesen, ihn jetzt noch aufzuschieben.

Der Stadthalter hatte es sich augenscheinlich nicht nehmen lassen, die Dame Jasamin persönlich zu verabschieden. Er war in Begleitung von zwei schweigsamen Wachen und einer sehr jungen Frau erschienen, die Jasamin für eine Dienerin oder eher noch eine Konkubine hielt. Der Stadthalter hatte also Geschmack an jungen Frauen. Während der Rest der Reisegruppe sich abmarschbereit machte, tauschte die lächelnde Jasamin belanglose Höflichkeiten mit dem Stadthalter aus. Dieser blickte nun nachdenklich in den wolkenlosen Himmel. "Es wird wieder ein sehr heißer Tag, Dame Jasamin. Ich hoffe ihr besucht Swenu bald einmal wieder. Ich bin stets euer ergebenster Diener und werde alles tun, was in meiner Macht liegt, um euch behilflich zu sein."

Jasamin lachte leise. "Bis zu meinem nächsten Besuch in Swenu werden wohl sechs bis sieben Monde vergehen, Stadthalter. Vielleicht sogar ein oder zwei Monde mehr. Das vermag ich noch nicht zu sagen. Ich freue mich jedoch schon darauf, euch dann wiederzusehen. Ihr wart mir eine große Hilfe … Das werde ich nicht vergessen und es entsprechend an meine Vorgesetzten berichten. Diese werden es mit tiefem Wohlgefallen vernehmen.“

Das Gespräch plätscherte noch eine Weile dahin. Dann erschien Ephimos und meldete Jasamin, man wäre jetzt fertig zum Aufbruch. Diese verabschiedete sich vom Stadthalter und schritt dann zu der lang gezogenen Kolonne von Wagen, Tieren und Menschen. Kurz darauf brachen sie auf. Der Stadthalter blickte ihnen lange nach. Sein Gesicht war ausdruckslos. Die Frau aus seiner Begleitung trat neben ihn und blickte der davonziehenden Kolonne hinterher, die bereits ein gutes Stück des Weges zurückgelegt hatte.

“Da gehen sie also dahin, Vater … Es sind doch freundliche Leute. Warum bist du so misstrauisch?“ Totmes, der Stadthalter blickte kurz zu seiner Tochter. “Ist dir an ihnen etwas aufgefallen, Isis? Was hast du gesehen, als sie aufgebrochen sind?“ Isis zog ihre dunklen Augenbrauen zusammen. “Die Sklaven, Vater … Die Sklaven sind mir aufgefallen. Sie wirkten beinahe zufrieden, als sie aufgebrochen sind. Dabei wartet doch harte Arbeit in einer Edelsteinmine auf sie … Andere Karawanen treiben ihre Sklaven mit Peitschen an. Das habe ich hier ebenfalls nicht gesehen. Es schien viel eher so auf mich, als ob der eine oder andere Wächter mit den Sklaven scherzen würde. Das verstehe ich nicht.“

Der Stadthalter nickte nachdenklich. Dann griff er in eine Tasche seines Gewandes und holte einen der Edelsteine heraus, mit dem Jasamin ihn bezahlt hatte. Der blutrote Stein strahlte förmlich im Sonnenlicht. “Damit hat sie bezahlt. Fraglos ein wunderschöner Edelstein, Isis.“ Er griff in eine andere Tasche und holte einige andere Edelsteine hervor, die er seiner Tochter zeigte. Das Sonnenlicht funkelte auf den grünen, blauen, roten und weißen Steinen. “Die Dame Jasamin hat auf dem Markt einige Edelsteine an ansässige Händler verkauft. Wohl um den Wert besser abschätzen zu können. Einige meiner Diener sind ihr unauffällig gefolgt und haben die Steine dann von den Händlern erworben. Niemand ahnt, dass diese Diener in meinen Diensten stehen, Isis … Die Steine sind wunderschön und wertvoll.“ Er lächelte aber seine Augen wirkten kalt und berechnend. “Was die Dame Jasamin aber übersehen hat … man findet derartige Edelsteine niemals zusammen. Man kann immer nur eine Sorte finden. Zumindest habe ich noch nie davon gehört und ich habe mich bereits als junger Mann für Edelsteine interessiert. Ich würde eher vermuten, die Steine stammen aus einem Schatz. Vielleicht von einem fernen Fürsten oder aus der Kriegsbeute, die ein fremdes Volk aufgehäuft hat … Warum also diese Geschichte?“

Isis, die Tochter des Stadthalters, sah ihren Vater ratlos an. Dann wandte sie ihren Blick auf die Kolonne, die langsam in der Ferne verschwand. Fast wie zu sich selbst murmelte sie vor sich hin. “Ja … warum sollten sie sich die Mühe machen und solch eine Geschichte erzählen, wenn sie die Abgesandten eines fernen Fürsten sind.“

Totmes nickte nachdenklich. “Ich wüsste zu gerne, was sie zu verbergen versuchen. Irgendeinen Grund dafür muss es geben … Vielleicht finden wir es irgendwann heraus, Isis. Geheimnisse haben mich immer schon gereizt.“

Sie wandten sich um und gingen in Richtung des Palastes zurück, indem der Stadthalter residierte. Sein Gesicht war ausdruckslos, nahm aber fast sofort wieder den gutmütigen Gesichtsausdruck an, den alle bei ihm kannten. Nur sehr wenige Menschen ahnten, dass Stadthalter Totmes ein äußerst scharfsinniger und vorsichtiger Mensch war, dem selten etwas entging. Er seufzte fast unhörbar. Totmes nahm sich vor, die langen Listen zu studieren, die ein vertrauenswürdiger Diener für ihn angefertigt hatte. Dort war alles verzeichnet, was die Dame Jasamin oder ihre Bediensteten in Swenu gekauft hatten. Vielleicht brachte ihn das auf die Spur zu dem Geheimnis, welches die Dame Jasamin schützen wollte.

Seitdem Totmes, vor vielen Jahren, den Posten als Stadthalter in Swenu angetreten hatte war er immer gut informiert, was in der Welt geschah. Schon als junger Mann hatte er gelernt, dass Informationen einem einen Vorteil geben konnten. Das hatte sich nicht geändert und Totmes war geradezu versessen darauf, immer gut informiert zu sein und deutlich mehr zu wissen als sein Umfeld oder die Leute, für die er sich gerade interessierte.

11.

Die Spinne webt ihr Netz

Liv war zufrieden. Chaka war von seiner Reise zurück gekehrt. Er hatte die Ausbeute an Gold und Goldstaub in die königliche Schatzkammer bringen lassen und sich sofort danach aufgemacht, um im Tempel zu beten. Natürlich wusste Liv, dass er wieder heimgekehrt war. Sie besaß durch ihre Gläubigen viele Augen und Ohren in Tombalku und die Leute tauschten sich gerne vor dem Tempel aus. Die Novizen sammelten dieses Wissen und Liv hatte dafür Sorge getragen, dass man ihr wichtige Neuigkeiten schnell mitzuteilen habe. So war es nicht verwunderlich, dass sie Chaka am Tempeleingang abpassen konnte. Der junge König wirkte etwas erschöpft, doch seine Augen leuchteten, als er Liv erblickte. Liv lud ihn mit einer graziösen Handbewegung ein, sich neben sie auf eine der steinernen Bänke zu setzen, die vor dem Tempeleingang aufgereiht waren. Das einfache Volk, welches an ihnen vorüberkam verbeugte sich tief. Nicht jeden Tag hatte man das Privileg den jungen König und auch die Göttin so nah zu sehen.

Liv schaute Chaka von der Seite her an. “Ich habe vernommen, dass du bereits in den Landwirtschaftsdörfern gewesen bist und auch das Gold nach Tombalku gebracht hast … Die Erträge des Bergbaudorfes fehlen allerdings noch. Unsere Schmiede und Handwerker benötigen das Metall. Wann wirst du es holen?“

Chaka nickte bestätigend. “Wie immer bist du gut informiert, oh Göttin. Ich hatte zu wenige Träger. Deshalb habe ich mich entschieden zuerst das Gold abzuholen und einen Teil der Ernte … Ich plane, noch heute am Abend bereits wieder auf dem Wege zu sein.“ Er sah sie an und sie sah das Verlangen in seinen Augen. “Viel lieber würde ich heute hier in Tombalku verbleiben … vielleicht mit meiner Göttin zusammen ein wenig diskutieren und mich von ihr in neues Wissen einweihen zu lassen oder beraten zu lassen, wie meine nächsten Schritte aussehen sollen.“

Es viel Liv schwer, ernst zu bleiben und jetzt nicht laut lachen. Beraten lassen? Dafür kannte sie Chaka allmählich gut genug. Der junge König hoffte viel eher, dass er sie bespringen könnte. Liv hatte jedoch heute viel zu viel zu erledigen, als das sie jetzt mit Chaka für einige Zeit die Abgeschiedenheit ihrer Gemächer aufsuchen konnte … Davon abgesehen war es heller Tag und dies könnte auffallen. Liv war sehr bedacht darauf, dass es für derartige Treffen keine Zeugen gab.

Liv seufzte laut und sah Chaka mitfühlend an. "das wäre sicherlich schön aber meine Pflichten lassen das nicht zu … und die deinen ebenfalls nicht, mein junger König. Du wirst sehr schnell wieder aufbrechen müssen … Es ist wichtig, dass du jetzt einige Dinge in die Wege leitest, die in der Zukunft von großer Bedeutung sein werden."

Er wollte den Mund öffnen und fragen, worum es sich denn handeln könnte. Doch Liv kam ihm zuvor und hob abwehrend ihre Hand. "Auch ich darf dir nicht alles sagen, mein junger König … Das sind die Wege und Gesetze der Götter." Sie schwieg einen Moment. "Du erinnerst dich doch sicherlich noch daran, dass wir uns über die Neugründung der drei Städte unterhalten haben, bevor du abgereist bist."

Chaka nickte. "Selbstverständlich, oh Göttin … wie könnte ich etwas vergessen, was aus deinen Lippen gekommen ist?"

Liv nickte zufrieden. "Du wirst noch heute jeweils fünfzig Handwerker und weitere zwanzig Hilfskräfte zu diesen Orten entsenden. Sie sollen dort mit dem Bau beginnen … Wenn du das Erz aus dem Bergbaudorf holst, wirst du auch die anderen Dörfer besuchen. Das ist wichtig, Chaka. Nehme von dort jeweils hundert junge Frauen mit, die noch keine Kinder geboren haben. Diese Leute wirst du auf die drei neuen Städte verteilen. Sie sollen der Grundstock für deren Bevölkerung werden. Alle noch lebenden Sklavensoldaten sollen dich auf deinem Marsch begleiten … Es sind etwa zweihundert. Hinzu kommen gute hundert, die ihre Ausbildung zum Krieger nun vollendet haben. Nehme auch diese mit. Wenn du zurückkehrst, wirst du hier, in Tombalku, einen kurzen Halt machen. Ich werde dann zu diesen Leuten sprechen … Sorge dafür, dass auch lebende Nutztiere mitgebracht werden, die dann auf die neuen Städte verteilt werden können … Hast du mich verstanden, Chaka?"

Er sah sie erstaunt an, nickte dann jedoch. Er würde restlos alles tun, was Liv ihm befahl. Sie war seine Göttin. Wenn sie etwas forderte, so war dies für sein Empfinden, wie in Stein gemeißelt. Liv lächelte ihn sanft an. “Wenn alles getan ist, und du wieder in Tombalku weilst … DANN, mein junger König wirst du einen langen Abend voller Beratungsgespräche von mir erhalten.“ Sie leckte sich dabei kurz über ihre Lippen und die Augen von Chaka leuchteten auf.

Er sprang eilig auf und verbeugte sich tief vor ihr. “Ich werde umgehend anfangen, deine Befehle auszuführen, meine Göttin.“

Liv sah dem jungen König lächelnd nach als er davoneilte. Männer wie er waren so einfach zu beeinflussen. Einen kurzen Moment runzelte Liv ihre Stirn. Sie war in Gedanken bei anderen Dingen. In der Nacht zuvor hatte ein Mann die Mauern um den Tempelbereich überwunden, ohne von der Tempelwache bemerkt zu werden. Was er im Sinn gehabt hatte war unbekannt und man konnte ihn auch nicht mehr befragen. Als er über den leeren Platz geschlichen war, hatte ein Skorpion ihn gestochen. Der Mann war daran gestorben und seine Leiche wurde am Morgen von den Novizen aufgefunden. Jetzt machte in Tombalku das Gerücht die Runde, er habe den Groll von Lilith auf sich gezogen, weil er den Tempelbezirk in der Dunkelheit aufgesucht hatte. Dieses Gerücht wurde von den abergläubischen Einwohnern, wie ein Lauffeuer verbreitet und stärkte die Macht von Liv nur noch mehr. Liv hatte jedoch erfahren, dass einer der Novizen der Überzeugung war, der Mann wäre ein Diener von Barimo, des Generals der regulären Truppen. Liv mochte Barimo nicht, Der Mann stand unerschütterlich fest zu Kisha, die ihn auf seine Position als Oberbefehlshaber der Krieger gebracht hatte. Gegen diesen Mann würde sie beizeiten etwas unternehmen müssen, da sie ihn als Gefahr für sich einstufte. Der Vorfall zeigte, dass ihre Gedanken in die richtige Richtung gingen … Sie würde vorsichtig sein müssen und den General besser früher als später umbringen lassen. Noch hatte sie dazu jedoch keine Gelegenheit gefunden und auch keinen konkreten Plan.

Ebenfalls Sorge bereitete ihr die Frau, der das gesamte Spionagewesen der Watambi unterstand. Imbali war erschreckend gerissen, jedoch laut dem, was Liv erfahren hatte eine gläubige Anhängerin von Lilith. Das war ein Ansatzpunkt, den Liv irgendwie nutzen wollte. Wie sie dies bewerkstelligen könnte wusste Liv noch nicht. Die Zeit würde ihr dafür einen Weg weisen, dachte sie.

Chaka war am Vortag aufgebrochen, um den Willen von Liv umzusetzen, der direkt von der Göttin Lilith an ihn weitergegeben worden war … So zumindest seine Meinung. Liv dachte mit Bedauern daran, dass sie ihn so schnell wieder fortgeschickt hatte. Sie hätte es gut gebraucht, wieder einmal richtig von einem Mann gestoßen zu werden. Ihr Körper zeigte es ihr in aller Deutlichkeit und ihre Lust war bereits fast unerträglich.

Tombalku, die prächtige Hauptstadt der Watambi, lag in der flirrenden Mittagshitze. Die Mauern des Tempels der Göttin Lilith warfen lange Schatten auf den sandbedeckten Platz davor, wo Priester, Gläubige und Krieger ihre Wege kreuzten. In der Kühle des Tempels, zwischen den gewaltigen steinernen Säulen kniete Imali auf einem glatten Steinboden. Ihr Kopf war gesenkt, die dunklen Locken fielen über ihre Schultern, während ihre Lippen sich lautlos bewegten.

Ein Novize, kaum älter als sechzehn Sommer, stand einige Schritte entfernt, um die Reihen der brennenden Öllampen zu überprüfen. Als er näher trat, hörte er ungewollt die geflüsterten Worte, die über Imalis Lippen kamen.

“Mächtige Lilith, Herrin über Tag und Nacht, Göttin des Krieges und Lenkerin unserer Herzen … ich flehe dich ergeben an … ich habe so lange geschwiegen, so lange gezögert … ich bitte dich, schenke mir seine Aufmerksamkeit. Lass ihn mich sehen und beachten …“

Der Novize blinzelte verwundert. Imali, die Führerin der Spione, eine Frau von scharfem Verstand und kühler Berechnung, betete mit bebender Stimme? Und wofür? Um die Gunst eines Mannes? Neugierig neigte er sich leicht vor, als Imali weitersprach.

“Kwale … seine Augen sind so hart wie geschliffener Obsidian, aber ich weiß, dass darin Glut brennt. Ich sehe ihn, Tag für Tag, wie er durch die Stadt schreitet, seinen Kriegern Befehle gibt … doch mich sieht er nicht, beachtet mich nicht … Bin ich in seinen Augen wertlos?“

Der Novize wurde blass. Kwale? Der allseits geachtete Kommandant der Tempelgarde? Das war gewiss ein gewagtes Begehren!

Er schlich leise einige Schritte davon und entfernte sich dann weiter, zur großen Eingangstür des Tempels. Noch bevor er sich jedoch gänzlich zurückziehen konnte, erklang eine kühle, samtige Stimme neben ihm. “Für wen betet sie?“

Der Novize erstarrte. Er drehte sich langsam zur Seite und erblickte Liv. Sie stand im Schatten einer der massiven Säulen. Ihre Augen lagen auf ihm ... durchdringend, wissend.

“ Göttin … meine Herrin …“ stammelte er. “Sie betet … um die Gunst eines Mannes.“

Livs Mundwinkel zuckten kaum merklich. “So?“ Der Novize nickte und fuhr vorsichtig fort: “Sie begehrt … Kwale. Den treuen Führer eurer Tempelgarde“

Ein Lächeln stahl sich auf Livs Lippen, ein Lächeln, das sowohl belustigt als auch nachdenklich wirkte. Sie schwieg einen Moment, dann ließ sie den Blick wieder zu Imali gleiten, die gerade ihr Gebet beendete und langsam aufstand. “Interessant“, murmelte Liv mehr zu sich selbst als zu dem Novizen. Dann trat sie zurück in die Schatten, während Imali jetzt langsam die Halle des Tempels verließ.

Draußen vor dem Tempel, als Imali die großen Türen hinter sich ließ, erwartete sie die Nachmittagssonne ... und Liv.

“Ein schweres Herz lastet auf deinen Schultern, Imali.“

Imali blinzelte überrascht. “Göttin?“ Liv musterte sie, ließ sich Zeit, bevor sie fortfuhr. “Ich sehe es in deinen Augen. Etwas bedrückt dich.“

Imali zögerte, bevor sie abwehrend lächelte. “Ich wüsste nicht, wovon du sprichst, Göttin.“

Liv trat einen Schritt näher. “Oh doch, du weißt es sehr gut. Ich weiß es auch … Ich höre die Gebete in meinem Tempel. Das ist die Gabe einer Göttin.“ Ein kurzer Moment der Stille. Dann, mit einer Gewissheit, die keinen Widerspruch duldete, sprach Liv weiter. “Du betest für Kwales Aufmerksamkeit. Du sehnst dich nach ihm, magst es ihm aber nicht offenbaren … Du hast Angst davor, er könnte dich abweisen.“

Imali riss die Augen auf, öffnete den Mund ... um zu widersprechen, vielleicht auch um eine Ausrede zu finden ... doch Liv hob nur eine schlanke Hand. “Du brauchst nichts zu sagen“, flüsterte sie. “Aber wenn du willst, kann ich dir helfen. Verstehe mich bitte richtig, Imali. Ich öffne dir nur eine Tür … Die Tür zu Kwale und seinem Herzen. Durch diese Tür hindurch treten musst du selbst. Danach wirst du Gewissheit haben, ob dein Verlangen erwidert wird.“

Imali spürte, wie ihr Herz schneller schlug. Die Göttin wusste alles, das zeigten die Augen der Göttin. Noch nie hatte sie sich jemandem anvertraut und schon gar nicht hatte sie gewollt, dass jemand ihre geheimen Sehnsüchte erriet. Doch Lilith wusste es … Natürlich wusste sie es, sie selbst, Imali, hatte ja vor der Statue der Göttin dafür gebetet. Es gab für Imali ab diesem Moment nicht mehr den geringsten Zweifel. Dieses Wesen, welches nun neben ihr stand war zweifelsfrei die Fleisch gewordene Verkörperung von Lilith. Das stand jetzt für Imali fest. Sie hatte niemandem von ihren Sehnsüchten erzählt. Niemand konnte es auch nur ahnen … Doch Lilith wusste es, sagte es ihr mit diesem feinen Lächeln auf den Kopf zu. Von diesem Moment an wandelte sich die stets misstrauische Imali in eine der glühendsten Verehrerin der Göttin Lilith. Eine Göttin, die sich dazu herabgelassen hatte, ihr, Imali, ihre Macht zu offenbaren.

Für die ohnehin gläubige Imali ein Beweis, von der Macht, die Lilith besaß. “Wie …?“ begann sie, doch Liv schüttelte nur sacht den Kopf.

Imali sah das freundliche Lächeln, der Göttin. Hörte deren Stimme, die leise war, wie der Wind in der Nacht. “Das spielt keine Rolle. Wichtiger ist, ob du die Gelegenheit nutzen willst, die ich dir geben kann … Diese Gunst erweise ich nur sehr selten einzelnen Menschen, Imali.“

Imali war misstrauisch. Das war sie stets, deshalb leitete sie jetzt auch alle Spione im Lande der Watambi. Und doch … ihr Herz verlangte geradezu verzweifelt nach einer Chance und sie hatte soeben den Beweis erhalten, dass Lilith unter ihnen wandelte. “Was hast du vor?“ fragte sie leise, fast flüsternd.

Liv lächelte. “Folge mir.“

Liv führte sie zielstrebig zum Hauptquartier der Tempelgarde. Dort, im Innenhof, trainierten mehrere Krieger. Ihre muskulösen Körper glänzten vor Schweiß, als sie mit Speeren, Schilden und Keulen den Kampf übten. Und unter ihnen war auch ... Kwale.

Sein nackter Oberkörper war mit Narben überzogen, seine Muskeln spielten unter der dunklen Haut, während er einen Übungspartner mit gezielten Bewegungen zurückdrängte. Dann beendete er den Kampf mit einem wuchtigen Schlag gegen den Schild seines Gegners, der taumelte und zu Boden ging.

Kwale wandte sich um und wischte sich mit dem Unterarm den Schweiß von der Stirn. Sein Blick traf zufällig auf Liv ... und dann auf Imali.

Liv trat ohne Zögern vor. “Kwale“, rief sie.

Der Kommandant der Tempelgarde verneigte sich tief vor ihr. “ Meine Göttin … Ich bin geehrt, von deinem Besuch.“

Liv lächelte. “Du trainierst hart.“

Erneut verneigte sich Kwale. “Es gibt keinen anderen Weg, um stark und kampfbereit zu bleiben.“

Liv nickte und warf dann einen vielsagenden Blick zu Imali, die unsicher hinter ihr stand. Kwales Augen folgten ihrer Geste, und zum ersten Mal betrachtete er Imali bewusst.

Liv legte ihre Hand auf die Schulter von Imali. “Ich dachte, es wäre an der Zeit, dass ihr euch endlich näher kennenlernt“, sagte Liv mit einem kaum merklichen Schmunzeln. “Letztendlich seid ihr beide wichtige Personen, für das Reich der Watambi.

Imali spürte, wie ihr Magen sich verkrampfte, als Kwale sie musterte. Seine dunklen Augen ruhten für einen flüchtigen Moment auf ihrem Gesicht ... prüfend, neugierig … sie erkannte Unsicherheit aber auch so etwas wie eine ferne Zuneigung, die er nicht laut aussprach. Dann lächelte er.

“Imali … ich habe oft von dir gehört. Doch wir hatten nie das Vergnügen, uns wirklich kennenzulernen … obwohl ich dich schon oft gesehen habe. Es ist für einen Mann schwer dich nicht zu bemerken, wenn du durch die Stadt gehst.“

Sein Tonfall war höflich, aber nicht distanziert. Imali atmete leise aus, dann erwiderte sie sein Lächeln. “Das Vergnügen ist ganz meinerseits.“

Liv beobachtete die beiden für einen Moment, dann trat sie einen Schritt zurück. “Ich lasse euch jetzt allein. Ich bin mir sicher, dass ihr sehr viel zu besprechen habt … Kwale, ich werde dich heute noch vor dem Sonnenuntergang erneut aufsuchen. Ich habe noch etwas mit dir zu besprechen.“ Mit diesen Worten drehte sie sich um und verschwand.

Imali wusste nicht, wie lange sie dort standen, sich ansahen, beide von einem leichten Unbehagen und einer merkwürdigen Aufregung erfasst.

“Also …“ begann Kwale schließlich. “Du bist die Meisterin der Spione. Ich hätte wirklich nicht erwartet, dass du dich für jemanden wie mich interessierst.“

Imali hob eine Braue. “Und was macht dich so sicher, dass ich mich interessiere?“

Kwale lachte leise. “Ich bin kein Narr … Ich sehe es in deinen Augen. So wie du das selbe in meinen Augen siehst.“

Sie schwieg einen Moment, dann sah sie ihm fest in die Augen. “Nein, das bist du wirklich nicht … und ja, du hast Recht … ich habe mich nur nicht getraut, dich vorher aufzusuchen … mit dir zu reden.“

Er trat einen Schritt näher, blickte aber schüchterner, als man es von einem Krieger wie ihm erwarten sollte. “Vielleicht sollten wir uns öfter sehen. Ich glaube, wir hätten ein paar Dinge zu besprechen.“

Imali spürte, wie ihr Herz erneut schneller schlug. Sie nickte langsam. “Ja … Vielleicht sollten wir das … ganz sicher sollten wir das, Mir würde es große Freunde bereiten, dich zu treffen und mit dir zu reden.“

Und so wurde an diesem Tag, unter der brennenden Sonne Tombalkus, eine Verbindung geknüpft, die mehr war als nur ein Zufall. Beide glaubten fest daran, dass die Göttin Lilith ihre Finger im Spiel hatte.

Liv hatte sich langsam entfernt und war in Gedanken. Mit Imali hatte sie einen weiteren Spielstein in Position gebracht. Ein weiterer Zug, um ihre Macht in Tombalku zu festigen. Sie wusste, dass Prinzessin Kisha für sie zu einem gefährlichen Gegner werden könnte. Jedoch war Kisha bei dem Volk beliebt und auch Chaka hielt große Stücke auf sie … Liv musste sehr vorsichtig vorgehen. Noch hatte sie keinen Hebel gefunden, den sie bei Kisha ansetzen konnte. Aber das konnte in der Zukunft ohne weiteres noch geschehen … es blieb abzuwarten.

Am frühen Abend suchte Kwale seine Göttin im Tempel auf … so wie sie es ihm befohlen hatte. Ein Novize geleitete ihn zu den Gemächern von Liv. Sie empfing ihn auf ihrem Thron sitzend. Er kniete sich demutsvoll vor ihr nieder, berührte mit seiner Stirn den Boden. “Göttin, ihr habt mich hierher befohlen … Wie kann ich euch dienen?“

Ihre Stimme hallte dunkel von den Wänden zurück. “Stehe auf Kwale, mein treuer Diener … Nehme dir einen Stuhl und setze dich zu mir. Wir haben einiges zu bereden.“ Sie deutete auf einige gepolsterte Hocker, die an der wand standen und Kwale kam ihrem Befehl sogleich nach. Drei Schritte vor ihr setzte er sich und sah sie erwartungsvoll an.

Sie seufzte und sah ihn nachdenklich an. “Gestern, in der Nacht, hat jemand versucht hier einzudringen und den Tempel zu schänden … So etwas darf niemals wieder geschehen.“ Sie richtete sich etwas auf, bevor sie weitersprach. Ihre Stimme, die sonst so freundlich klang hatte jetzt einen Unterton, der Kwale einen kalten Schauer über den Rücken laufen ließ. “Ich habe den Geist des Mannes im Totenreich aufgesucht und ihn befragt … Er wurde von jemand anderem dazu angestiftet. Ich weis also, wer der wirklich schuldige ist.“

Kwale sah sie an. In seinen Augen spiegelte sich Wut darüber wieder, dass jemand derart frevelhaft handeln könnte. “Nennt mir den Namen Göttin und ich werde diese Person zur Verantwortung ziehen.“

Liv lächelte ihn sanft an. “Es ist Barimo … der General unserer Truppen. Wenn ich offen gegen ihn vorgehe oder dir befehle dies zu tun, wird es Zwist unter das Volk der Watambi bringen … das jedoch möchte ich vermeiden. Verstehst du das, Kwale?“

Kwale nickte sinnend. Zu kurz war es her, dass der Bürgerkrieg getobt hatte und jeder in Tombalku wusste, dass Barimo der Prinzessin Kisha völlig ergeben war … Daraus folgerte, sie könnte höchst wahrscheinlich ebenfalls involviert sein. Er überlegte einen Moment … und fand eine Lösung, für das Problem. “Was wenn Barimo auf der Jagd verunglückt? So etwas geschieht immer wieder und auch gute Jäger kommen bisweilen dabei um ...“

Liv lehnte sich zurück. Ein kaltes Lächeln lag auf ihrem Gesicht. “Wie soll sich denn ein derartiger Unfall ereignen, mein listenreicher Kwale?“

Kwale bleckte seine Zähne, zu einem Lächeln, welches einem Raubtier gehören könnte. “Unter den regulären Soldaten sind viele, die fest an Lilith glauben … es sollte möglich sein, zwei davon dazu bewegen, dass sie dafür sorgen, dass Barimo bei seiner nächsten Jagd einen Unfall erleidet. Natürlich müssen die beiden kurz danach auch verschwinden, damit keine Spuren bleiben … diesen Part werde ich selbst übernehmen, Herrin.“

Liv nickte langsam. Kwale war erbarmungslos in seiner Treue zu ihr, die er als seine Göttin ansah. Ein Frevel gegen Lilith oder den Tempel war für ihn ein Sakrileg, welches nur mit dem Tode bestraft werden konnte. “Tu es, Kwale … und gehe sorgsam vor dabei.“

Er nickte bestätigend. Damit war der Tod von Barimo eine beschlossene Sache … und sein Platz wurde frei, musste neu besetzt werden, was es Liv nun möglich machte, selbst jemanden für diesen Posten auszusuchen oder vorzuschlagen. Sie sah Kwale kurz an. “Wer wird den Posten von ihm danach übernehmen sollen?“

Kwale hatte die Antwort bereits parat. “Imbali … Ihr erinnert euch sicher an ihn, oh Göttin. Er führte die Krieger von Chaka, als ihr euch uns offenbartet. Imbali ist euch und dem König treu ergeben … und er ist der Stellvertreter von Barimo, seitdem Chaka ihn dazu gemacht hat. Imbali ist bei den Soldaten sehr beliebt … und er ist fast genauso gerissen, wie Barimo. Ein guter Nachfolger als Oberkommandant der Truppen also.“

Liv nickte nur und Kwale sah dies als die Zustimmung an, die er von seiner Göttin benötigte.

Liv nickte nochmals. Dann sah sie Kwale nachdenklich an. “Kwale, mein treuer Diener, ich wünsche, dass nie wieder jemand die Möglichkeit bekommt, den Tempel zu entweihen. Stell dir vor, wie das auf unser Volk wirken würde … dazu muss jedoch die bestehende Tempelgarde jetzt schnell vergrößert werden. Ich bin in mich gegangen und habe erkannt, dass die Tempelgarde auf eine Stärke von achtzig Männern vergrößert werden muss, um ihrer Aufgabe gerecht zu werden. In der Nacht werden ab sofort vier Wachgruppen von jeweils zwei Kriegern um den Tempelbereich auf Wache gehen, ihn beständig umrunden und somit verhindern, dass jemand über die Mauer klettert.“

Sie holte Luft und fuhr fort. "Weiterhin plane ich, für unseren König eine Leibwache aufzustellen. Erfahrene Krieger … die alle festen Glaubens an mich sind. Sie sollen den König dann später auf seinen Reisen begleiten und auch im Palast über ihn Wachen." Kwale nickte nachdenklich. Sie sah förmlich, wie seine Gedanken rasten, als er bereits abwog, wen er mit dieser Aufgabe betrauen konnte.

Liv ließ einen Moment verstreichen. Als letztes will ich die Aufstellung einer Leibwache, für meinen Menschlichen Körper, vorantreiben … Sie sollen die Unversehrtheit dieses Fleisches gewährleisten. Ich will, dass du mit dem Auswahlverfahren der Krieger die benötigt werden, bereits morgen, kurz nach dem Sonnenaufgang, beginnst. Meine Leibwache soll aus unerschütterlichen Gläubigen bestehen, denen ich genauso vertrauen könnte, wie auch dir, mein geschätzter Kwale. Dir untersteht die Tempelgarde und somit bist du bereits mit Pflichten überhäuft. Meine neue Leibwache soll dir zwar formell unterstellt sein, jedoch auch eigenverantwortlich handeln können. Dazu werde ich beizeiten einen Führer für diese Krieger auswählen und dich dabei zu Rat ziehen."

Er saß einen Moment nachdenklich auf dem Hocker. Dann nickte er. "Ich werde deine Wünsche umsetzen, oh Göttin … Das Auswahlverfahren wird morgen beginnen. Es werden weit mehr Freiwillige und geeignete erscheinen, als wir benötigen … Ich kann die Krieger also genau prüfen und dann die Vorauswahl treffen, oh Göttin. Mein Bestreben wird es sein, die Elite unserer Krieger zu versammeln. Da jeder Krieger es als Ehre ansehen wird dir zu dienen haben wir die Auswahl."

Sie lächelte. "Ich wusste, dass du der richtige Mann für diese Aufgaben bist, Kwale." Sie legte ihren Kopf etwas schräge und sah ihn an. "Was denkst du über Imali?" Er wurde schamhaft rot, im Gesicht. Sie lachte leise, aber mit einem liebevollen Unterton. Eine derartige Reaktion bei einem Mann sagte ihr alles, was sie wissen musste. "Sie schätzt dich sehr, Kwale. Wenn du ebenso empfindest, dann solltest du ihr das beizeiten zu verstehen geben … Zeige ihr, was du empfindest. Sie wird dich nicht abweisen."

Sein Gesicht spiegelte tiefe Dankbarkeit wieder. "Danke Göttin … Es ist schwer zu ermessen, was deine Worte mir bedeuten. Ich muss unentwegt an sie denken … Danke, oh Göttin."

Wie von Kwale angekündigt begannen bereits am folgenden Tag die Auswahlverfahren für die Krieger, die nun aus der breiten Menge der namenlosen Krieger aufsteigen sollten … In Eliteeinheiten von Männern, die eine besonders ehrenhafte Aufgabe erhalten würden. Der Andrang war sehr viel größer, als Liv dies erwartet hatte.

Über drei Tage hinweg zogen sich die Prüfungen der Anwärter dahin. Dabei wurden von Kwale diejenigen konsequent aussortiert, die seinen Ansprüchen als Krieger nicht genügten. Der kampferprobte Kwale hatte einen scharfen Blick und befasste sich mit jedem einzelnen der Anwärter, wobei er auch selbst gegen sie im Übungskampf antrat, um sie zu prüfen.

Es kam der Tag, an dem Kwale ihr, durch einen Boten mitteilen ließ, er habe jetzt die Anzahl der benötigten Krieger ausgewählt. Nun war es daran, diejenigen auszuwählen, die für die Leibgarde des Königs erwählt wurden. Noch wichtiger war es Liv allerdings, dass jetzt auch ihre eigene Leibgarde ausgewählt wurde. Männer, von denen im Zweifelsfall ihr eigenes Leben abhängen würde. Verständlicherweise lag ihr dies sehr am Herzen.

Fast schon eilig begab sie sich zum Kasernentrakt, wo die Tempelgarde untergebracht war. Dort angekommen sah sie bereits die Krieger, die nun in diesem letzten Auswahlprozess ihr bestes zeigten. Männer, deren Muskeln wie aus dunkler Bronze gemeißelt schienen, deren Körper von Narben gezeichnet waren ... lebende Waffen. Liv beobachtete das Auswahlverfahren mit scharfem Blick. Kwale ließ die Krieger immer wieder gegeneinander antreten, um ihre Fähigkeiten zu prüfen. Immer wieder sprach er mit einzelnen Kriegern, wollte ihre Loyalität gegenüber der Göttin testen, die schweigend diese Kämpfe beobachtete. Es war ein Spektakel aus Schweiß, Blut und Kampfrufen, doch Liv blieb ungerührt.

Dann fiel ihr Blick auf ihn. Ein noch sehr junger Krieger bewegte sich durch das Kampfgetümmel mit einer Eleganz, die ihr sofort auffiel. Wo andere mit Kraft kämpften, war er Geschwindigkeit. Wo andere weit ausholten, schlug er präzise zu. Seine Schläge waren fließend, seine Bewegungen geschmeidig wie die einer Raubkatze. Er war größer als viele der anderen, sein Körper war kraftvoll, doch es war nicht nur seine Statur, die sie faszinierte. Es war seine Haltung, seine Entschlossenheit.

Liv beugte sich leicht zu Kwale, der schweigend neben ihr stand. “Wer ist dieser Junge?“ Kwale folgte ihrem Blick und blieb dann kurz stumm. Ein Ausdruck, der vielleicht Stolz, vielleicht Besorgnis war, huschte über sein Gesicht.

“Das ist Konge“, sagte er schließlich und diesmal klang Stolz in seiner Stimme. “Mein Neffe … Nach dem frühen Tode seiner Eltern habe ich ihn als meinen Sohn aufgezogen und ihn alles gelehrt, was ich vom Kriegshandwerk weis.“

Livs Interesse war geweckt. “Dein Neffe?“

“Ja, Göttin ... Er hat erst vor einem Mond das Alter eines vollwertigen Kriegers erreicht und das Mannbarkeitsritual vollzogen. Erst jetzt darf er den Kriegern beitreten. Vorher war er zu jung, gemäß unseren Gesetzen.“

Liv ließ sich diese Information auf der Zunge zergehen, während sie Konge weiter beobachtete. Der junge Krieger war kaum aus der Jugend heraus, doch seine Bewegungen sprachen von jahrelangem Training, von einem Verlangen, sich zu beweisen.

“Er ist stärker als viele von den anderen“, stellte sie fest. “ Er kämpft mit der Berechnung eines erfahrenen Kriegers. Auch sein Kampfgeschick und die Waffenkunst ist beeindruckend.“

Kwale nickte, stolz. “Er wurde sein ganzes Leben darauf vorbereitet, ein Krieger zu sein. Er ist fanatisch in seinem Glauben an unsere Göttin. Fast möchte ich meinen, er glaubt noch stärker an euch, als ich selbst, oh Göttin.“

Livs Lippen kräuselten sich zu einem Lächeln. “Ein wahrer Gläubiger also …“ Sie ließ die Worte zwischen sich und Kwale schweben. Dann wandte sie sich wieder Konge zu, der soeben einen älteren Krieger zu Boden geschickt hatte.

Der junge Mann wirbelte herum, sein Blick leuchtete im Feuerschein. Er sah Liv direkt an, hielt ihren Blick mit einer Intensität, die ihr gefiel. Keine Spur von Angst. Keine Spur von Zögern … Aber tiefe Verehrung.

Langsam trat Liv nach vorne, bis sie direkt vor Konge stand. Schweigen legte sich über den Trainingsplatz, während sich die anderen Krieger zurückzogen.

“Konge“, sagte sie leise und lächelte dabei. Der junge Krieger sank sofort auf ein Knie, senkte den Kopf.

“Göttin, ich bin euer Diener“, antwortete er.

Liv betrachtete ihn einen Moment, dann legte sie einen Finger unter sein Kinn und hob sein Gesicht an. Seine Haut war von Schweiß glänzend, seine Lippen leicht geöffnet vom Kampf, sein Atem schwer ... aber in seinen Augen brannte ein Feuer, das sie nicht ignorieren konnte.

“Du kämpfst, als wärst du älter als deine Jahre“, stellte sie fest.

“Ich kämpfe für die Göttin Lilith“, erwiderte er. “Für die Ehre zu ihrer persönlichen Wache gehören zu dürfen. Gibt es etwas auf dieser Welt, was erhabener sein könnte? Ich würde alles dafür tun, um euch dienen zu dürfen, oh Göttin … Das Privileg in eurem Schatten wandeln zu dürfen, euch jeden Tag sehen zu dürfen … Ja, ich bin gut ausgebildet worden. Das Schicksal hat mich für eine besondere Aufgabe vorherbestimmt. Es ist mein sehnlichster Wunsch, euch dienen zu dürfen, oh Göttin.“

Livs Lächeln vertiefte sich. “Und wenn ich dir jetzt sage, dass ich dich brauche? Dass ich will, dass du meine Klinge bist, mein Schild?“

Konge zögerte nicht. “Dann werde ich kämpfen, bis mein Blut vergossen ist. Bis mein Leben endet, wenn Ihr es verlangt.“

Sein Eifer war fast berauschend. Liv wusste, dass sie ihn formen konnte, dass sie seinen Glauben nutzen konnte, um ihn an sich zu binden, zumal er noch sehr jung war.

“Dann wirst du, ab heute, der Führer meiner Leibwache sein, Konge“, entschied sie.

Ein andächtiges Raunen ging durch die versammelten Krieger, doch niemand widersprach oder zeigte gar Missgunst oder Neid. Die Göttin selbst hatte gesprochen.

Kwale trat näher. Er schwieg einen Moment, dann nickte er langsam. “Er wird Euch gut dienen, Göttin.“

Liv trat einen Schritt zurück, betrachtete ihren neuen Leibwächter noch einmal. “Dann beginnt deine Ausbildung heute, Konge. Ich werde sehen, wie weit deine Loyalität reicht.“

Konge kniete nieder, neigte das Haupt, berührte den Boden mit seiner Stirn. “Meine Loyalität kennt keine Grenzen, Göttin.“

Kwale grinste Liv stolz zu. Er hatte für die Leibgarde der Göttin bereits ein ganz spezielles Training ersonnen. Nie zuvor würden Krieger härter ausgebildet worden sein, in der Geschichte der Watambi. Die Truppen, die er hier formen wollte, sollten zu einer Elite werden, wie es sie zuvor nie gegeben hatte. Furchtlos, im Kampf allen anderen Kriegern überlegen und der Göttin bedingungslos ergeben. Jederzeit bereit, alles zu tun, was man ihnen befehlen würde. Kwale selbst würde ebenfalls trainieren, denn er war sich darüber im klaren, dass auch er seine Kampffähigkeiten noch weiter ausbauen konnte. Das geschah jedoch nur durch ein beständiges und hartes Training.

Die Krieger im Auswahlkampf

Der Klang von nackten Füßen auf kaltem Stein hallte leise durch den Tempel. In der ersten Zeit des frühen Morgens, kurz nachdem die Tore des Tempels geöffnet wurden, war es hier fast menschenleer. Nur ein paar Novizen eilten geschäftig durch das Gebäude, um die Tempelhalle für den Tag vorzubereiten.

Liv bewegte sich lautlos durch die Schatten eines Säulenganges. Ihr Ziel war eigentlich der innere Hof der Kaserne der Tempelgarde, wo sie eine kurze Besprechung mit Kwale, dem Führer der Tempelgarde, geplant hatte. Doch als sie in der Nähe einer kleinen Nische vorbeikam, in der zwei Novizen beisammenstanden, hielt sie abrupt inne.

Die beiden jungen Männer, in ihre dunklen Gewänder gehüllt, hatten sich offenbar aus dem Hauptgang zurückgezogen, um unbeobachtet zu sprechen. Ihre Stimmen waren gedämpft, doch in der stillen Morgenluft war jedes Wort klar verständlich.

“Ich sage dir, es ist seltsam. Sie ist immer die Erste“, flüsterte der eine, ein schlanker, hochgewachsener und sehr junger Novize mit schmalem Gesicht.

Sein Gegenüber, ein kräftigerer ebenfalls noch sehr junger Mann mit kurz geschorenem Haar, schnaubte leise. “Das kann nicht wahr sein. Sie? Ausgerechnet sie?“

“Doch, genau sie“, beharrte der Erste. “Prinzessin Kisha. Jeden Morgen, sobald das Tor geöffnet wird. Ich dachte erst, es wäre nur Zufall, aber es ist jetzt schon seit der Ankunft unserer verehrten Göttin so.“

Livs Augen verengten sich.

Der andere Novize schüttelte den Kopf. “Unmöglich. Sie hält sich doch sonst vom Tempel fern. Wann hast du sie jemals bei einer öffentlichen Zeremonie gesehen? Nicht einmal bei den großen Riten ist sie anwesend. Das passt nicht zusammen.“

“Genau das ist ja das Merkwürdige“, flüsterte der erste Novize aufgeregt. “Ich habe es mit eigenen Augen gesehen. Und nicht nur einmal, sondern jeden Tag. Sie kommt, sobald das erste Licht den Horizont berührt. Kein Gefolge, keine Diener. Sie trägt nicht einmal ihre üblichen Gewänder, sondern einfache Stoffe, fast wie eine gewöhnliche Gläubige.“

Der andere ließ das sacken. Dann schnaubte er erneut leise. "Und was tut sie hier? Sie kann doch nicht wirklich beten. Vielleicht... vielleicht beobachtet sie uns nur. Vielleicht sucht sie nach Schwächen im Tempel. Sie ist schließlich die Halbschwester des Königs. Es wird geflüstert, der König und seine Halbschwester ringen heimlich miteinander um die interne Macht, im Reich. Der König verehrt die Göttin Lilith. Das ist bekannt. Aber ich dachte immer, seine Halbschwester, die Prinzessin Kisha betet heimlich zu den alten Gottheiten."

Der erste Novize zögerte. "Ich dachte das anfangs auch. Aber dann habe ich ihr Gebet gesehen. Ich schwöre, es war aufrichtig. Sie kniete sich vor den Altar und senkte den Kopf. Sie hat gesprochen, aber so leise, dass ich die Worte nicht verstehen konnte. Es war kein leeres Ritual, das spürte ich."

Der kräftigere Novize verschränkte die Arme. Seine leise Stimme war nachdenklich. "Wenn das stimmt … wenn sie wirklich ebenfalls gläubig ist … warum versteckt sie es dann, so sorgsam? Warum zeigt sie es nicht wie die anderen?"

Ein kurzes Schweigen trat ein.

"Vielleicht darf sie es nicht offen zeigen", murmelte der Erste schließlich. "Vielleicht würde es ihr am Hof Schwierigkeiten bereiten. Der König hat die Armee hinter sich … und das Volk. Die Prinzessin hingegen wird von denjenigen unterstützt, die das Geld, den Einfluss und die Macht haben. Das Gleichgewicht der Macht in unserem Reich steht auf wankenden Beinen und beide versuchen einen weiteren Bürgerkrieg zu verhindern. Niemand vermag zu sagen, auf welche Seite sich die Göttin stellen würde. Die Göttin ist es, die das Gleichgewicht aufrecht erhält, weil sie sich für keine Seite erklärt hat … Verstehst du nun, wie weise unsere Göttin ist?"

Livs Augen funkelten und sie musste jetzt mit viel Mühe ein hysterisches Lachen unterdrücken. Derart hatte sie ihr Umfeld noch nie betrachtet. Sie sollte den Frieden bewahren? Das war ihr völlig neu … aber es leuchtete ihr ein.

Liv beschloss, so bald wie möglich ein Gespräch mit Imali zu führen. Im Reich der Watambi war fraglos niemand anderes derart informiert, über solche Zusammenhänge, wie die oberste Spionin. Imali würde ihr mehr dazu erzählen können. Liv lächelte zufrieden. Sie würde Imali durch einen Boten in den Tempel bitten lassen.

Die Sonne hatte ihren Höchststand noch nicht ganz erreicht, als ein Novize ehrerbietig bei Liv erschien und die Ankunft von Imali meldete. Liv empfing die Frau in ihren privaten Gemächern, die den richtigen rahmen für ein derartiges Gespräch bildeten. Über Nebensächlichkeiten plaudernd stiegen sie auf die Dachterrasse und nahmen unter einem Sonnensegel Platz, welches Schatten über ein Tischchen und zwei gut gepolsterte Hocker legte. Zuerst fragte Liv ihre Gesprächspartnerin, mit interessiertem Gesicht und einem feinen Lächeln, wie sich der Kontakt zu Kwale entwickelte. Imali errötete dabei und hatte einen gewissen Ausdruck in ihren Augen, der von Sehnsucht zeugte. Liv schloss daraus, dass die beiden bereits das Bett miteinander geteilt hatten und das Imali sehr zufrieden mit dem Erlebten war. Dann lenkte Liv das Gespräch vorsichtig auf die Verteilung der Anhängerschaften, innerhalb des Volkes der Watambi.

Imali beugte sich etwas vor, als sie antwortete. “Oh Göttin, diese Frage ist etwas kompliziert und lässt sich auch nicht einfach in einem kurzen Satz beantworten. Dir ist sicherlich bewusst, dass der König den Großteil unserer Armee treu hinter sich weis. Auch kleinere Teile des Volkes unterstützen ihn. Darunter die meisten der Handwerker und Jäger. Seine Halbschwester kann auf die Unterstützung der niederen Adeligen bauen und ist sich der Treue der größeren Händler gewiss … Zudem wird sie von den meisten Leuten unterstützt, die noch immer nicht vollends an die Göttin Lilith glauben, sondern teils noch mit den alten Gottheiten liebäugeln … Allerdings wird letztere Gruppe langsam kleiner, da immer mehr den alten Glauben endgültig ablegen. Vor allem im Militär geht dieser Prozess stetig voran.“ Imali dachte einen kurzen Moment nach. “Dann haben wir noch eine dritte Fraktion, die keine der beiden Personen unterstützt, sondern sich neutral verhält und die Hoffnung hegt, die Göttin werde weise genug sein, um den König und die Prinzessin in die richtige Richtung zu lenken. Dies sind zumeist Leute aus dem einfachen Volk, jedoch auch ein gewisser Teil der Handwerker, kleinere Händler und Soldaten, die den alten Glauben jetzt ablegen … Was ich nicht wirklich beurteilen kann, sind die vielen Sklaven. Bislang verhalten sie sich völlig neutral und akzeptieren alles, was geschieht. Für Sklaven ist das nicht ungewöhnlich. Es sollte hierbei jedoch bedacht werden, dass die Sklaven zahlenmäßig eine große Rolle spielen. Die Sklavensoldaten tendieren größtenteils zum König, den sie vorbehaltlos als ihren Herrscher, Eigentümer und Kriegsherren ansehen. Jedoch gibt es auch einen gewissen Teil unter den Sklavensoldaten, die Lilith als das entscheidende Element ihrer Loyalität ansehen. Bitte vergesst nicht, dass Lilith allgemein auch als die Göttin des Krieges angesehen wird. Das prägt natürlich die Wahrnehmung der Soldaten und Sklavensoldaten. Bei den Frauen unter der Anhängerschaft ist es ähnlich. Lilith ist die Verkörperung von Lust und Liebe, also das, was für die Frauen aus allen Schichten im Alltag oder der Familie prägend ist."

Liv hatte interessiert zugehört und lenkte das Gespräch nun wieder auf das persönliche Verhältnis von Imali und Kwale. Sie gab sich in diesem Moment ganz wie eine Frau, die mit einer Freundin sprach. Das Gespräch plätscherte noch eine gewisse Weile dahin, bis Imali sich verabschiedete und angab, ihre pflichten würden nun rufen. Die Verabschiedung viel herzlich aus … Kaum jedoch hatte Imali die Gemächer von Liv verlassen, da veränderte sich deren Gesichtsausdruck. Angestrengt dachte Liv nach und grübelte vor sich hin. Sie musste ihre eigene Anhängerschaft noch deutlich vergrößern, um effektiv mehr Macht auswirken zu können.

Ihre Gedanken rotierten. Dann jedoch huschte plötzlich ein Grinsen über ihr Gesicht. Wie hatte sie das bloß übersehen können? Eigentlich war es ganz einfach, die Anzahl derjenigen, die treu zu ihr standen, schlagartig zu vergrößern. Jetzt benötigte sie nur noch ein klein wenig Zeit, um dafür einige Vorbereitungen zu treffen. Der Rest würde quasi von ganz alleine geschehen.

Die Morgensonne war noch nicht aufgegangen, als die gewaltigen Bronzetore des Tempels sich langsam öffneten und die erste Dämmerung in das Innere drang. Die schweren Torflügel gaben ein dumpfes Knarren von sich, während sie sich in ihre Position bewegten und den Weg zum Heiligtum der Göttin Lilith freigaben. Der weiße Steinboden, vom kühlen Morgenlicht sanft erhellt, wirkte beinahe wie poliertes Silber, und die dunklen Säulen warfen lange Schatten.

Liv stand auf der obersten Stufe des Tempels, verborgen hinter einer der mächtigen Säulen des Eingangsbereichs. Sie beobachtete die Szene mit scharfem Blick. Seit sie von den Novizen zufällig gehört hatte, dass Prinzessin Kisha die erste war, die jeden Morgen den Tempel betrat, ließ es ihr keine Ruhe mehr. Kisha, die Halbschwester von König Chaka, war ihr bisher stets als eine Frau erschienen, die dem Kult um Lilith mit Skepsis begegnete, wenn nicht gar mit Abneigung. Doch nun ergab sich ein völlig anderes Bild.

Die Stille des frühen Morgens wurde von leichten, eiligen Schritten durchbrochen. Eine schlanke Gestalt tauchte aus dem Halbdunkel auf und schritt über den weiten Vorhof des Tempels. Der zarte Schimmer des beginnenden Tages umhüllte sie wie ein silberner Schleier. Prinzessin Kisha.

Livs Augen verengten sich, während sie jede Bewegung der jungen Frau verfolgte. Kisha war in ein schlichtes Gewand gehüllt, das sich deutlich von den prächtigen Stoffen unterschied, die sie sonst bei Hofe trug. Ihr Haupt war unbedeckt, das dichte, dunkle Haar fiel in sanften Wellen über ihre Schultern. Keine Schmuckstücke glänzten an ihrem Hals, keine goldenen Reifen zierten ihre Arme. So gekleidet hätte sie jede einfache Gläubige sein können.

Kisha erreichte den Eingang des Tempels, hielt kurz inne und trat dann mit gesenktem Haupt ein. Ein Moment verstrich, ehe Liv ihr lautlos folgte. Sie hielt sich in den Schatten der gewaltigen Pfeiler, während die Prinzessin zielstrebig zum Altar schritt.

Vor der monumentalen Statue der Göttin Lilith, deren steinernes Gesicht von den ersten Sonnenstrahlen sanft erleuchtet wurde, blieb Kisha stehen. Dann ließ sie sich auf die Knie sinken. Ihre Schultern hoben und senkten sich in tiefem Atemzug, als würde sie sich bewusst auf das konzentrieren, was sie zu sagen gedachte.

Livs Augen verengten sich zu Schlitzen. Sie war argwöhnisch … war Misstrauisch und vermutete eine bewusste Täuschung, durch Kisha. Aus einem Grund, den sie noch nicht erkennen konnte. Deshalb beobachtete Liv jede Bewegung von Kisha sorgsam und suchte nach Anzeichen, die ihren Verdacht bestätigen würden.

Sie erwartete eine hastige Geste, ein stummes Lippenbeben, eine bloße Form des Gebets, die einem unbeteiligten Beobachter mehr Vorsicht als Hingabe verraten hätte. Doch was sie sah, ließ sie innehalten.

Kisha beugte ihr Haupt und legte beide Hände auf den Boden, eine Geste, die allein den tief Gläubigen vorbehalten war. Ihr Mund bewegte sich lautlos, während sie Worte murmelte, die Liv nicht verstehen konnte. Ihre Hände zitterten leicht, ein Zeichen innerer Erregung oder vielleicht auch Demut.

Liv verharrte reglos in ihrer Beobachtung, während die Zeit unbemerkt verstrich. Sie stand verborgen im tiefen Schatten und bewegte sich nicht.

Minuten vergingen, in denen auch Kisha unbeweglich blieb. Erst als sich die Schatten im Inneren des Tempels veränderten, hob sie langsam den Kopf. Ihre Augen waren geschlossen, ihre Miene entspannt. Mit der selben Ruhe, mit der sie gekommen war, erhob sie sich, verharrte noch einen Moment vor dem Altar und drehte sich dann um.

Liv zog sich unauffällig und lautlos noch tiefer in die Dunkelheit zurück. Kisha verließ den Tempel so lautlos, wie sie ihn betreten hatte. Kein weiteres Wort, keine unnötige Bewegung. Erst als das Echo ihrer Schritte in der Ferne verklungen war, trat Liv aus ihrem Versteck.

Sie ließ den Blick über den Altar gleiten, dann hinauf zu der gewaltigen Statue der Göttin. Eine Mischung aus Belustigung und Verwunderung regte sich in ihr. “Interessant“, murmelte sie leise.

Sie hatte Kisha für eine erklärte Gegnerin gehalten, für eine Frau, die den Einfluss des Kultes in Zweifel zog und vielleicht sogar heimlich untergrub. Doch nichts davon schien der Wahrheit zu entsprechen. Diesen Eindruck hatte Liv zumindest jetzt erhalten.

Ein leises Lächeln umspielte Livs Lippen. Kisha war gläubig. Sogar tief gläubig. Aber warum hatte sie es stets verborgen? War es Scham? Angst? Oder war es eine bewusste Entscheidung?

Die vielen Möglichkeiten, die sich aus dieser Erkenntnis ergaben, waren verlockend. Liv wusste, dass sie Kisha nun anders würde begegnen müssen. Sie musste herausfinden, was die Prinzessin wirklich antrieb und wie sie diese für sich gewinnen konnte.

Mit neuer Entschlossenheit wandte sie sich ab. Der Tag hatte gerade erst begonnen. Doch in Livs Gedanken formte sich bereits ein neuer Plan.

Die Morgendämmerung war kaum angebrochen, als Liv sich erneut in den Schatten der gewaltigen Säulen verbarg. Der Tempel war noch still, das erste Licht des Tages tauchte die hohen Wände in ein kühles Blau. Der schwere Duft von Räucherwerk lag bereits in der Luft, ein Überbleibsel der täglichen Opfergaben.

Liv wartete. Sie wusste, dass Prinzessin Kisha bald erscheinen würde. Es war nicht schwer gewesen, ihren gewohnten Ablauf zu bestätigen ... der Hinweis der Novizen hatte genügt, um ihren Verdacht zu erhärten. Und so stand sie nun dort, verborgen im Dunkel, lauernd wie eine Raubkatze, bereit zuzuschlagen. Bereits seit vier Tagen beobachtete Liv die frühen Besuche von Kusha im Tempel. Nichts deutete darauf hin, dass Kisha hier etwas spielen würde, zumal um diese Tageszeit noch keine anderen Gläubigen den Tempel aufsuchten und die wenigen Novizen die sich zu diesem Zeitpunkt bereits hier aufhielten mit den Vorbereitungen für den Tag beschäftigt waren. Kisha war also jeden Tag völlig ungestört, bei ihren Besuchen.

Da kamen die leichten, eiligen Schritte. Kisha betrat den Tempel wie am Vortag – allein, schlicht gekleidet, mit einer Ruhe, die fast andächtig wirkte. Ohne zu zögern schritt sie zum Altar, wo die riesige Statue der Göttin Lilith über sie wachte. Ihr Antlitz war im sanften Schimmer der aufsteigenden Sonne zu sehen ... ein Gesicht, das gleichzeitig gütig und unerbittlich war. Dieses Abbild, welches eine derart verblüffende Ähnlichkeit mit Liv besaß … und Liv damit den Griff nach der Macht der Göttin Lilith eigentlich erst ermöglicht hatte. Liv hatte schon oft darüber nachgegrübelt, welcher Gott wohl seine Finger hier im Spiel gehabt haben könnte. Als einzige Möglichkeit kan ihr dabei Loki in den Sinn. Loki, der Gott der List, der Intrigen und des Schabernack, dem sie ein derartigen Spiel durchaus zutraute.

Die Prinzessin sank in die Knie, legte die Hände auf den Boden und senkte den Kopf. Ihre Lippen bewegten sich leise, während sie betete.

Liv beobachtete sie genau. Jede Regung, jede Geste, die Art, wie Kisha sich der Göttin darbrachte ... war es gespielt oder echt? Eine List, um sich einen Vorteil zu verschaffen? Oder war hier eine Frau, die tatsächlich an Lilith glaubte, aber aus Angst oder Kalkül ihre Hingabe verbarg? Liv ließ weitere Minuten verstreichen. Erst als Kisha ihr Gebet beendete und sich langsam erhob, trat Liv aus den Schatten.

“Prinzessin, Kisha.“

Kisha erstarrte. Die Stimme war ruhig, aber durchdringend ... sanft wie dunkler Samt, doch mit der Härte von Stahl darunter. Kisha drehte sich ruckartig um, ihre dunklen Augen weiteten sich, als sie Liv erblickte.

Liv stand mit geradem Rücken, in einen fließenden Umhang aus tiefrotem Stoff gehüllt. Ihr blondes Haar fiel in losen Strähnen über ihre Schultern, und die ersten Sonnenstrahlen fingen sich darin wie in gesponnenem Gold.

Die Verkörperung der Göttin Lilith. Die Göttin selbst, in ihrer Hülle, die sie angenommen hatte, um unter den Watambi wandeln zu können.

Kisha erbleichte und wich unwillkürlich einen Schritt zurück, als hätte sie eine Erscheinung vor sich. “Göttin …“ Ihre Stimme klang überrascht, fast unsicher.

Liv ließ ihr einen Moment, um sich zu fassen, dann lächelte sie leicht. “Du musst mir folgen, Kisha.“

Kisha blinzelte. “Wohin…?“

Liv lächelte. Sanft und doch mit einer Entschlossenheit in ihren Augen, die an ein Raubtier auf der Jagd erinnerten. “In meine Gemächer. Wir beiden sollten miteinander sprechen … und ich denke, du würdest es vorziehen, wenn niemand unser Gespräch hören kann.“

Die leisen Worte ließen keinen Raum für Diskussion frei. Es war nicht nur eine Aufforderung ... nein, ein Befehl. Der Befehl der Göttin.

Kisha zögerte. Ein Schatten huschte über ihr Gesicht und für einen sehr kurzen Moment schien es, als wolle sie aus purer Angst ablehnen. Aber dann senkte sie den Kopf leicht und wirkte fast erleichtert, wie Liv erstaunt feststellte.

Kisha beugte ihren Kopf … Viel tiefer und ergebener, als Liv dies von ihr erwartet hätte. “Wie Ihr wünscht, oh Göttin.“

Sie verließen den den Raum gemeinsam und stiegen die breiten Treppen empor, die letztlich zu den Gemächern von Liv führen würden. Die wenigen bereits im Gebäude anwesenden Priester und Novizen warfen ehrfürchtige Blicke auf Liv und verstohlene, neugierige auf Kisha. Niemand jedoch wagte es, Fragen zu stellen … Es stand ihnen nicht zu, zu hinterfragen, was die Göttin und die Prinzessin taten.

Endlich erreichten sie die privaten Gemächer von Liv. Zwei hohe Türen aus dunklem Holz öffneten sich lautlos, als Liv sie betrat. Der Raum dahinter war etwas kühler und voller Schatten. Seidene Vorhänge bewegten sich sanft in der morgendlichen Brise und der Duft von exotischen Ölen hing in der Luft.

Liv wandte sich zu Kisha um. Die Prinzessin stand mit geradem Rücken, ihre Hände vor dem Körper gefaltet. Sie wirkte ruhig aber auch zutiefst verängstigt. Eine Tatsache, die sie gut zu verbergen versuchte. Liv jedoch kannte die Anzeichen und konnte Gesichter lesen, wie in Ton geritzte Zeichen.

Sie gingen zu dem kleinen Seitenraum, indem sich die breite Liege und einige Hocker befanden, die um ein Tischchen gruppiert waren. Liv setzte sich auf die Liege und sah Kisha nachdenklich an. “Setz dich“, sagte Liv und deutete auf einen der Hocker.

Kisha tat, wie ihr geheißen. Die Prinzessin schwieg. Liv sah jedoch die Schweißperlen, die auf ihrer Stirn erschienen. Sie ließ die Stille zwischen ihnen wachsen, ließ sie wie eine unsichtbare Klinge wirken, die jede Unruhe und Unsicherheit bloßlegen konnte.

Liv lehnte sich leicht zurück und brach das Schweigen. “Warum hast du es verborgen? Warum betest du nicht offen, mit den anderen sondern immer nur alleine? Selbst deine beiden Leibwächterin lässt du zurück, um nicht erkannt zu werden … Erkläre es mir, Kisha. Ich will es laut von deinen Lippen hören.“

Kisha schien sich zu winden. Ein kaum merkliches Zucken der Lippen. Dann eine vorsichtige Antwort: “Es war nie sicher, es offen zu zeigen. Ich muss sehr vorsichtig sein …“ Kisha holte tief Luft. Eine Träne erschien in ihrem Augenwinkel. “Würde ich mich offen zu dir bekennen und dich öffentlich anbeten, dann ich würde meine Unterstützer oder zumindest einen Teil von ihnen verlieren. Das darf ich nicht riskieren. Das Reich muss stark bleiben … und ich weis nicht, ob mein Halbbruder der richtige Führer für uns ist ...“ Sie sah kurz auf und nun liefen ihr die Tränen ungehemmt über das Gesicht. “Er spricht oft mit dir, wenn er in der Stadt ist und ich befürchte, du würdest ihn unterstützen. Er kennt meinen Drang nach der Macht. Bis du erschienen bist, hatte ich ihn unter meiner Kontrolle … nun jedoch … Er ist seitdem sehr viel erwachsener geworden. Selbstbewusster. Ich habe große Angst, er könne sich meiner entledigen, mich einfach beseitigen lassen. Weil er mich als Gefahr betrachtet ... Wenn noch nicht jetzt, dann mit Sicherheit in einigen Monden. Ich will überleben.“

Ein Funken Interesse blitzte in Livs Augen auf. “Und Lilith? Glaubst du wirklich an sie? Oder ist sie nur ein Werkzeug für dein Überleben?“

Diesmal zögerte Kisha nicht. Sie richtete sich leicht auf und sah Liv direkt an. “Ich glaube an sie“, sagte sie mit ruhiger Stimme. “Mehr als an meinen Bruder. Mehr als an Hofintrigen. Mehr als an alles andere … Und ich glaube an dich, an die fleischgewordene Göttin, deren Abbild ich Tag und Nacht, in meinen Gedanken, vor mir sehe … Schon seit ich dich das erste mal gesehen habe.“

Ihre dunklen Augen flackerten für einen kurzen Moment. Dort lag etwas anderes, als Angst oder Frömmigkeit … etwas, das tiefer ging als bloße Worte. Liv sah es. Und sie glaubte ihren Augen nicht zu trauen, denn diesen Blick kannte sie. Sie kannte den Blick von den Männern und auch von Anshi … Aber von Kisha? Das hatte sie wirklich nicht erwartet. Ein Lächeln breitete sich langsam auf ihren Lippen aus.

Ein leises Zittern durchlief Kisha, kaum merklich, doch für Liv spürbar. Die dunklen Augen der Prinzessin waren weit geöffnet, ihre Lippen leicht auseinander, als hielte sie den Atem an. Einen Moment lang schien sie gefangen zwischen Fassung und Zerbrechlichkeit.

Dann brach es aus ihr heraus. Wie eine Welle, die sich jetzt nicht mehr zurückhalten ließ, stürzten sich ihre Emotionen über sie. Ihre Schultern begannen zu beben, ihr Blick senkte sich, als wollte sie sich vor ihrer eigenen Schwäche verstecken. Doch sie konnte es nicht. Ein heiseres, unterdrücktes Schluchzen entrang sich ihrer Kehle.

Liv beobachtete sie. fasziniert, erstaunt, vielleicht sogar ein wenig verwirrt. Sie hatte erwartet, dass Kisha ihre Fassade bewahren würde, sich mit all der Disziplin einer Prinzessin fangen würde. Doch stattdessen löste sich etwas in ihr auf, fiel in sich zusammen wie ein Gebäude, das lange unter Spannung gestanden hatte.

Ohne bewusst darüber nachzudenken stand Liv auf, ging die zwei Schritte zu ihr und kniete sich neben Kisha, Sie streckte die Hand aus. Ihre Finger berührten Kishas Arm ... eine leichte, fast vorsichtige Berührung. Kisha zuckte nicht zurück.

"Kisha…" Die Stimme von Liv klang sanft in der Stille, ein leiser Trost, ein Anker inmitten des Sturms.

Kisha hob den Kopf, ihre Augen glänzten feucht, Tränen schimmerten auf ihren Wangen. Sie atmete schwer, als kämpfte sie darum, wieder Kontrolle über sich zu erlangen. "Es… es tut mir leid", flüsterte sie, während sie fahrig über ihre Wangen wischte.

Liv schüttelte kaum merklich den Kopf. "Nein. Nicht hier. Nicht vor mir."

Kisha schluchzte. Dann, ohne weiter nachzudenken, ließ sie sich nach vorn sinken, suchte Schutz in Livs Armen.

Liv erstarrte für den Bruchteil eines Moments. Sie hatte erwartet, dass Kisha vielleicht ihre Hand ergreifen, sich fassen würde ... aber nicht, dass sie sich so vorbehaltlos an sie schmiegen würde.

Das Zittern der Prinzessin war nun direkt an ihrem Körper zu spüren, ihre Wange lag an Livs Schulter, ihre schlanken Arme schlangen sich fast hilfesuchend um sie.

Livs erster Impuls war, sie sanft wegzuschieben, allein aus dem Reflex heraus, die Kontrolle über die Situation zu behalten. Doch dann fühlte sie es ... das warme, vertraute Gewicht von Kishas Körper, den Hauch ihres Atems an ihrem Hals, den schnellen, unregelmäßigen Herzschlag, der gegen ihre eigene Haut pulsierte.

Ein eigenartiges Gefühl durchströmte Liv. Und es gefiel ihr. Langsam hob sie eine Hand und legte sie sacht auf Kishas Rücken. Sie ließ ihre Finger über den dünnen Stoff ihres Gewands gleiten, spürte die Wärme ihrer Haut darunter. Kisha schmiegte sich fester an sie, als würde sie in diesem Moment nur in Livs Nähe Ruhe finden.

Die Sekunden dehnten sich aus. Liv spürte den Duft von Kishas Haar. Eine Mischung aus duftenden Ölen und etwas, das unverkennbar ihr eigener Geruch war. Ihre Haut fühlte sich kühl an, doch dort, wo ihre Körper sich berührten, begann eine sanfte Wärme zu wachsen.

Plötzlich wurde Liv sich einer Sache klar bewusst. Das Zittern, das in Kishas Körper gelegen hatte, war nicht mehr nur Erschütterung. Nicht mehr nur Trauer oder Angst. Es war etwas anderes. Etwas, was sie auch von Anshi kannte … und genossen hatte.

Langsam, fast unmerklich, hob Kisha den Kopf. Ihre Augen waren noch immer feucht, doch jetzt lag etwas anderes in ihnen. Etwas Unsicheres, Zögerndes ... aber auch etwas Erwartungsvolles.

Liv erwiderte den Blick. Das war kein bloßer Moment der Erleichterung für Kisha. Keine einfache Suche nach Trost in den Armen einer anderen Frau oder einer Höhergestellten. Es war etwas Tieferes. Eine Sehnsucht, die sie vielleicht selbst nicht vollständig verstand aber dafür um so deutlicher spürte. Kishas Finger schlossen sich leicht um den Stoff von Livs Gewand. Fast als fürchtete sie, dass dieser Moment zu schnell vorübergehen könnte.

Liv wusste, dass sie jetzt die Kontrolle hatte. Ein leichtes, liebevolles Lächeln umspielte ihre Lippen ... ein Spiel aus Sanftheit und Wissen. Sie bewegte sich nicht, wartete einfach ab. Sie wollte sehen, was Kisha tun würde, ob sie diesen unausgesprochenen Impuls, der zwischen ihnen schwelte, anerkennen oder zurückweisen würde.

Kishas Blick flackerte kurz. Sie biss sich auf die Unterlippe, als kämpfte sie mit sich selbst. Dann, ganz langsam, senkte sie den Kopf. Nicht, um sich von Liv abzuwenden, sondern um sich ihr noch näher zu lehnen. Liv fühlte es. Den minimalen Abstand zwischen ihnen, der fast nicht mehr existierte. Dieser winzigen Moment, in dem sich jetzt ihre Atemzüge vermischten.

Liv ließ es geschehen. Nicht weil sie musste, sondern weil sie es wollte und zutiefst genoss.

In Kishas Augen lag eine Mischung aus Ehrfurcht und einem zarten Verlangen, das sie offenbar selbst nicht ganz verstand. Und Liv wusste, dass es in diesem Moment an ihr lag, diesen unausgesprochenen Gedanken entweder zu bestätigen oder ihn sanft zurückzuweisen.

Ihre Finger glitten über Kishas Rücken, streichelten kaum merklich die feine Haut an ihrem Nacken. Kisha sog hörbar die Luft ein, drängte sich fast gegen Liv. Die Spannung zwischen ihnen war beinahe greifbar.

Liv genoss es. Sie mochte es, die Kontrolle zu haben. Sie mochte es, dass Kisha in ihrer Nähe zerbrechlich wurde, dass sie sich öffnete und ihren Gefühlen freien lauf ließ, dass sie ... ob bewusst oder unbewusst ... ihre Berührung suchte. Die Zeit schien still zu stehen und Liv erkannte, dass Kisha die Nähe und Berührung genoss, sie nahezu in sich aufsog und daran labte. Sie Spürte, wie der Körper von Kisha sich ihr förmlich entgegen zu winden schien … und Liv bemerkte, wie auch ihr eigener Körper reagierte. Von ihrem Schoß aus zogen warme Wellen durch ihren Körper und Liv verspürte ein Gefühl des Verlangens und der Lust.

Doch Liv wusste auch, dass dies noch nicht der Moment war, um jetzt weiterzugehen. Nicht jetzt … Noch nicht. Sanft, aber bestimmt lockerte sie ihre Umarmung ein wenig.

Kisha schien sich erst jetzt zu fangen. Ihre Wangen röteten sich leicht, und sie wandte den Blick für einen Moment ab, als würde sie sich für ihre eigene Reaktion schämen. Liv ließ sie gewähren. Sie hatte ihre Antworten bekommen.

Und sie wusste nun, dass sie einen neuen Weg gefunden hatte, um Kisha nicht nur als Verbündete zu gewinnen ... sondern als etwas weitaus Intimeres.

Wann sie diese Tür vollständig öffnen wollte, war eine Entscheidung für einen anderen Tag. Doch für den Moment genügte es ihr zu wissen, die Prinzessin fühlte sich zu ihr hingezogen. Und sie war nicht abgeneigt, es zu erwidern. Liv lächelte Kisha liebevoll zu, strich ihr zart über die Wange und registrierte dabei, dass diese ihren Kopf leicht gegen die streichelnden Finger lehnte. Die Augen von Kisha waren weit aufgerissen und ihr Atem kam unregelmäßig. Liv lächelte erneut. Kisha fühlte sich auf eine Art zu ihr hingezogen, die weit über das hinausging, was eine gläubige Anhängerin der Göttin empfinden sollte. Es war das schon verzehrende Sehnen nach sanften Berührung wie es zwei Menschen austauschten, die etwas für einander empfanden.

Liv strich ihr nochmals über die Wange, stand dann auf und blickte auf Kisha hinab, bevor sie ihr half aufzustehen. "Es ist besser, du gehst jetzt, Kisha … Ich würde mich aber sehr freuen, wenn du morgen etwas mehr zeit haben würdest. Ich denke, wir beiden haben viel miteinander zu besprechen."

Sie strich Kisha erneut über die Wange. Fast liebevoll flüsterte sie. "Ich bin nicht deine Feindin, Kisha … ganz im Gegenteil."

Kishas Augen wurden groß. Ein Lächeln zog über ihr Gesicht, welches von Verlangen, Sehnsucht aber auch von Angst kündete. "Wie meine Göttin es wünscht … Ich würde alles tun, was du von mir verlangst Göttin … und ich bin so unendlich froh, dass ich mich dir endlich offenbart habe, meine Worte laut ausgesprochen habe."

Liv lächelte sanft. "Ich habe lange darauf gewartet, Kisha … Ich werde immer für dich da sein. Wir beiden haben noch so viel zu entdecken, von uns beiden … Darauf freue ich mich schon."

Die Saga der vergessenen Stadt geht weiter in

Licht und Schatten

Der Autor, Olaf Thumann

**Olaf Thumann, geboren 1966 ist Wirtschaftsfachmann. Er lebt in Norddeutschland.
Er schreibt hauptsächlich Romane und Serien, die in den Bereichen SF, Fantasy und Geschichte liegen.**

Das Schreiben von Büchern bezeichnet er selbst als sein Hobby. Unübersehbar in seinen Schriften sind seine Erfahrungen und Kenntnisse aus den Bereichen Militär, Geschichte und Wirtschaft, die mit einfließen.

Bisher erschienen:

Werkverzeichnis SPQR-Reihe

SPQR – Der **Falke von Rom (Hauptzyklus)**

Teil 1 – Imperium … von Sascha Rauschenberger

Teil 2 – Die Fackel der Freiheit … von Sascha Rauschenberger

Teil 3 – Ruhm und Ehre … von Sascha Rauschenberger

Teil 4 - Der Preis des Ruhms … von Sascha Rauschenberger

Teil 5 - Dunkle Schatten … von Sascha Rauschenberger

Teil 6 – Der Römer Zorn ... von Sascha Rauschenberger

Teil 7 – Wenn Reiche fallen … von Sascha Rauschenberger

Teil 8 – Mit Feuer und Schwert … von Sascha Rauschenberger

Teil 9 – Pax Romana … von Sascha Rauschenberger

Teil 10 – Die dunkle Zuflucht ... von Sascha Rauschenberger

Teil 11 – Roma Viktor ... von Sascha Rauschenberger

Teil 12 – Schattenspiele … Sascha Rauschenberger

Teil 13 – Legatus (i.V.) … Sascha Rauschenberger

SPQR – **Outback (Nebenzyklen)**

Teil 1 - Ferne Welten … von Olaf Thumann (Lemuria-Zyklus Teil 1)

Teil 2 - Pflicht und Ehre … Olaf Thumann (Lemuria-Zyklus Teil 2)

Teil 3 - Waffengang … Olaf Thumann (Lemuria-Zyklus Teil 3)

Teil 4 – Fremde Himmel (i.V.) … Olaf Thumann (Lemuria-Zyklus Teil 4)

Weitere Romane der Reihe in Vorbereitung

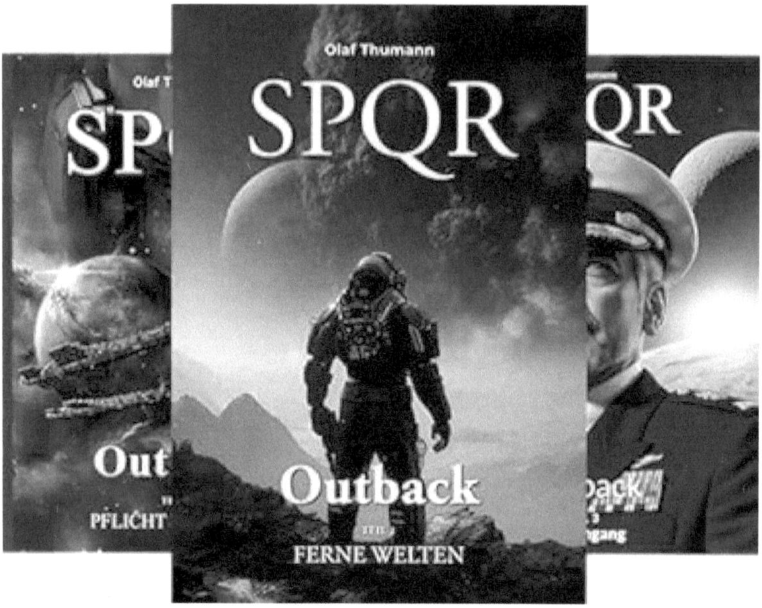

MäcBee (Tuscelan Chroniken)

Teil 1 – Der Weg des Paladins

Teil 2 – Blut und Eisen

Der Zyklus um Nils und Gudrun

Teil 1 - Wikinger

Teil 2 – Die Walküre (in Vorbereitung)

Der Freibeuter von Wismar

(Historischer Roman)

Die Saga der vergessenen Stadt

Teil 1 - Der Clan der Asen

Teil 2 – Asengard

Teil 3 – Göttin

Teil 4 – Licht und Schatten (in Vorbereitung)

Weitere Romane in Vorbereitung